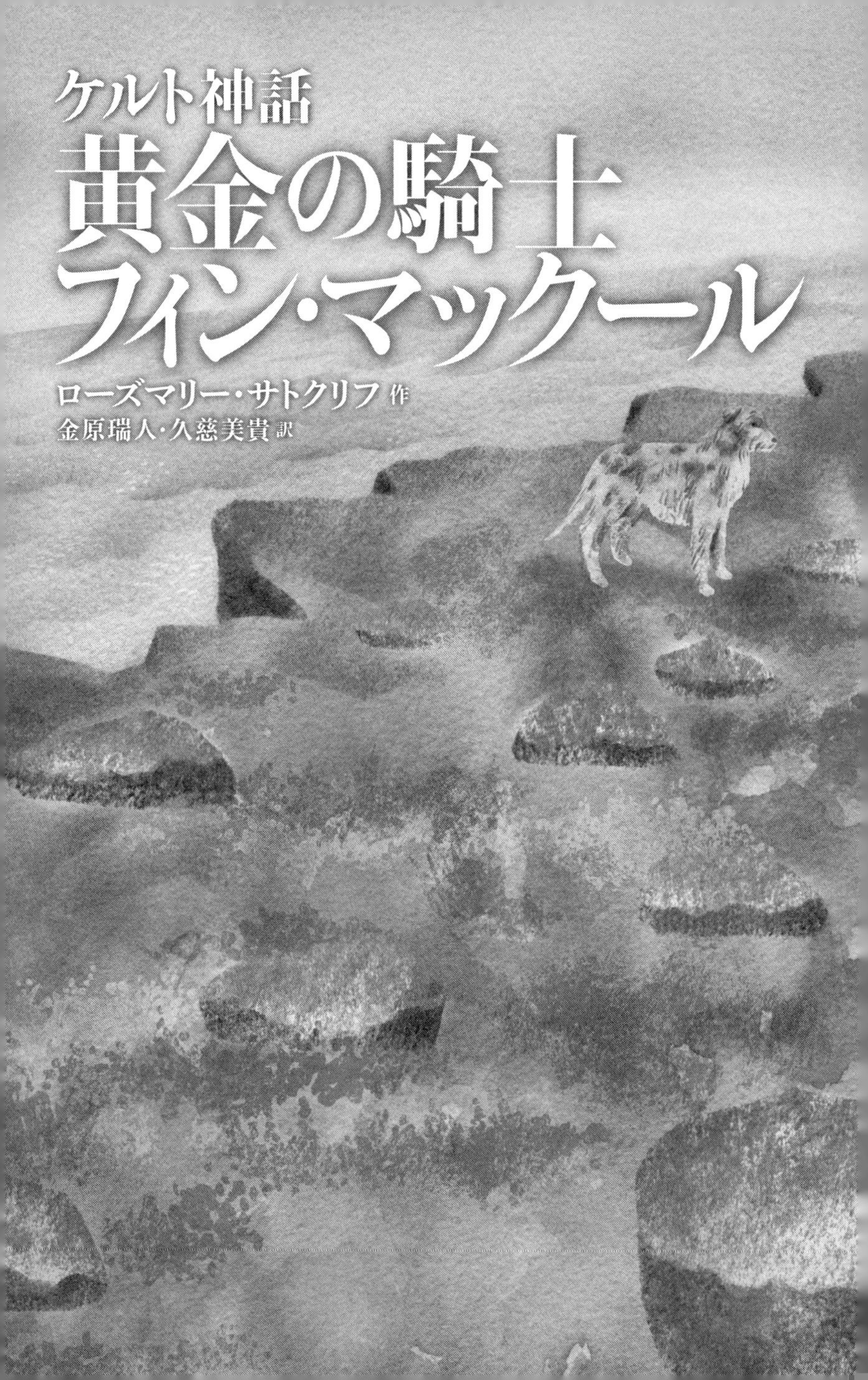

ケルト神話

黄金の騎士 フィン・マックール

ローズマリー・サトクリフ 作

金原瑞人・久慈美貴 訳

THE HIGH DEEDS OF FINN MACCOOL
by Rosemary Sutcliff

Japanese language edition published
by Holp Shuppan Publications, Ltd.,Tokyo.
Printed in Japan.

日本語版装幀／城所 潤　装画／平澤朋子

目次

古アイルランドの5王国 略図

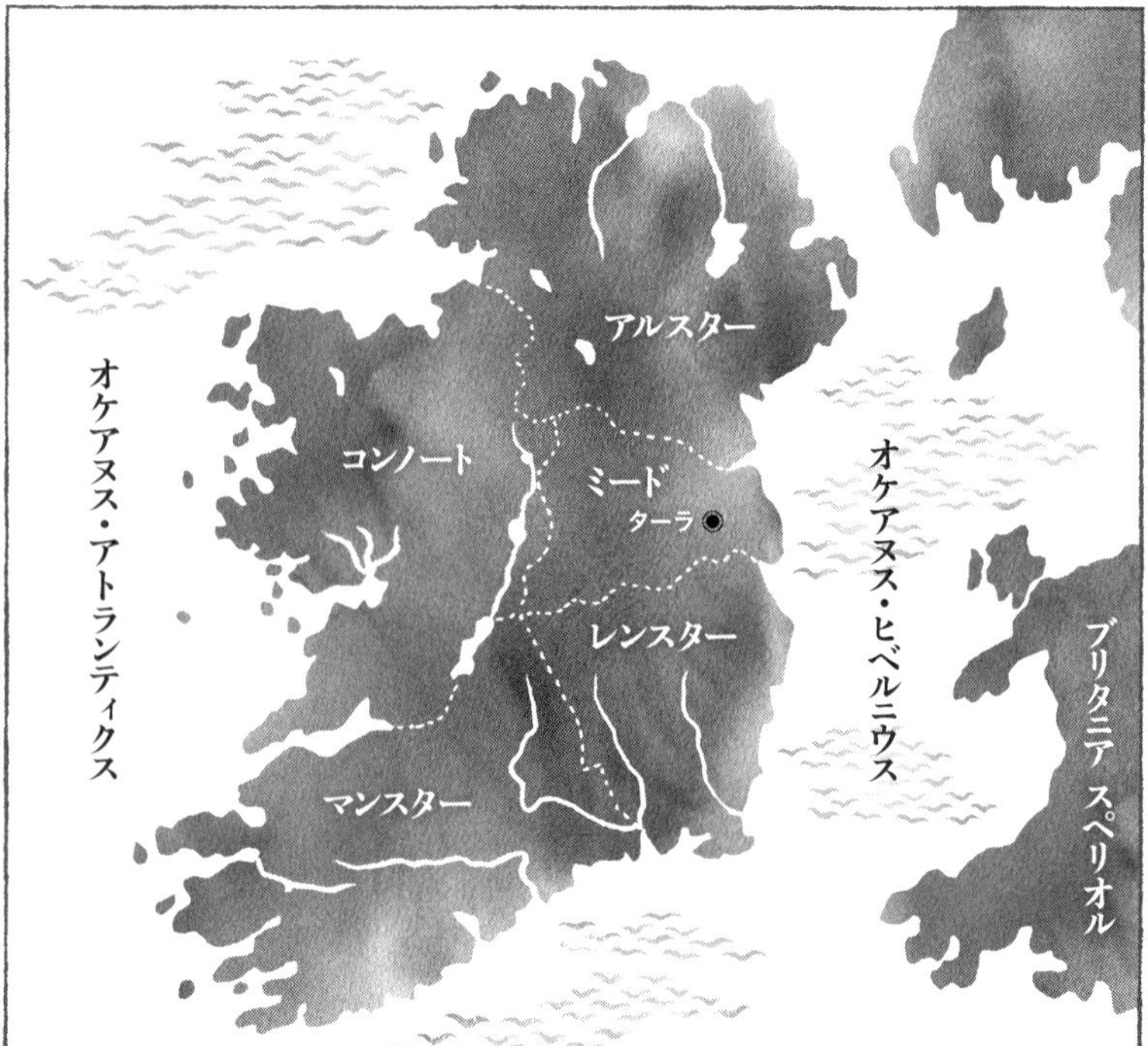

はじめに

クーフリンと赤枝騎士団《あかえだきしだん》の物語をごぞんじのかたは、このフィン・マックールの物語を読むと、ずいぶん違《ちが》いがあるのに気づかれるでしょう。どちらにもアイルランドの英雄《えいゆう》たちの冒険《ぼうけん》、愛と憎《にく》しみ、異形《いぎょう》のものとの戦いが描《えが》かれています。けれど、ふたつの物語はまったくべつの世界に根ざしたものなのです。

赤枝騎士団《あかえだきしだん》のほうは北アイルランドのきびしい荒野《こうや》でくりひろげられるのが、ふさわしい。あらあらしく激《はげ》しい物語で、黒い火のような魔法《まほう》が描《えが》かれ、登場する人びとも現実味《げんじつみ》があります。読者は登場する人びとを愛し憎《にく》み、ともにたえしのび喜びます。赤枝騎士団《あかえだきしだん》の物語は叙事詩《じょじし》といっていいでしょう。つまり、もし本棚《ほんだな》にきちんと分類してならべるとすれば、叙事詩《じょじし》の最高傑《けっ》作《さく》であるホメロスの『イーリアス』の近くに置くことになります。

フィン・マックールの物語は、赤枝騎士団《あかえだきしだん》より時代もくだり、舞台《ぶたい》となるのは南の緑ゆたかなキラーニーの野です。これもまた、この物語にふさわしい舞台《ぶたい》です。フィン・マックールの物語は叙事詩《じょじし》というより、民話や妖精《ようせい》物語といったほうがいいでしょう。英雄《えいゆう》物語のなごりは「ナナカマドの木の宿」の浅瀬《あさせ》の戦いの場面などに、ちらほら残るだけになっています。魔法《まほう》は姿《すがた》を変え、かすかな光をはなちながら、虹《にじ》の先端《せんたん》のように手がとどきそうでとどかないところをただよっていきます。赤枝騎士団《あかえだきしだん》の物語では神や半神としての力をもっていたダナン族も、神としての力をほとんどうしない、妖精族《ようせいぞく》としてあつかわれています。物語のなかでの時間の流れはおおざっぱで、フィンの息子《むすこ》アシーンが若《わか》い戦士として登場するときに、アシーンの息子《むすこ》オスカがすでに若《わか》い戦士になっていたりします。もうひとつ年代的な混乱《こんらん》もあります。物語のなかでフィアンナ騎士団《きしだん》と何度も闘《たたか》うことになるロホラン（スカンディナヴィアの古い呼《よ》び名）・レイダーズというのは、ヴァイキングの一派《いっぱ》であるノースメンの侵略部隊《しんりゃくぶたい》のことですが、フィンの時代よりはるかのちまで、ノースメンはアイルランドにたどりつくどころか海賊《かいぞく》として侵略《しんりゃく》にのりだしてさえいません。これは後代の語り部が、自分たちの時代の事件《じけん》をひろいあげて、五百年ばかりさかのぼったフィンの時代にほうりこんだものなのです。語り部たちの時代にはノースメンの海賊《かいぞく》こそが大いなる悪であり、フィアンナ騎士団《きしだん》がたちむかうにふさわしい敵《てき》に思えたからでしょう。

フィアンナ騎士団《きしだん》の物語は結末がなかったり、ほかの挿話《そうわ》と矛盾《むじゅん》していたり、とくに関係のない話の断片《だんぺん》が説明もなくいきなりまぎれこんでいたりします。それも、たまたま手近におもしろい話や美しい話がただよってきたからちょっと入れてみた、という感じです。

つまりフィアンナ騎士団《きしだん》の物語は、ただただ物語をつむぎだす楽しみにまかせて作られたものなのです。これを語りなおすにあたって、わたしも同じ精神《せいしん》で仕事に臨《のぞ》みました。自分なりに光や色をつけくわえた部分もあります。おそらくは物語ができて千年のあいだに多くの語り手がそうしてきたように。

――ローズマリー・サトクリフ

第一章　フィンの誕生《たんじょう》と少年時代

はるか昔の誇《ほこ》り高い時代、といっても赤枝騎士団《あかえだきしだん》ほど古くも誇《ほこ》り高くもない時代に、またひとつの騎士団《きしだん》がエリン（アイルランドの古い呼《よ》び名）に生まれた。フィアンナ騎士団《きしだん》。戦士としての務《つと》めはエリンの岸辺を侵略者《しんりゃくしゃ》から守ることだった。また治安部隊としてエリンの小王国のあいだで起こる侵略《しんりゃく》や略奪《りゃくだつ》や血の復讐《ふくしゅう》を治める仕事も担《にな》っていた。そのころエリンはアルスター国、マンスター国、コノート国、レンスター国、ミード国の五つの小王国にわかれていたのだ。ひとつの王国にひとつのフィアンナが置かれ、それぞれのフィアンナには隊長がいた。しかしすべてのフィアンナを統括《とうかつ》するのは騎士団長《きしだんちょう》だった。そしてフィアンナの騎士《きし》たちが忠誠《ちゅうせい》の誓《ちか》いをたてるのは、それぞれの小王国の王でもなければ、自分の隊の隊長でもない。騎士団長《きしだんちょう》と、ターラの王宮で「運命の石」に右足を置いて玉座《ぎょくざ》にすわるエリンの上王その人だった。

フィアンナ騎士団《きしだん》がかずかずのはなばなしい功績《こうせき》をあげ、全盛《ぜんせい》を誇《ほこ》ったのは、英雄《えいゆう》フィン・マックールが騎士団長《きしだんちょう》をつとめ、『百人力のコン』の孫コルマク・マッカートがエリンの上王だったときだ。

しかし物語の始まりはフィンの父クール・マックトレンモーの時代にさかのぼる。クールはレンスター国のバスクナという一族の長《おさ》で、フィアンナ騎士団長《きしだんちょう》でもあった。そのころモーナという一族の長《おさ》で、コノート・フィアンナの隊長だったエイ・マックモーナが、騎士団長《きしだんちょう》の座《ざ》を手にいれたがっていた。

現在《げんざい》のダブリンに近いクヌーハで、バスクナ一族とモーナ一族は二頭の牡牛《おうし》が群れの頭を争うように、激《はげ》しく争った。クールの部下のひとりが、エイの片目《かため》をひどく傷《きず》つけた。以来エイはゴルすなわち『独眼《どくがん》』というあだ名でよばれるようになった。しかしゴル・マックモーナとなったエイは、なおもクール・マックトレンモーとわたりあった。自分が受けたよりさらに激《はげ》しい一撃《いちげき》を相手にくわえ、片目《かため》どころか命をうばいとった。そしてクールのベルトから、フィアンナ騎士団長《きしだんちょう》のしるしである青と緋《ひ》にそめたツルの皮袋《かわぶくろ》をはぎとった。クールが死に、彼《かれ》の宝袋《たからぶくろ》をうばわれたバスクナ一族は勢《いきお》いをうしない、多くの男たちが殺《ころ》された。クールの弟クリムナルをはじめとするレンスター・フィアンナの生き残りと、かれらに助勢《じょせい》したマンスター・フィアンナの騎士《きし》たちは、コノートの丘陵《きゅうりょう》をさすらう身となった。そしてこのときから、バスクナ一族とモーナ一族は宿敵《しゅくてき》同士となり、やがてはエリン全土に暗い嘆《なげ》きをもたらすことになる。

クールの死の報《しら》せが、年若《わか》い妻《つま》である『白いうなじ』のマーナにもたらされた。マーナは出産まぢかだった。敵《てき》はクール亡《な》きあと、その子をひとりたりとも生かしてはおくまい。マーナはもっとも信頼《しんらい》する侍女《じじょ》ふたりを連れて、ブルーム山脈《さんみゃく》の隠《かく》れ処《が》へ逃《のが》れた。サンザシの花咲《さ》くころシダの茂《しげ》みにかくれて子ジカを産みおとす雌《め》ジカのように、そこでマーナは男の赤ん坊《ぼう》を産んだ。しかもマーナは追っ手がかかるのをおそれて、子どもを手元に置くことさえあきらめた。子どもをデムナと名づけ、ふたりの侍女《じじょ》にあずけると、子どもが成長しクールの息子《むすこ》の名を自分の手で勝ち得《え》ることができるようになるまでブルーム山脈《さんみゃく》の隠《かく》れ谷で育てるよう命じたのだ。こうしてマーナは悲しみにくれ、たったひとりで去っていった。その後マーナがどうなったかはわかっていない。ただ長い放浪《ほうろう》の果てにようやく、ケリーの族長のもとに安息の場所を得《え》たとのみ伝わっている。

ブルーム山脈《さんみゃく》の隠《かく》れ谷でデムナは赤ん坊《ぼう》から幼児《ようじ》に、そして少年に成長した。ふたりの侍女《じじょ》はデムナに荒野《こうや》で生きるすべをすべて教えこんだ。青年になるころにはデムナはすばらしい狩人《かりゅうど》となり、石弓のひとうちで空をゆく鳥を撃《う》ち落とし、猟犬《りょうけん》もつかわずはだしで雄《お》ジカを追いつめるほどになっていた。さらにデムナは、狩人《かりゅうど》が飼《か》っている猟犬《りょうけん》のくせをよく知っているように、オオカミやカワウソ、アナグマやキツネやタカの習性《しゅうせい》を知っていた。成長するにつれてデムナは、自分が知っている唯一《ゆいいつ》の家である泥炭《でいたん》で屋根をふいた小屋からはるか遠くまで出歩くようになった。そんなある日、ある族長の館《やかた》にやってきた。館《やかた》のまえではデムナとおなじ年頃《としごろ》の少年たちがハーリング（アイルランド式ホッケー）をしていた。デムナはおもしろそうだと思い、なかまにはいっていいかとたずねた。少年たちは打球棒《だきゅうぼう》を貸《か》してやり、きまりを説明した。遊び方になれるとたちまちデムナはだれよりうまく打球棒《だきゅうぼう》をあつかい、いちばん上手で足の速い少年からボールをうばうこともあった。

つぎの日デムナはふたたび少年たちと対戦した。ひとりで全員の四分の一を相手にして、試合に勝った。つぎの日は少年たちの半分が、さらにつぎの日は一度に全員が立ちむかったが、いずれもデムナの勝利におわった。その晩《ばん》、少年たちは族長の館《やかた》で、ハーリングのチームふたつ分をひとりで打ち負かした見知らぬ少年のことを話した。

「で、その子はどんななりをしている？」族長がたずねた。「そして名はなんという？」

「名前はわかりません」少年たちのまとめ役が答えた。「だけど背《せ》が高くて力があって、髪《かみ》は、刈《か》りいれどきに太陽をあびて白く光る大麦の穂《ほ》のように明るい色をしています」

「それほど明るい色の髪《かみ》ならば、ふさわしい名はひとつしかない」族長はいった。「その名は、フィンだ」

そのときからデムナはフィン、すなわち『金色の髪《かみ》』と呼《よ》ばれるようになった。

族長はこの少年のことを、狩《かり》のとちゅうで館《やかた》にひと晩《ばん》とまっていた友人に話した。その友人はまたべつの友人にというぐあいに、技《わざ》と勇気にすぐれた少年のうわさは静かな池に投げこんだ小石が波を広げるように次第に広まって、ついにゴル・マックモーナの耳に達した。ゴルは思った。もしもクールに息子《むすこ》があったなら、その子はまさにフィンという少年のようになっているにちがいない。『白いうなじ』のマーナは、荒野《こうや》にのがれたとき出産まぢかだった。子どもが無事に生まれ、しかも男の子だったとしたら、その子も十四歳《さい》。そろそろ大人になる年頃《としごろ》だ。ゴル・マックモーナは危険《きけん》のにおいをかぎつけた。ゴルはコノート・フィアンナを呼《よ》びだし、この少年をつかまえてくるよう命じた。フィアンナの騎《き》士《し》たちはすぐれた戦士であると同時に腕《うで》のいい狩人《かりゅうど》でもある。かれらは、少年の生死をとわず必ず連れかえるよう命じられたのだ。

いっぽう、フィンの育て親のひとりは魔法《まほう》に通じていた。黒い沼《ぬま》の水を両手にすくい、その水鏡にコノートの騎士《きし》たちがフィンをさがして丘《おか》を駆《か》けめぐるのを見た。すぐにもうひとりの侍女《じじょ》に事態《じたい》をつげると、ふたりそろってフィンにいいきかせた。

「あなたをさがす狩《かり》がはじまっています。ゴル・マックモーナはあなたのうわさを耳にしてしまったのです。配下の騎士《きし》たちは森をめぐってあなたを殺《ころ》そうとしています。なぜならゴルではなく、あなたこそ、正当なエリンのフィアンナ騎士団長《きしだんちょう》だからです。いまや時がきました。あなたがこの谷を去るべき時が」

そこでフィンは、育て親にもらった槍《やり》をとり、石弓といちばんぶあついマントをたずさえて放浪《ほうろう》の旅に出た。東西南北、低地も高地も、エリンのすみずみまで渡《わた》りあるいた。こちらの王あちらの族長に仕え、武器《ぶき》の扱《あつか》いをおぼえ戦士としての訓練を積み、正々堂々《せいせいどうどう》と戦いをいどんで本来の地位を取りもどす日に備《そな》えた。またフィンは、自分とよく似《に》た、気《き》性《しょう》がはげしく陽気で恐《こわ》いもの知らずの若者《わかもの》たちをまわりに集めていった。そしてその時がきたと感じると、かれらを率《ひき》いてコノート国へいった。父の配下の騎士《きし》がまだ生きて丘《おか》に隠《かく》れすんでいまいかと思ったのだ。

コノート国の国境《こっきょう》をこえた翌日《よくじつ》、悲しみにうちひしがれ泣きなげいている婦人《ふじん》にゆきあった。踏《ふ》み荒《あ》らされ血にそまった草のうえに若《わか》い男の遺体《いたい》が横たわっていた。

フィンは婦人《ふじん》を見ると、足をとめてたずねた。「いったいどうして、どのようなむごたらしいことがここで起きたのです？」

婦人《ふじん》は顔をあげてフィンを見た。悲しみのあまり、ほとばしる涙《なみだ》は血のしずくとなって頬《ほお》を流れ落ちていた。「わたしの息子《むすこ》グロンダが、たったひとりの息子《むすこ》が、殺《ころ》されたのです！　ルケアのリヤと配下の者の手にかかって。お見かけするところ、あなたは戦士。どうかいますぐやつらを追いかけて息子《むすこ》の仇《かたき》を討《う》ってください。わたしにはほかに、復讐《ふくしゅう》をとげてくれる男はいないのです」

そこでフィンはルケアのリヤのあとを追った。追いつくと、それぞれの配下の騎士《きし》が見守るなか、一騎打《いっきう》ちで相手をたおした。死んで横たわるリヤを見ると、見慣《みな》れない青と緋《ひ》に染《そ》めたツルの皮袋《かわぶくろ》がベルトに結びつけてあるのがフィンの目にとまった。フィンはひざまずいて革《かわ》の紐《ひも》をほどき、袋《ふくろ》をひらいた。なかには暗青色《あんせいしょく》に鍛《きた》えられた鉄の槍《やり》の穂《ほ》と、銀をはめこんだ冑《かぶと》と、縁《ふち》に青銅《せいどう》の飾《かざ》り鋲《びょう》をうった盾《たて》と、黄金の留《と》め金がついたイノシシ皮のベルトがはいっていた。フィンは死んだ男がなぜこうした品を持ち歩いているのかまったく知らなかったが、捨《す》てていくにはおしい気がした。そこで取りだした品を袋《ふくろ》にもどし、紐《ひも》を自分のベルトに結んで、仲間とともに先へ進んだ。

シャノン河《がわ》を渡《わた》り、コノート国の森の奥深《おくふか》く進んでゆくと、林間にちいさく開けた開墾《かいこん》地《ち》があり、枝編《えだあ》みの小屋がよりそうように並《なら》んでいた。見れば扉《とびら》もない低い戸口からひとりまたひとりと老人がよろよろと出てくる。獲物《えもの》のない冬のオオカミのようにやせおとろえ、腰《こし》はまがり、髪《かみ》は白く、毛皮と昔は豪華《ごうか》だったのが今はぼろぼろに擦《す》りきれた布《ぬの》でようやく身をおおっているありさまだ。しかしどの男も、手には古ぶるしい剣《けん》か槍《やり》をにぎっている。老人たちはフィンたちを見て、仇敵《きゅうてき》の隠《かく》れ処《が》をついに発見したモーナ一族の若《わか》い戦士にちがいないと思ったのだ。そして一撃《いちげき》もかわさず敵《てき》の手におちるより、闘《たたか》って死ぬほうを選んだのだ。どことなく品のある老人たちの態度《たいど》と、これほど老いてなお武器《ぶき》をあつかう手際《てぎわ》のよさに、フィンはかれらこそ自分が探《さが》していた人びとだと確信《かくしん》した。この老人たちはクヌーハの戦いに出陣《しゅつじん》した朝、背《せ》も高くみごとに装《よそお》った戦士だったはずだ。それを思うと、フィンは主人を亡《な》くした犬のように声をあげてなきたい気持ちにかられた。

やがてフィンは悲しみを腹《はら》の底に飲み下し、喜びをもって老人たちに呼《よ》びかけた。「バスクナ一族のかたがたですね！　クールの弟クリムナルはいらっしゃいますか？」

老人のひとりが、剣《けん》を手に進み出た。そして目のまえの若者《わかもの》がモーナ一族かそうではないのかはっきりしないというのに、恐《おそ》れるようすもなく名のりをあげた。「わたしがクールの弟、クリムナルだ」

フィンはクリムナルの老いて疲《つか》れた瞳《ひとみ》をのぞきこんでいった。「わたしはフィン、クールの息子《むすこ》です」そしてひざまずき、老人の足もとに贈《おく》りものとしてツルの皮袋《かわぶくろ》を置いた。ほかになにも捧《ささ》げるものがなかったのだ。

クリムナルは袋《ふくろ》を見ると、これほどやせて腰《こし》のまがった体から出てくるとは思えないほどの大声で叫《さけ》んだ。「フィアンナの宝袋《たからぶくろ》ではないか！　兄弟たちよ、待つときは終わったぞ！」

クリムナルは袋《ふくろ》を開け、老人たちと若者《わかもの》たちがぐるりととりかこんで見守るなか、ひとつひとつ中味を取りだした。ひとつが現《あら》われるごとに、老人たちの瞳《ひとみ》の輝《かがや》きが増《ま》し、背《せ》すじがのび、武器《ぶき》をにぎる手に力がこもるようにフィンには思われた。槍《やり》の穂先《ほさき》、冑《かぶと》、盾《たて》、イノシシ皮のベルト。

「ゴル・マックモーナがおまえの父を殺《ころ》し、遺骸《いがい》からこれらの品を奪《うば》ったのだ。あれから十八年、失われたままだった宝《たから》がふたたびバスクナ一族のもとにもどった。フィアンナの主の座《ざ》も、もどってくるだろう。フィン・マックールよ、行って、父の座《ざ》を取りもどすがいい。それはおまえのものなのだから」

「では、この宝袋《たからぶくろ》をあずかってください」フィンは答えた。「仲間は宝袋《たからぶくろ》とみなさんの護《ご》衛《えい》に、ここに残していきましょう。時がきたら使いをよこしますから、袋《ふくろ》をわたしのもとへ持ってきてください」

こうしてフィンは、ふたたび最初のようにひとりになって先へ進んだ。しかしフィンにはわかっていた。父のあとを継《つ》ぐためには、まだひとつ学ぶべきことがある。そこで古来の知恵《ちえ》と民族の歴史を秘《ひ》めた詩《うた》と物語を学ぶため、ボイン川の岸に住むフィニガスというドルイド僧《そう》に弟子《でし》入りした。

それまでの七年間、フィニガスはボインの岸辺をはなれず、あらゆる手をつくして『大いなる知恵《ちえ》の鮭《さけ》』フィンタンを捕《と》らえようと奮闘《ふんとう》していた。フィンタンはボイン川の暗い淵《ふち》にすんでいた。淵《ふち》にはハシバミの巨木《きょぼく》がおおいかぶさるように枝《えだ》を垂《た》れ、知恵《ちえ》の実を水中に落とす。それをフィンタンが食べる。すると知恵《ちえ》の力はフィンタンに移《うつ》る。そしてフィンタンを食べた者には、この世の始まりから蓄《たくわ》えられたすべての知恵《ちえ》がそなわることになるのだ。七年のあいだ、フィニガスは一匹《ぴき》の鮭《さけ》を捕《と》らえるために多くの策略《さくりゃく》をためしたが、そのたびに『大いなる知恵《ちえ》の鮭《さけ》』フィンタンに出し抜《ぬ》かれてしまった。しかしそれもフィンが足どりも軽く森をぬけて老ドルイド僧《そう》の生徒となるまでのことだった。

フィンがやってきてまもなく、フィニガスはあっけなくフィンタンを捕《つか》まえた。まるでフィンタンが捕《つか》まるべき時を知っていて、ただその時がくるのをまっていたかのようだった。

フィニガスは鮭《さけ》をフィンに渡《わた》して料理するよう命じた。「だがよいか、けっしてこの魚を食べてはならんぞ。ほんのひとかけらもだ。焼けたらすぐに運んでくるのだ。なにしろ七年というもの、この魚を味わえるときを待ちこがれてきたのだからな」

フィニガスは小屋の戸口に腰《こし》をおろして待った。焼きあがるのがひどく待ち遠しく思えた。ようやくフィンが、みがきあげたカエデ材の細長い皿に湯気の立つ『知恵《ちえ》の鮭《さけ》』をのせて運んできた。ところが皿をおろしたフィンを見て、フィニガスはその顔が見ちがえるように変化しているのに気づいた。フィンの顔つきはもう少年のものではなかった。フィニガスはいった。「いいつけにそむいて鮭《さけ》を食べたな」

フィンは首をふった。「食べてはおりません。ただ、焼き串《ぐし》にさしたままひっくりかえすとき、親指をやけどしたので、痛《いた》みを和《やわ》らげるのに舌《した》でなめました。なにかいけなかったでしょうか？」

フィニガスはため息をついた。深く重いため息だった。そして皿を押《お》しやった。「残りもすべて食べるがいい。おまえの親指についた熱い汁《しる》に、この鮭《さけ》にたくわえられた知恵《ちえ》と力のすべてが含《ふく》まれていたのだ。おまえには予言の力がそなわった。わたしがそうなれたらと願っていたというのに。食べたら、ここを去るがいい。わたしがおまえに教えられることは、もうなにもない」

その日からフィンは、未来を見通したり、謎《なぞ》を解《と》いたり、遠く離《はな》れた地の出来事を知りたいとき、やけどした親指をくわえさえすれば、まるで第二の視力《しりょく》をもって見るかのように知りたいことがありありと目にうかぶようになった。

同時にもうひとつの力がフィンにそなわった。いまにも死にそうな病人やけが人でも、両手に水をすくってのませれば、命を救《すく》ってやれるようになったのだ。

第二章　クールの息子《むすこ》フィン

フィンはボイン川の岸に住むドルイド僧《そう》の師《し》のもとを去った。ようやくその時がきた。父の座《ざ》を継《つ》ぐべき時が。そこでフィンは、ターラの上王のもとへおもむいた。

ちょうど秋の大祭サウワンのころで、ターラに近づくにつれて、フィンが進む道もターラへつづくほかの四本の街道もどんどん混《こ》んできた。族長や戦士が、あるいは馬に乗り、あるいは青銅《せいどう》とセイウチの牙《きば》で飾《かざ》られた戦車に乗っていく。供《とも》に連れた女たちは、緑や黄や赤や紫《むらさき》の格子模様《こうしもよう》の長い衣をまとい、編《あ》んだ髪《かみ》の先には黄金のリンゴの髪飾《かみかざ》りが輝《かがや》きながらゆれている。さらに、大きいが脚《あし》は羽根のように軽い猟犬《りょうけん》たちが主人の横を駆《か》けていた。サウワンにはエリンのすべての王と族長が寄《よ》りつどい、すわる場所さえあればだれもが自由に王宮の広間で宴席《えんせき》に連なることができる――ただし広間の外に武器《ぶき》を置いておくのがきまりだった。

王宮の丘《おか》を登り、門をくぐり、広い前庭を抜《ぬ》けて、フィンは集まった人びとに仲間入りした。王の近衛《このえ》の戦士たちとともに座《ざ》をしめて、塩と蜂蜜《はちみつ》をぬって焼きあげたアナグマの肉を食べ、銀を巻《ま》いた雄牛《おうし》の角の杯《さかずき》から黄色のミード（蜂蜜酒《はちみつしゅ》）を飲み、上王の姿《すがた》をながめた。上王のかたわらには、背《せ》が高く顔に傷跡《きずあと》のある男がひかえていた。片目《かため》がないところを見ると、あの男がゴル・マックモーナにちがいない。そして近衛《このえ》の戦士のなかに見なれない顔があることに上王が気づくまで待った。

まもなく上王はフィンに目を留《と》めた。そば仕《づか》えの者をよこして、王のテーブルの前に来るよう命じた。

「名はなんという？　なぜ、名乗りもせず座《ざ》をしめて、わたしの近衛《このえ》の戦士たちとともにいるのだ？」王はきびしい声で問うた。

フィンは明るい薄色《うすいろ》の髪《かみ》をさっとふりあげ、まっすぐ王の目を見つめ返した。「わたしはクールの息子《むすこ》フィン。父はかつてエリンのすべてのフィアンナ騎士団《きしだん》を統括《とうかつ》する騎士団《きしだん》長《ちょう》でした。上王コルマクさま、わたしは父がしたように、わたしの槍《やり》を陛下《へいか》のお役にたてるためにやってまいりました。しかしフィアンナ騎士団《きしだん》の一員としてではなく、近衛《このえ》の戦士のひとりとしてお仕えしたいとぞんじます」フィンがこういったのは、フィアンナ騎士《きし》団《だん》にはいるためにはゴル・マックモーナに忠誠《ちゅうせい》を誓《ちか》わなければならないことを知っていたからだ。フィンは軽々《かるがる》しく忠誠《ちゅうせい》の誓《ちか》いをたて、それを破《やぶ》るような男ではなかった。「そなたがクールの息子《むすこ》なら、自分の生まれを誇《ほこ》りに思ってよい」王はいった。「そなたの父はすばらしい勇者だった。クールの槍《やり》をわたしは、自分の槍《やり》同然に信頼《しんらい》していた――そなたの槍《やり》もこれから同じように信頼《しんらい》するであろう」

そこでフィンは上王コルマクに忠誠《ちゅうせい》を誓《ちか》い、コルマクはフィンを近衛《このえ》の戦士のひとりに加えた。宴《うたげ》は中断《ちゅうだん》するまえと同じように続けられた。王の竪琴弾《たてごとひ》きが竪琴《たてごと》をかなで、ミードの角杯《つのさかずき》が手から手へ渡《わた》され、大きな猟犬《りょうけん》たちは床《ゆか》にまいたイグサに放り捨《す》てられた骨《ほね》を争いあった。

しかし酒をくみかわす手はだんだんのろくなり、笑い声をあげる者はほとんどいなくなり、竪琴《たてごと》の音もいつのまにかやんでいた。男たちは互《たが》いを横目でうかがっては、あわてて目をそらした。まるで相手の目のなかにあるものを見るのが恐《おそ》ろしいかのように。

それには、こういうわけがあった。

この二十年間、サウワン祭になるとターラに恐《おそ》ろしい怪物《かいぶつ》がやってくるのだ。悪鬼《あっき》か妖《よう》精《せい》か、この訪問者《ほうもんしゃ》の正体はだれにもわからなかった。わかっているのは怪物《かいぶつ》の名が『炎《ほのお》の息のアイレン』ということだけ。毎年サウワンの真夜中になると、近くの妖精《ようせい》の丘《おか》からやってきて、人びとが寄《よ》りつどう丘《おか》の上の王宮を焼いてしまう。どれほど勇敢《ゆうかん》な戦士であっても、アイレンに立ちむかうことはできなかった。というのも、アイレンは銀の竪琴《たてごと》をたずさえており、その絃《げん》からこのうえなく甘《あま》く眠気《ねむけ》を誘《さそ》う音楽を奏《かな》でながらやってくるからだ。人間の耳に触《ふ》れたこともないような甘《あま》い音色を聞いた者はみな、いつのまにか深い魔法《まほう》の眠《ねむ》りに落ちてしまう。それは毎年同じだった。アイレンがターラにやってくるとき、目を覚ましていてそれに立ちむかう者はひとりも残っておらず、アイレンは思うがままに王宮に炎《ほのお》の息をはきかけた。草葺《くさぶ》きの屋根や丸太の梁《はり》は黒く焼け焦《こ》げてねじれ、躍《おど》るように炎《ほのお》をあげて燃《も》えはじめるのだ。このためターラの王宮はあくる年もそのまたあくる年も、年ごとに再建《さいけん》されるはめになった。

宴《うたげ》の物音がすっかりとだえ、身動きひとつ空気の流れひとつないような不気味な静寂《せいじゃく》が広間を満たした。コルマクが王座《おうざ》から立ちあがって宣言《せんげん》した。炎《ほのお》の息のアイレンに立ちむかい、ターラの王宮の屋根を翌日《よくじつ》の夜明けまで無事に守った戦士には黄金と馬と女奴隷《どれい》を与《あた》えよう。コルマクもコルマクの父王も、二十回におよぶサウワンの夜に同じ申し出をしてきていた。はじめの数回からあとは、王の戦士のなかでもっとも剛胆《ごうたん》な者でさえだれひとりとして、それにこたえて前に進み出ることはなかった。だれもが、勇気も武術《ぶじゅつ》も腕力《わんりょく》も、邪悪《じゃあく》な銀色の音色に立ちむかう助けにはならないと知っていたからだ。そういうわけでコルマクは申し出をしたものの、期待はしていなかった。

するとフィンが立ちあがり、悩《なや》める王をまっすぐ見つめていった。「エリンの上王、コルマク・マッカートさま、わたしは黄金も馬も女奴隷《どれい》もいただこうとは思いません。しかしもしもこの夜の恐怖《きょうふ》を防《ふせ》ぎ、明日の夜明けまでターラの王宮の屋根を守りとおしたなら、わたしが継《つ》ぐべき正当な遺産《いさん》を与《あた》えると、この広間に集まった人びとみなのまえで誓《ちか》いをたてていただけましょうか？」

「上王を相手に取り引きをしようとは、大胆《だいたん》なやつだ」コルマクは答えた。「その遺産《いさん》とはなんだ？」

「エリンのフィアンナ騎士団長《きしだんちょう》の座《ざ》でございます」

「さきほどすでに、求めに応《おう》じて近衛《このえ》の騎士《きし》の一員に加えてやったではないか。それでは役不足と申すのか？」コルマクは問うた。

「ターラの王宮を守ったほうびとしては、少のうございます」フィンは答えた。

広間にささやきが広がっていった。人びとは顔を見合わせ、ゴル・マックモーナをうかがった。ゴルはタカの目のように明るい隻眼《せきがん》をまっすぐまえにむけたまま席についていた。

「誓《ちか》うとしよう」王は答えた。「そしてこの場に集った者すべて、エリンの諸王《しょおう》に族長、わたしの近衛《このえ》の騎士《きし》と各フィアンナ騎士団《きしだん》の騎士《きし》たちに証人《しょうにん》になってもらおう。そなたが炎《ほのお》の息のアイレンに打ち勝ったあかつきには、自身の力で騎士団長《きしだんちょう》の座《ざ》を得《え》たことになる。よって、そなた自身の権利《けんり》と父君からの遺産《いさん》というふたつの理由により、そなたを騎士団《きしだん》長《ちょう》に任命《にんめい》するとしよう」

それをきくとフィンは広間を出て、入るときに置いておいた槍《やり》を手に取り、王宮を囲《かこ》む泥炭《でいたん》を積んだ城壁《じょうへき》の上の道にのぼっていった。自分よりまえにずいぶん多くの者が失敗しているのに、どうやったら王宮を守れるのか、自分にもまったく見当がつかなかった。しかしフィンは自分の運命を信じており、かならずうまくいくはずと信じて疑《うたが》わなかった。

フィンが城壁《じょうへき》の上を行ったり来たりしながら、見張《みは》るというより耳をすませていると、年長の戦士のひとりがあとを追ってきた。手には一本の槍《やり》があり、その槍先《やりさき》は革《かわ》の鞘《さや》にくるんで紐《ひも》でしばってあった。

「はるか昔、わたしはあなたの父上に命を救《すく》っていただいた」戦士はいった。「いまこそ、わたしの借りを返すときだ。この槍《やり》をお持ちなさい。戦いの助けになります」

「槍《やり》なら自分のものがあります」フィンは答えた。

ところが戦士は首をふった。「これほど優《すぐ》れた槍《やり》ではありますまい。この槍《やり》は、鷹狩《たかがり》のタカのように袋《ふくろ》をかぶせておかなければならない。さもないと暴《あば》れだして、勝手に血を吸《す》おうとしてしまう。これは神々《かみがみ》の刀鍛冶《かたなかじ》レインが鍛《きた》えたもの。レインはこの槍《やり》に太陽の火と月の秘力《ひりょく》を鍛《きた》えこんだ。妖魔《ようま》の奏《かな》でる最初の音色が聞こえたら、この槍《やり》の穂先《ほさき》を額《ひたい》に当てなさい。穂先《ほさき》にこもる血に飢《う》えた獰猛《どうもう》さが、眠気《ねむけ》を吹《ふ》き飛ばしてくれるはずです。さあ、お取りなさい」

フィンは槍《やり》を受け取り、紐《ひも》をゆるめて覆《おお》いをはらった。鉄の穂先《ほさき》は月光のように青く輝《かがや》き、アラビア産のまぶしい黄金で作った三十の飾《かざ》り鋲《びょう》で飾《かざ》られていた。

「お持ちなさい」戦士がかさねていった。

フィンは槍《やり》に元どおり覆《おお》いをかけたが、紐《ひも》はゆるめたままにしておいた。そして槍《やり》をたずさえ、ふたたび行ったり来たり見張《みは》りをはじめた。城壁《じょうへき》の外に月光を受けて白くうかびあがるミード国の平原に目をむけ、いっしんに耳をすませているうちに、自分の耳のなかの静けさが、貝殻《かいがら》のなかの無音の海のとどろきのように響《ひび》いてきた。

そしてついに聞こえてきた。クモの糸のようにかすかな光を放つ、遠い竪琴《たてごと》の音色が。

フィンが確《たし》かめようと耳を傾《かたむ》けるうちにも、音はどんどん近づき、はっきりと聞こえてきた。妖魔《ようま》の音楽は、眠《ねむ》りのさざ波のようにひたひたとフィンのもとに寄《よ》せてきた。それはまるでブルーム山脈《さんみゃく》の荒地《あれち》の草をゆらす夏のそよ風のようだった。日光にあたためられた釣鐘形《つりがねがた》のヒースの花から花へと飛ぶミツバチのささやきのようだった。フィンがほんの赤ん坊《ぼう》で記憶《きおく》すら残っていない昔に、ふたりの養《やしな》い親が歌ってくれたすべての子守唄《こもりうた》のようだった……。

フィンはクモの糸のように自分をからめとろうとする魔法《まほう》から、やっとの思いで身をふりほどいた。力がぬけてしびれたような指で槍《やり》の革《かわ》の覆《おお》いをはずし、穂先《ほさき》を額《ひたい》に当てた。たちまち槍《やり》の声がアイレンの竪琴《たてごと》の音よりはっきり聞こえてきた。たけり狂《くる》うスズメバチのうなりが、一気に眠気《ねむけ》を吹《ふ》きはらった。頭がはっきりした。もういちど妖精《ようせい》の丘《おか》のほうを見やると、霧《きり》につつまれた亡霊《ぼうれい》のようなものが地面の上をただよってくる。近づくほどに、ぼんやりした霧《きり》のようなものが次第にかたまり、ひとつの形になっていった。ついに白い空気でできた『炎《ほのお》の息のアイレン』の姿《すがた》がはっきり見えたときには、妖魔《ようま》が長い白い指でかき鳴らす竪琴《たてごと》の絃《げん》が銀色にふるえるのすらわかるほど、間近にせまっていた。アイレンは、泥炭《でいたん》を積んだ城壁《じょうへき》のてっぺんの矢来《やらい》のところまで来ていた。緑をおびた長い炎《ほのお》の舌《した》が口からのび、矢来《やらい》の角材をなめた。フィンはサフランで黄色く染《そ》めた子羊革《こひつじがわ》のマントを肩《かた》からむしりとり、マントのひとうちで炎《ほのお》を地面にたたきおとした。

わが身からでた炎《ほのお》をたたき消されると、アイレンは泣きむせぶような恐《おそ》ろしい叫《さけ》び声をあげた。岩礁《がんしょう》にうちよせた波が砕《くだ》けて引いていくように、背《せ》をむけ妖精《ようせい》の丘《おか》めざして逃《に》げ去ろうとした。しかしフィンの耳には怒《いか》れる槍《やり》のスズメバチのうなりがあふれ、持ち主をせきたてていた。フィンは矢来《やらい》をとびこえてあとを追った。アイレンも足は速かったが、フィンも負けていない。

妖精《ようせい》の丘《おか》への入り口は開いたままで、扉《とびら》の奥《おく》から緑色のあわい光がもれていた。アイレンが泣きさけびながら逃《に》げこもうとしたとき、フィンは全身の力をこめて槍《やり》を投げた。槍《やり》は歓喜《かんき》のうなりをあげてまっすぐ妖魔《ようま》の背中《せなか》につきささり、腹《はら》から抜《ぬ》けて妖精《ようせい》の丘《おか》の入り口に――というかそれまで入り口だったところにつきささった。入り口の扉《とびら》はすでに消えて、いまはただ霜《しも》で凍《こお》った芝草《しばくさ》と野イバラが月の光にかすかに光っているだけだったのだ。『炎《ほのお》の息のアイレン』は死んで横たわっていた。アザミの綿毛《わたげ》と木くずと木の幹《みき》の北側に生えるキノコがひとやま、からまりあってどことなく人の形に見える、そんなふうだった。

フィンはアイレンの頭を切り落とし、槍《やり》の穂先《ほさき》につきさしてタ―ラに持ち帰り、人びとの目に触《ふ》れるよう城壁《じょうへき》の上にかかげた。

朝がやってきた。ターラの王宮は前の晩《ばん》と変わらない姿《すがた》で立っていた。フィンが『炎《ほのお》の息のアイレン』に打ち勝ったことを疑《うたが》う者はひとりもいなかった。上王に率《ひき》いられて人びとが城壁《じょうへき》の上にのぼってきた。そこにはフィンが疲《つか》れたようすで矢来《やらい》によりかかり、人びとが来るのを待ちうけていた。夜のあいだのできごとを示《しめ》すものはといえば、フィンが明け方の冷えこみにそなえて体にかたく巻《ま》きつけたサフラン色のマントに残る焦《こ》げ跡《あと》と、フィンの槍先《やりさき》につきさして朝空にかかげられた奇怪《きかい》で恐《おそ》ろしげな妖魔《ようま》の首だけだった。

「王宮の屋根は無事です」フィンがいった。

コルマク・マッカートはフィンの両肩《りょうかた》を抱《だ》くように腕《うで》をまわし、下の前庭に集まった身分高い人びとに、ふたりそろって顔をむけた。「王と族長と戦士たち、昨晩《さくばん》そなたらはわたしが宴会《えんかい》の広間で誓《ちか》いをたてるのに立ちあった。クールの息子《むすこ》フィンが炎《ほのお》の息のアイレンを打ち負かしたなら、フィンの父が占《し》めていたエリンのフィアンナ騎士団長《きしだんちょう》の座《ざ》を与《あた》えるという誓《ちか》いだ。昨晩《さくばん》わたしは心のうちで、これまで多くの者が失敗しているからにはフィンにもほとんど勝ち目はあるまいと考えていた。ところがフィンは見事にやりとげた。炎《ほのお》の悪鬼《あっき》を打ち殺《ころ》し、ターラの王宮を救《すく》ったのだ。よってフィアンナ騎士団《きしだん》の騎士《きし》たちよ、わたしは自らの誓《ちか》いとそなたらがたてた誓《ちか》いにしたがって、フィンをそなたらの団長《だんちょう》とする。フィンのもとで務《つと》めを果たすつもりのない者がひとりでもあるならば、その者はエリンを去るがよい。それを止めはしない。また辱《はずか》しめもしない。海をこえたよその土地には、騎士団《きしだん》も王の親衛隊《しんえいたい》もほかにいくつもある」上王コルマクは、ほかの者たちから離《はな》れて立っている背《せ》の高い隻眼《せきがん》の男に目をむけた。「このことはそなたにも当てはまる、ゴル・マックモーナ。そなたはこの十八年、騎士団長《きしだんちょう》の座《ざ》にあった。フィン・マックールと手を結んで、かれのもとでコノート・フィアンナを率《ひき》いるつもりがあるか。それとも海をこえて、そなたの剣《けん》を他国の王のもとで役立てるか」

「わたしは旧敵《きゅうてき》クールの息子《むすこ》フィンと手を結びましょう」ゴル・マックモーナは答えた。が、その言葉は少しばかりのどにひっかかった。ゴルとフィンは手のひらにつばをつけてからたがいに打ちあわせた。これでふたりは、取り引きが成立した商人のように手を結んだことになる。

上王のもとを去り、剣《けん》をたずさえて海を渡《わた》った者はひとりもなかった。モーナ一族とバスクナ一族の血で血を洗《あら》う争いの傷《きず》は、癒《い》えたわけではなかったが、薄皮《うすかわ》が張《は》った状態《じょうたい》でその後長い年月を経《へ》ることになる。

このようにしてフィン・マックールは、その昔に父親が占《し》めていたエリンのフィアンナ騎《き》士《し》団長《だんちょう》の座《ざ》についたのだった。

第三章　フィンとフィアンナの騎士《きし》たち

こんどはフィアンナ騎士《きし》たちの生活を語ろう。平和な時には、冬のあいだそれぞれの家族とすごすこともあれば、有力な族長の館《やかた》の客人となることもある。そして夏になると訓練のために集まってきて、全部隊が野外で共同生活をする。眠《ねむ》るときも、たとえ屋根があるとしてもせいぜい枝編《えだあ》みの小屋がけくらいのもの。そうでなければ、なんの覆《おお》いもない丘《おか》の中腹《ちゅうふく》でただマントにくるまって灰色《はいいろ》の露《つゆ》にぬれて眠《ねむ》る。食料もその場その場で調達する。狩《かり》の獲物《えもの》はゆたかだった。当時のエリンは国の大部分が深い森でおおわれ、イノシシやオオカミやアカシカが駆《か》けまわっていた。フィアンナ騎士《きし》は戦士としてはもちろん、狩人《かりゅうど》としても名が高かった（フィアンナはそもそも『狩人部隊《かりゅうぶたい》』の意味）。かれらはあるときは馬であるときは徒歩で、巨大《きょだい》なウルフハウンドを連れて狩《かり》をした。この猟犬《りょうけん》は肩《かた》までの高さが一年仔《いちねんご》の仔馬《こうま》ほどもある。それほどの犬でさえ、主人より足が速いというわけではなかった。フィアンナの騎士《きし》たちはたった一日でケリーのキラーニー（アイルランド南西端《なんせいたん》）から東海岸にほど近いイーダ山まで獲物《えもの》を追っていけたと伝えられている。山をこえ、道もない沼地《ぬまち》を渡《わた》り、獲物《えもの》をあきらめることもなく回り道をすることもなく、まるで妖精王《ようせいおう》の狩猟《しゅりょう》隊《たい》のようにどこまでも獲物《えもの》を追いつづけた。

フィンは少年時代に、ほかでもない人里はなれたブルーム山脈《さんみゃく》の谷間ですごしたので、すぐに騎士団《きしだん》の生活になじんだ。鳥や獣《けもの》の暮《く》らしに精通《せいつう》し、雄《お》ギツネの鳴き声をまねれば、雌《め》ギツネもだまされて鳴き返すほどで、森のなかを行くときも、影法師《かげぼうし》が動くほども音をたてなかった。

フィンが亡《な》くなって何年も何年もたってから、フィンの息子《むすこ》であり偉大《いだい》な戦士にして詩と竪琴《たてごと》に秀《ひい》でたアシーンが、父親のことを歌った。それによればフィンが好んだ音楽は、

三つ角の湖で鳴く野鴨《のがも》のつぶやき
デリーの石塚《いしづか》でさわぐクロウタドリのかしましいおしゃべり
ヒタキツグミの谷間にいこう牝牛《めうし》の低いうなり

だったという。また、べつの歌ではつぎのように歌われている。

　フィンがこよなく愛したものは
　剣戟《けんげき》の音、酒宴《しゅえん》のざわめき
　谷間にこだます猟犬《りょうけん》の声
　レター・リーのクロウタドリの歌

　海へのりだす軍船が
　岸の小石をかむ響《ひび》き
　夜明けの風が槍《やり》の穂波《ほなみ》をすりぬけるささやき
　三楽人の奏《かな》でる魔法《まほう》の歌

　フィンについては多くのことが配下の戦士の口から語られている。フィンは、兵士たちが自分の孫に、その孫がそのまた孫に代々《だいだい》語りつぐにたるすばらしい将《しょう》だったからだ。また公正さに欠けることはけっしてなく、たとえ見知らぬ者とわが子との争いを裁《さば》くときでも、わが子に対するように見知らぬ者に対し、また、見知らぬ者に対するようにわが子に対した。そしてまったく物惜《ものお》しみをしなかった。たとえ秋に舞《ま》い散る落ち葉が黄金でできており塩からい湖に浮《う》かぶ波の花が銀の泡《あわ》でできていたとしても、人から乞《こ》われればそれらをすべて相手にやってしまっただろうといわれている。そのいっぽうで月の裏側《うらがわ》のような影《かげ》の一面もあったと伝えられている。フィンは笑って人を許《ゆる》すこともあったが、古いうらみを何年もあたためつづけ、相手が死ぬまで憎《にく》みつづけることもあったのだ。

エリンのフィアンナ騎士団《きしだん》の新しい騎士団長《きしだんちょう》フィンはそのような人間だった。とはいえ、かれについては荒野《こうや》で育った少年時代と、『炎《ほのお》の息のアイレン』を打ち負かしたこと、クール・マックトレンモーの息子《むすこ》であること以外まだなにも話していない。

さて、騎士団長《きしだんちょう》となったからには配下の主だった戦士をそばにおいておける、広い館《やかた》と砦《とりで》の両方をかねる住まいがなくてはならない。そこで上王コルマクはキルデアにあるアルムの砦《とりで》をフィンに与《あた》えた。いまではこの地はアレンの丘《おか》と呼《よ》ばれている。見るほどのものはなにひとつ残っていない。ただ砦《とりで》を何重にも取り巻《ま》いていた泥炭《でいたん》の築堤《ちくてい》の崩《くず》れた跡《あと》が、ヒースや高く茂《しげ》った野イバラの下に波のうねりのような形を残しているだけだ。聞こえるものといえば、吹《ふ》きすぎる風の音と若《わか》いチドリの鳴く声ばかり。しかしフィンがこの砦《とりで》の主人であったころは、泥炭《でいたん》と材木で築《きず》いたぶあつい城壁《じょうへき》が丘《おか》を囲《かこ》い、石灰《せっかい》で白く輝《かがや》いていた。館《やかた》は、牛小屋や納屋《なや》や戦車庫や兵舎《へいしゃ》より一段《いちだん》高いところに堂々《どうどう》とそびえていた。前庭には大きな砥石《といし》が据《す》えられ、戦いの時には多くの誇《ほこ》り高い族長や勇者がこの石でめいめいの武器《ぶき》を研《と》ぎあげた。

フィン・マックールの腹心《ふくしん》の勇者のなかで、まずいちばんにあげられる勇猛《ゆうもう》の戦士は、フィンの旧敵《きゅうてき》ゴル・マックモーナだった。隻眼《せきがん》にもかかわらず敵《てき》に対してはイノシシのように猛々《たけだけ》しく、友に対しては誠実《せいじつ》で信義《しんぎ》に厚《あつ》い勇者だった。

それからコナン。コナンは、フィンが殺《ころ》してフィアンナの宝袋《たからぶくろ》を取りもどしたルケアの息子《むすこ》だった。父の死後七年のあいだコナンは無法者の仲間になってフィアンナ騎士《きし》団《だん》にはむかい、あちらで人をあやめ、こちらで戦いのためにやとわれた兵士を殺《ころ》し、族長の館《やかた》に火をかけて暴《あば》れまわった。そしてついにコナン・マックリヤはフィンにしのびよった。フィンが一日の狩《かり》のあとでたまたまひとりになったとき、うしろから跳《と》びかかって両《りょう》腕《うで》でがっちり押《お》さえこみ、さすがのフィンも身動きができないほどきつく締《し》めあげた。エリンじゅうでこんなことができる大力《だいりき》の者はひとりしかいないことを、フィンは知っていた。そこでフィンはいった。「わたしをどうしようというのだ、コナン・マックリヤ?」

「あなたに忠節《ちゅうせつ》を誓《ちか》い、フィアンナ騎士《きし》のひとりとして自分の槍《やり》をふるいたいのです。オオカミのようにあなたのすきをねらっているのがいやになってしまいました」

フィンは笑って答えた。「望みのままにするがいい、コナン・マックリヤ。わたしへの誓《ちか》いを守るなら、わたしも誓《ちか》いを守ろう」そこでコナンは忠節《ちゅうせつ》を誓《ちか》い、三十年間フィアンナ騎士団《きしだん》の務《つと》めを忠実《ちゅうじつ》に果たした。

さてもうひとり、モーナ一族のコナンがいる。太って髪《かみ》がうすくなりだした男で、戦士としての腕《うで》より他人をけなす技《わざ》に優《すぐ》れていた。名はコナン・マウル。このコナンに好意を抱《いだ》く者はひとりもなかったが、フィンはかれをそば近くに置いた。なぜならコナンはしっかりした常識《じょうしき》を芯《しん》にそなえており、しばしば耳を傾《かたむ》ける価値《かち》がある助言をしてくれたからだ。コナンが裸《はだか》になると、その背中《せなか》には黒い子羊の毛が生えていたといわれている。それにはこういうわけがあった。

ある日コナン・マウルと騎士団《きしだん》の仲間数人が狩《かり》に出たとき、りっぱな城砦《じょうさい》にゆきあたった。石灰《せっかい》を塗《ぬ》った壁《かべ》は戦《いくさ》の盾《たて》のように白く輝《かがや》き、いくつもある建物の屋根はさまざまな色の草で葺《ふ》いてあった。一行は空腹《くうふく》で疲《つか》れていたので、もてなしにあずかろうと砦《とりで》に入っていった。広間に入ると、壁《かべ》には絹《きぬ》の壁掛《かべか》けがさがり太いスギの柱が屋根をささえていた。

生きものの気配はみじんもなかった。男や女や子どもはもちろん、犬さえいる様子がない。ところが広間の中央のテーブルにはみごとなごちそうが並《なら》んでいた。イノシシの肉にシカ肉、イチイの木の水差しには真紅《しんく》の外国産のブドウ酒、金銀細工の杯《さかずき》が並《なら》べてある。一行は腰《こし》をおろして食べ、飲んだ。疲《つか》れた脚《あし》をテーブルの下でのばし、結婚祝《けっこんいわ》いの席で花婿《はなむこ》の付き添《そ》いをつとめる友人たちのように陽気に騒《さわ》いだ。ところが食事のとちゅうで、なかのひとりが驚《おどろ》いて跳《と》びあがり、警告《けいこく》の叫《さけ》びをあげた。ほかの者が目をあげると、部屋のなかは一変していた。壁《かべ》は粗《あら》い枝編《えだあ》みに変わり、美しく塗《ぬ》った垂木《たるき》にささえられた細かい草葺《くさぶ》きの屋根は、牛飼《うしか》いが寝泊《ねと》まりする小屋をおおうような、すすけた泥炭《でいたん》屋根になっていたのだ！

「妖術《ようじゅつ》だ！」ひとりが叫《さけ》んだ。全員が席から跳《と》びあがり、戸口へ殺到《さっとう》したが、そこはキツネの巣穴《すあな》の口ほどにちぢんでいっていた。ところがコナンはずっと食べるのと飲むのにいそがしくて、仲間に呼《よ》びかけられるまで騒《さわ》ぎにすこしも気がつかなかった。そして身にせまる危険《きけん》にようやく気づくと、立ちあがってあとにつづこうとしたが、体がトリモチにからんだ小鳥のように椅子《いす》にくっついて離《はな》れなくなっていた。コナンは恐《おそ》ろしくてなにもできず、泣きわめいて仲間に助けを求めた。ふたりが走りよって、コナンの腕《うで》をかたほうずつつかみ、力をふりしぼって椅子《いす》から引きはがした。しかしそのとき、着ていたチュニックとズボンの大部分と、背中《せなか》と腿《もも》の皮膚《ひふ》がそっくり椅子《いす》にくっついたまま残ってしまった。仲間たちはどんどん小さくなっていく戸口からコナンを引きずりだし、地面にうつむけに寝《ね》かせた。コナンは傷《きず》が痛《いた》くてバンシー（死人が出たとき泣きさけびながら空を飛ぶ妖怪《ようかい》）のように泣きさけんでいた。

一行はほかに打つ手もないまま、となりの丘《おか》で羊の番をしていた男から黒い子羊を買いとり、殺《ころ》して皮をはぐと、それをコナンの赤むけになった背中《せなか》にはりつけた。すると子羊の皮はしっかりくっついて毛をのばし、コナンの背中《せなか》は死ぬまでそのままだった。

つぎのフィアンナ騎士《きし》は、足が速いので名高いキールタ・マックローナンだ。フィアンナ騎士《きし》たちが何年も追いまわしながら、そのみにくい毛皮のほんの毛先にすら触《ふ》れることができないでいたイノシシを仕留《しと》めたのがこの男だ。キールタには音楽の才能《さいのう》もあった。食事がすんでミードの杯《さかずき》がまわされるときになると、騎士団《きしだん》の面々《めんめん》が耳をかたむけたくなるのはキールタの竪琴《たてごと》をおいてまずほかになかった。もちろん、あとになるとアシーンが登場する。アシーンほどの竪琴《たてごと》の名手はいない。なにしろアシーンは天高くさえずるヒバリそのままに楽器を奏《かな》で、歌うことができたのだ。

それからリガン・ルミナ、高跳《たかと》びのリガンは西風をもしのぐ軽《かろ》やかな脚《あし》を持ち、心が風のように軽いときにはターラの丘《おか》の端《はし》から端《はし》までひと跳《と》びにできるほどだった。ファーガス・フィンヴェルはフィンの相談役のなかでもっとも知恵《ちえ》深い者のひとり。またドバ・オバスクナの息子《むすこ》ディアリンは、目を閉《と》じて頭の奥《おく》の暗闇《くらやみ》をのぞきこめば、はるか遠くで起こっていることや未来の出来事を知ることができた。

ディアミッド・オダイナは勇敢《ゆうかん》で心が広い騎士《きし》だった。またたいへん美しかったので、ひと目見てディアミッドに恋《こい》しない女性《じょせい》など、まずいなかった。

コノート国の森に隠《かく》れ住んでいた老いた騎士《きし》たちと、フィンが護衛《ごえい》に残した若者《わかもの》たちは、フィアンナの宝袋《たからぶくろ》を持ってフィンのもとへやってきていた。老いた騎士《きし》たちはすでに戦士として闘《たたか》う年齢《ねんれい》をすぎていたが、冬はアルム城砦《じょうさい》の火のそばに座《すわ》り、夏は館《やかた》の戸口の陽だまりに座《すわ》って、若者《わかもの》たちに口やかましく注意を与《あた》えていた。

もっとあとになってフィンが年老いたころに、アシーンの息子《むすこ》オスカが仲間に加わる。勇猛《ゆうもう》ななかにも勇猛《ゆうもう》な戦士。戦うためだけに生まれ、戦うためだけに育ったような男だったが、たったひとりの人間にとっては忠実《ちゅうじつ》で愛情《あいじょう》深い友人だった。そのひとりとはディアミッドだ。ディアミッドのことが原因《げんいん》で、物語も終わり近くになってオスカとフィンのあいだに争いが起こることになったくらいだ。ただしこの点でフィンについては、このようにも語られている。フィンは生涯《しょうがい》に二度だけ涙《なみだ》を流した。一度は愛犬ブランが死んだとき、もう一度はオスカが亡《な》くなったときだった、と。

いま名前を挙げたのはフィン・マックールに仕えた戦士のなかでも最も名高く偉大《いだい》な者たちだが、ほかにもまだまだ、その名が忘《わす》れられた戦士が数多くいるのである。なにしろエリンのフィアンナ騎士団《きしだん》には三千を越《こ》える騎士《きし》がおり、新しく入団《にゅうだん》を求める者が現《あら》われない日は一日もないありさまだったからだ。

なかには世にも不思議な物語を背負《せお》った不思議な男たちもいた。たとえば、一頭のすばらしい猟犬《りょうけん》を連れた三人の騎士《きし》。この猟犬《りょうけん》には不思議な力があった。水に息をふきかけるとブドウ酒か蜂蜜酒《はちみつしゅ》か、どちらでも命じられたほうに変えることができたのだ。犬の主人である三人の戦士は騎士団《きしだん》にくわわるときひとつの条件《じょうけん》を出した。その条件《じょうけん》とは、野営《やえい》のときはかならずほかの者と離《はな》れて眠《ねむ》ることだった。フィンがわけをたずねると、三人のうちの頭らしいひとりが説明した。「毎夜わたしたちのひとりが死に、あとのふたりは、夜明けに死者が生き返るまで寝《ね》ずの番をしなければなりません。それゆえ、不寝番《ふしんばん》のあいだじゃまがはいらないようにしておきたいのです」

フィアンナ騎士団《きしだん》にはいるのは容易《ようい》ではなかった。多くの者が試みて失敗している。いかなる男もかずある試験を突破《とっぱ》しなければ名誉《めいよ》ある仲間にははいれないと、フィンが定めたからだ。フィアンナ騎士《きし》になるには、勇敢《ゆうかん》なばかりでなく武技《ぶぎ》にすぐれ、その技《わざ》のほどを人に示《しめ》さなければならない。入団《にゅうだん》を希望する若者《わかもの》はまず、盾《たて》とハシバミの枝《えだ》だけを手に、四方八方から攻撃《こうげき》をしかける九人の男を相手にして身を守らなければならない。しかも地面に掘《ほ》った穴《あな》のなかに立ち、腰《こし》から下は動かせない状態《じょうたい》でだ。男たちが投げた槍《やり》が一本でも皮膚《ひふ》をかするか、一滴《いってき》でも血が流れれば、不合格《ふごうかく》になる。これに合格《ごうかく》するとつぎは、髪《かみ》を二十本の三つ編《あ》みに編《あ》まれ、森のなかをフィアンナの騎士《きし》たちによって狩《か》りたてられる。怪我《けが》をするか追いつめられて捕《つか》まった場合、手に握《にぎ》った槍《やり》がふるえた場合、三つ編《あ》みにした髪《かみ》のひと束でもほつれてゆるんだ場合、あるいは追われて走っているさいちゅうに枯《か》れた小枝《こえだ》を踏《ふ》み折って音をたてた場合も、不合格《ふごうかく》になる。つぎは自分の背丈《せたけ》と同じ高さの枝《えだ》を跳《と》びこえ、膝《ひざ》の高さの枝《えだ》は走りながらくぐりぬけ、やはり走りながら速度を落とさずに足に刺《さ》さったイバラのとげを抜《ぬ》かなければならない。これらの試験をすべて突破《とっぱ》してもまだ、『詩篇《しへん》』十二冊《さつ》が頭にはいっていて、あちらこちらの節をたっぷりと暗誦《あんしょう》できなければならない。またエリンの歴史や神秘《しんぴ》的な知恵《ちえ》が隠《かく》された古来の物語を二十以上は暗記していなければならない。これだけのことができてはじめて、フィアンナの騎士《きし》となる資格《しかく》があると認《みと》められる。

それからフィンは、新しい入団者《にゅうだんしゃ》につぎのような誓《ちか》いを立てさせる。妻《つま》をめとるとき持参金をとらないこと。襲撃《しゅうげき》のさい、不正に対する報復《ほうふく》として以外は、他人の牛を略奪《りゃくだつ》しないこと。助けを乞《こ》われたら、どんな相手も拒《こば》まないこと。そして戦闘《せんとう》のさい、どれだけ劣《れっ》勢《せい》になっても仲間が九人いるうちは退却《たいきゃく》しないこと。

そして最後に、新参の騎士《きし》はエリンの上王と騎士団長《きしだんちょう》フィン・マックールに忠誠《ちゅうせい》を誓《ちか》う。こうして正式にフィアンナ騎士《きし》のひとりとして認《みと》められるのである。

このようにしてフィンの時代にフィアンナ騎士団《きしだん》は最盛期《さいせいき》をむかえ、それまでになく栄えた。そしてフィンの死とともに、騎士団《きしだん》の栄光の日々《ひび》も終わるのである。

第四章　フィンと『若《わか》い勇士』の子どもたち

この話とつぎの話では、フィン・マックールが数多い猟犬《りょうけん》のなかでもとくに気にいりの二頭と出会った次第を語ろう。そもそもの始まりはこんな具合だった。

フィンは数人の仲間とアーガイル（スコットランド西部地方）の海を臨《のぞ》む丘《おか》へ狩《かり》に出かけた。当時のアーガイルはエリンとは近い親戚《しんせき》の間がらで、有力な族長の多くが海をはさんだ両方の土地で狩《かり》をしたものだった。フィンの一行は獲物《えもの》を仕留《しと》め、温かく甘《あま》くかおるヒースに埋《う》もれて体を休めていた。ヒースのしげみは岩の多い浜《はま》の岸近くまでのびていた。波打ち際《ぎわ》では好天のおだやかな波が西から寄《よ》せて、カモメの背《せ》のような灰色《はいいろ》の砂利《じゃり》にクリームのような白いこまかい泡《あわ》を残して消えていく。だれもが思い思いに手足を伸《の》ばしていると、ゴル・マックモーナがとつぜん声をあげた。「あれを見ろ！」ゴルのひとつきりの目は、なみの男のふたつそろった目より鋭《するど》かった。一行の目が、ゴルが指さす海上の一点にあつまった。明るく輝《かがや》く沖に黒い点が見え、それが木の実の殻《から》で作った小船ほどになり、ついにはすばらしい戦闘《せんとう》用のガレー船になって浜《はま》へ突《つ》き進んできた。

フィンの部下たちはそれを見て狩猟《しゅりょう》用の槍《やり》を手に取った。しかしフィンはいった。「まあ、待て。見知らぬ者がみな敵《てき》とはかぎらない。それにあの船の腹《はら》にはこぎ手を守る盾《たて》がさがっていない」

船が浜《はま》に乗りあげると、舵《かじ》を取る棒《ぼう》を握《にぎ》っていた背《せ》の高い男が甲板《かんぱん》からとびおりた。船を浜《はま》の上まで押《お》しあげるのはこぎ手たちにまかせて、男は陸のほうをむき、潮焼《しおや》けしたヒースのしげみを大またに踏《ふ》みわけて、フィンと側近《そっきん》たちが待っている場所へ歩みよってきた。

男は背《せ》が高く、すばらしい衣装《いしょう》を身につけ、首には珊瑚《さんご》とひねった銀を何連もつらねた首飾《くびかざ》りを巻《ま》いていた。しかし金色の眉《まゆ》の下の瞳《ひとみ》は苦しみにかげっていた。その目がフィアンナの狩人《かりゅうど》たちをひとりひとり見つめ、フィンのところへきて止まった。

「フィアンナ騎士団長《きしだんちょう》、フィン・マックール殿《どの》ですね?」男がいった。

「そのとおり」フィンは答えた。「どんな用向きでわたしをさがしにみえられたのですか?」

「わたしの子どもを救《すく》うのに助力していただきたいとお願いするためです。ご助力が得《え》られなければ、わたしは子どもを失うことになります。以前にも息子《むすこ》をふたり亡《な》くしているのです」

「そのような災《わざわ》いがどうしてあなたの身にふりかかったのです？　そしてわたしにどんな力ぞえができるのですか？」

「そのご質問《しつもん》には、あとでお答えします。どうか、ただ信じていただきたい――じっさい、わたしと妻《つま》の三番めの子どもを救《すく》えるのは、フィン・マックール殿《どの》、あなたをおいてほかにないのです」

「なにも知らずにひきうけるわけにはいかないといったら、どうします？」

「そのときにはこの呪《のろ》いの言葉であなたを縛《しば》るのみ。わたしのあとを追うまではあなたは食べることも、飲むことも、眠《ねむ》ることもできない」そういうと見知らぬ男は背《せ》をむけて浜《はま》のほうへ歩み去った。

　ガレー船のこぎ手たちは男がもどってくるのを見ると、まだ男が行き着かないうちに船を浅瀬《あさせ》に押《お》しだした。男が船にとびのり、こぎ手たちがあとに続いた。それぞれがかがみこんでオールを持つと、船はたちまち岸を離《はな》れ、木の実の殻《から》で作った小船ほどになり、はるかなまぶしい沖の黒い点になり、ついにあとかたもなく消えてしまった。

フィンは海にむけていた目を陸にかえした。「あとを追うまで飲み食いも眠《ねむ》りもできないとなると、どうやら、追っていくほかあるまいな」

「われわれも参ります」仲間たちはいったが、フィンは断《ことわ》った。獲物《えもの》を野営地《やえいち》まで運ぶよう命じると、ひとりで浜《はま》へ降《お》りていった。

岩としぶきにぬれた小石の浜《はま》には七人の男がいた。どうやらフィンを待っていたらしい。

「フィン・マックール殿《どの》にごあいさつ申しあげます」七人の頭がいった。「太陽と月があなたの進む道を照らしますよう。わたしどもがお役に立てることがありましょうか」

「ごあいさつ、いたみいる」フィン・マックールは応《こた》えた。「そなたたちが、この世で最も得意《とくい》とすることをたずねてよいか」

「わたしは船大工です」男が答えた。

「腕《うで》のほどは？」

「むこうの小川の河口《かこう》に生えているハンノキ、あれを斧《おの》の三打ちで切り倒《たお》し、厚板《あついた》に挽《ひ》いて船を作ることができます」

「すばらしい」フィンは二番めの男に顔をむけた。「そなたが最も得意《とくい》とするのは？」

「追跡《ついせき》です。九つの海をこえたむこうにいる野ガモを九日のうちに追いつめることができます」

「そしてそなたは？」フィンは三番めの男にたずねた。

「握《にぎ》ったものをけっして放さず、つかまえておけます。相手が目のまえに来さえすれば、そいつの腕《うで》が肩《かた》から抜《ぬ》けるまでつかんでおけます」

「そなたの特技《とくぎ》は？」フィンが四番めの男に聞いた。

「登ることです。オリオンの三ツ星のひとつに結びつけた一本の絹糸《きぬいと》にでも登っていけます」

「そなたは？」フィンが五番めの男にたずねた。

「盗《ぬす》むことです。アオサギの巣から、たとえ母鳥がそばで見張《みは》りをしていても、卵《たまご》を盗《ぬす》みだせます」

「で、そなたは？」フィンが六番めの男にいった。

「聞くことです。人が耳に口をつけてささやく声くらいなら、世界の反対側からでも聞くことができます」

「そして、そなたは？」フィンは最後の七番めの男にたずねた。

「弓です。空中に投げあげられた卵《たまご》を、いちばん強い弓で射《い》た矢がとどくぎりぎりまで離《はな》れたところから射抜《いぬ》くことができます」

「そなたたちなら、きっとわたしの役にたってくれるだろう」フィン・マックールはそういうと、ひとりひとりに指示《しじ》を与《あた》えた。

そこで船大工は斧《おの》を三回ふりおろしてハンノキを切り倒《たお》し、厚板《あついた》に挽《ひ》いて船を作った。一同は船を浅瀬《あさせ》に押《お》しだし、フィンが舵取《かじと》りの棒《ぼう》を握《にぎ》った。そこが船長の位置と定まっていたからだ。鼻男が舳先《へさき》に立って、ほかの者には目にも鼻にも感じとれないもう一艘《そう》の船の跡《あと》をたどった。残りの者はオールを取り、横帆《よこほ》の助けも借りて、海神マナナーンの白いたてがみの馬にもおとらぬ速さで海を渡《わた》っていった。

日暮《ひぐ》れに一行は陸地に着いた。

船を浜《はま》の上まで押《お》しあげると、そこにはあの、名も知らぬ族長の乗っていた軍船も引きあげてあった。それから一行が、浜《はま》につづく谷間をはるか奥《おく》までさかのぼっていくと、ハシバミとハンノキの林のあいだから料理の煙《けむり》が立ちのぼるのが見えてきた。

林が開けると平らな草地に美しい館《やかた》が立っていた。そしてあの『若《わか》い勇士』が歩み出て一行を出迎《でむか》え、フィンの両肩《りょうかた》に腕《うで》をなげかけて抱《だ》きしめた。

「来てくださったのですね！」

「なにしろあのときは腹《はら》が空《す》いて喉《のど》が渇《かわ》いていましたからね。それにいまは、なにより眠《ねむ》りたいところです」フィンは唇《くちびる》のはしに笑《え》みをたたえていった。

「では空腹《くうふく》を満たし、喉《のど》をいやしてください。眠《ねむ》るのはしばらくあと、ということで」

『若《わか》い勇士』が答えた。

そしてフィンの肩《かた》に腕《うで》を回したまま一同を広間に招《まね》きいれ、みごとなご馳走《ちそう》の席に着かせた。料理は戦闘《せんとう》用の盾《たて》ほどもある大皿にのってつぎつぎに運ばれてきた。イノシシと鮭《さけ》のあぶり焼きを食べ、ヒースの花の香りがする黄色いミードを飲むあいだ、館《やかた》の主人はフィンに助力を求めたわけを話してきかせた。

「七年まえ、わたしはひとりの乙女《おとめ》に恋《こい》をし、結納金《ゆいのうきん》を払《はら》って、乙女《おとめ》を父親の家の炉端《ろばた》からわが家へ連れてきました。そして一年後の同じ日に、妻《つま》はわたしに息子《むすこ》を与《あた》えてくれました。自分がこの世でいちばんの幸福者になった気がしました。ところがその夜、一本の巨大《きょだい》な腕《うで》が煙突《えんとつ》の穴《あな》からおりてきて、赤ん坊《ぼう》を母親のかたわらからさらっていったのです。三年後の同じ夜、妻《つま》はふたりめの息子《むすこ》を産んでくれました。ところがまたしても、あの腕《うで》が煙突穴《えんとつあな》からおりてきたのです。巨大《きょだい》な、黒い木の根のように節くれだった手でした。そしてわたしたちから息子《むすこ》を奪《うば》っていったのです。そして今夜、妻《つま》は婦人《ふじん》部屋にこもって、三人めの子を産もうとしています。このようなわけで、あなたの助力を求め、飲食と睡眠《すいみん》をとるまえにわたしのあとを追うようにと呪《のろ》いまでかけたのです」

「なんという災難《さいなん》だ」フィンはいった。「きっとわたしと連れの者たちが三番めのお子をお救《すく》いしましょう。わたしを婦人《ふじん》部屋へお連れください。そして連れの者たちは部屋の扉《とびら》近くにやすませておいてください」

そこで『若《わか》い勇士』は一行を館《やかた》の奥《おく》の婦人《ふじん》部屋へ案内した。部屋にはかれの妻《つま》が手のこんだ刺繍《ししゅう》をほどこした真紅《しんく》の上掛《うわが》けをかけて横たわり、館《やかた》の女たちが総出《そうで》でいそがしく世話をやいていた。

フィンは部屋にはいり、炉《ろ》のそばに腰《こし》をおろして見張《みは》りをした。あとの者は扉《とびら》の外に横になった。フィンは眠気《ねむけ》がさしてくるたびに、大鍋《おおなべ》をひっかける鉄の鉤《かぎ》のとがった先に手をおしつけ、頭をはっきりさせた。

真夜中に子どもが生まれた。女たちが、男の子です、と声をあげたとたん、巨大《きょだい》な黒い手が木の根のような節こぶを見せて煙突《えんとつ》の穴《あな》からおりてきて、産声《うぶごえ》をあげている小さな赤ん坊《ぼう》をつかもうと迫《せま》ってきた。

フィンは握《にぎ》り男を呼《よ》んだ。男は巨大《きょだい》な手をがっちりつかんで、もみあった。まるで犬に振《ふ》りまわされるネズミのように前後によろけまわったが、握《にぎ》った手はすこしもゆるまなかった。ついに怒《いか》りと苦痛《くつう》の叫《さけ》びが頭上で爆発《ばくはつ》し、一本の巨大《きょだい》な黒い腕《うで》がすさまじい音をたてて煙突《えんとつ》の穴《あな》を落ちてきた。腕《うで》は肩《かた》の付け根から抜《ぬ》けていた。ところがもう一本の腕《うで》が毒蛇《どくへび》のようにすばやく現《あら》われると、赤ん坊《ぼう》をさらって消えてしまった。

悲しみの泣き声が館《やかた》にわきおこった。館《やかた》じゅうの者が失望の目でフィンを見つめた。

そこでフィンは決心して誓《ちか》いを立てた。「夜が明けるまえに、連れの者たちとあの手を追跡《ついせき》に出発しよう。そしてあなたの息子《むすこ》を無事に連れもどせないときは、わたしたちはだれひとり、ふたたびわが家の炉端《ろばた》にもどることはない！」

一行は海岸へ下り、船を浅瀬《あさせ》に押《お》しだしてとびのった。ふたたびフィンが艫《とも》の舵取《かじと》り棒《ぼう》を握《にぎ》り、鼻男が舳先《へさき》に立って猟犬《りょうけん》のように風のにおいをかいだ。「この方角です。まちがいありません。水の上ににおいの跡《あと》が残っています」

フィンはそちらの方向に舵《かじ》を切った。

その日一日、かれらは鼻男が水の上にかぎだした跡《あと》を追っていった。ちょうど日が落ちるころ、はるか前方の海上に黒い点が見えてきた。島にしては小さすぎ、カモメにしては大きすぎる。近づいていくと、夕日の最後の光と月の最初の明かりで、海面からまっすぐ立ちあがっている塔《とう》だとわかった。塔《とう》の屋根はいちめん、いぶし銀のような光を放っていた。

一行はガレー船が塔《とう》の壁《かべ》に触《ふ》れるまでこいでいった。それからほかの者が腕《うで》を休めるあいだに、登り男が片足《かたあし》を船べりにかけ、もう片足《かたあし》を塔《とう》の壁《かべ》にかけると、まるでハエのように塔《とう》をはいあがっていった。

やがて男はもどってきて、待っていた船にとびおりた。

「どうだった?」フィンがたずねた。

「うまくいきました」登り男が答えた。「この塔《とう》の屋根はウナギの皮で葺《ふ》いてあって普通《ふつう》の人間なら一歩ごとに足がすべってずりおちてしまいます。そんなことがなければ、もっと早くもどってこられたのですが」

「よくもどってくれた」フィンがいった。「そして、どんな知らせを持ってきてくれたのか?」

「屋根のてっぺんにある煙抜《けむりぬ》きの穴《あな》まで登って、そこからなかをのぞいてみました。下に巨人《きょじん》が、絹《きぬ》の上掛《うわが》けにくるまり繻子《しゅす》のシーツをしいてベッドに横になっていました。左肩《ひだりかた》は血のにじんだ麻布《あさぬの》でくるまれていましたが、右の手のひらで、赤ん坊《ぼう》が眠《ねむ》っておりました。部屋の床《ゆか》ではふたりの幼《おさな》い男の子が金の棒《ぼう》と銀の球を使ってシンティ（スコットランド風のホッケー）をしておりました。そして炉《ろ》のかたわらでは雌《めす》のウルフハウンドが横になって二頭の子犬に乳《ちち》を吸《す》わせていました。一頭は灰色《はいいろ》、もう一頭はぶちの子犬です」

「なるほど」フィンはいった。「さあこんどは、盗《ぬす》み男の出番だ。だがそれには、そなたにもう一度、今度は盗《ぬす》み男をおぶっていってもらわなくてはならない。こんなにきりたった壁《かべ》を登り、月の光のようにすべりやすい屋根を歩ける男はひとりしかいないからな」

そこで登り男は、盗《ぬす》み男を背《せ》にのせて塔《とう》を登っていった。ふたりは何度も往復《おうふく》して部屋のなかのものをごっそり運びだした。ふたりの男の子を金の棒《ぼう》と銀の球ごと運び、二頭の子犬を母犬の腹《はら》からさらい、絹《きぬ》の上掛《うわが》けと巨人《きょじん》が寝《ね》ていた繻子《しゅす》のシーツまではぎとり、巨《きょ》人《じん》の右手のくぼみから生まれたばかりの赤ん坊《ぼう》を取り返した。雌《めす》のウルフハウンドと、むきだしのベッドで眠《ねむ》りこけている巨人《きょじん》をのぞいて、部屋のなかみをそっくりいただいたのだ。

フィンは赤ん坊《ぼう》を絹《きぬ》の上掛《うわが》けにくるんで船のまんなかに寝《ね》かせ、赤ん坊《ぼう》が凍《こご》えないよう二頭の子犬を両脇《りょうわき》に置いた。こぎ手たちはオールを取り、巨人《きょじん》の塔《とう》を離《はな》れて、全速力でもとの岸をめざした。

こんどは耳男が、艫《とも》で舵《かじ》を取るフィンの横に立って耳をすませていた。ほどなくかれが口を開いた。「巨人《きょじん》が目を覚ましました。上掛《うわが》けとシーツがなくなって、寒くなったのです。赤ん坊《ぼう》やほかのものを探《さが》しています。しかしもっぱら、気になっているのは赤ん坊《ぼう》のようです。怒《おこ》っています。ひどく怒《おこ》って、ウルフハウンドにわれわれの追跡《ついせき》を命じました。みんな、せいいっぱいこげ！　あの母犬も怒《おこ》っているぞ！」

こぎ手たちは倍の力でこいだ。船は波を追いぬくウミツバメのように水を切って進んだ。しかしまもなく、ウルフハウンドが追いかけてくるのが見えた。泳ぐ速さはすさまじく、犬の鼻面《はなづら》と横腹《よこばら》から赤い火花が飛び散ってうしろに尾《お》を引くほどの勢《いきお》いだ。

「追いつかれて横にならばれたら、船板に火がつくぞ」フィンがいった。「子犬を一頭なげてやれ。そうすればわが子を救《すく》うのに脇《わき》へそれて、家へもどっていくだろう」

そこで灰色《はいいろ》の子犬を海へ放ると、思ったとおり母犬は船を追うのはすっかり忘《わす》れ、溺《おぼ》れそうになってもがく子犬の首の皮をしっかりくわえた。くるりと向きを変えてもときた方角へ泳ぎだすと、どんどん遠ざかって波のかなたへ、夜明けの光に消えていった。

こぎ手たちは心臓《しんぞう》が破《やぶ》れそうなほどこぎつづけた。しかしまもなく、耳男が艫《とも》のフィンの横に立っていった。「母犬は塔《とう》に帰りつきました。巨人《きょじん》はひどく腹《はら》をたてて、もういちど追跡《ついせき》してこいと命じています。ひどく怒《おこ》って、犬を叱《しか》りつけています。しかし犬は来ないでしょう。とりもどした子犬を置いてきたくないのです。そう主人に告《つ》げています。よく犬が耳をうしろに倒《たお》して歯をむきだしてうなるでしょう、あのやり方で。巨人《きょじん》は犬をさしむけるのをあきらめました。そして――こんどは自分で追いかけてきます！」

「こげ！　いままでにない力をいれてこぐのだ！」フィンがいった。船は西風よりも速く、波頭を切って矢のようにとんでいった。しかしまもなく、巨人《きょじん》がやってくるのがかれらの目にはいった。西の海は巨人《きょじん》の腿《もも》の半分までの深さしかなかった。巨人《きょじん》が一歩進むごとに海水がわきかえり、大きな渦《うず》ができた。自分がまきおこした大波のなかを巨人《きょじん》はぐいぐい近づいてきた。こぎ手たちは必死にオールを動かしたが、巨人《きょじん》はますます近づいてくる。

フィンは親指をくわえた。知恵《ちえ》の鮭《さけ》フィンタンを料理していてやけどした指だ。するとたちまち、フィンの頭に知識《ちしき》が流れこんだ。巨人《きょじん》は魔法《まほう》で守られていて、どんな武器《ぶき》でも傷《きず》つけることはできない。ただし一か所だけ、残ったほうの手のひらのほくろだけが例外だ。このほくろを攻撃《こうげき》すれば、巨人《きょじん》をたおせるのだ。

フィンは弓の名人にこのことを告《つ》げた。射手《しゃしゅ》は答えた。「そのほくろがちょっとでも見えれば、やつは死んだ巨人《きょじん》となりましょう」

やがて巨人《きょじん》は船尾《せんび》のすぐうしろまでくると岩山のようにそびえたって、帆柱《ほばしら》をつかもうと腕《うで》を伸《の》ばした。

巨人《きょじん》が手を開いたとき、手のひらのほくろがほんの一瞬《いっしゅん》見えた。その一瞬《いっしゅん》に、射手《しゃしゅ》は弓に矢をつがえ、弦《つる》をしぼって射《い》た。矢はほくろに命中し、海から空へ、断末魔《だんまつま》の叫《さけ》びが響《ひび》きこだまし、巨人《きょじん》は死んでたおれた。

山がひとつ、まるごと海に崩《くず》れ落ちたようなものだった。船は思いきりはげしく揺《ゆ》すぶられ、気のたった馬のように跳《は》ねまわった。しかしやがて姿勢《しせい》を正しておとなしく波に浮《う》かんだ。

「あやういところだった」フィンがいった。「それにしてもみごとな腕前《うでまえ》だった。さて、引き返して巨人《きょじん》の塔《とう》へもどろう。りっぱな猟犬《りょうけん》とたくましい子犬を主もなくあんな場所に置きざりにして帰るわけにはいかない」

そこで一行は船を回すと、オールと帆《ほ》をつかって巨人《きょじん》の塔《とう》へもどり、灰色《はいいろ》の子犬を母犬もいっしょに船に乗せた。母犬はもう、気の荒《あら》さも並《なみ》の猟犬《りょうけん》とかわらないように見えた。

船はこれを最後に巨人《きょじん》の塔《とう》をはなれ、『若《わか》い勇士』の浜《はま》とハシバミの森の谷間をめざして進んだ。オールの動きはゆっくりだった。みんな疲《つか》れきっていたし、もはや追手を怖《おそ》れることもなかったからだ。あくる日の夜明けに、かれらは上陸地の浜《はま》に到着《とうちゃく》した。

船を浜《はま》に押《お》しあげ、『若《わか》い勇士』のガレー船の横に置くと、一行は谷間をさかのぼって館《やかた》へむかった。フィンは絹《きぬ》の上掛《うわが》けにくるんだ赤ん坊《ぼう》を抱《だ》いて先頭にたった。あとの者たちは、ふたりの男の子と母犬と子犬、繻子《しゅす》のシーツと黄金の棒《ぼう》と銀の球をそれぞれもってうしろにつづいた。

『若《わか》い勇士』は遠くから一行を見つけると出迎《でむか》えにやってきた。フィンが腕《うで》にかかえた赤ん坊《ぼう》ばかりか、ふたりの男の子までいるのを目にすると、かれは喜びの涙《なみだ》を流した。せめて末の子を取りもどせればと願っていたのが、さらわれた息子《むすこ》が三人とも手もとに返ったのだ。『若《わか》い勇士』は上王コルマクをまえにしたかのように、へりくだってフィンのまえにひざまずき、問いかけた。「どのようなものならフィアンナ騎士団長《きしだんちょう》にふさわしい返礼の品といえるでしょう？　わたしの所有する物はすべて、あなたのお望みのままです」「この二頭の子犬のうち、わたしの選んだ一頭をいただきたい」フィンは答えた。「これほどの子犬はほんとうに見たことがない。先がたのしみだ」

そしてかれらはそろって『若《わか》い勇士』の館《やかた》の広間へはいった。そこには、みごとな宴席《えんせき》がもうけてあった。それから一行は一年と一日、『若《わか》い勇士』の館《やかた》に滞在《たいざい》した。昼は狩《かり》やシンティや、ほかのあらゆる競技《きょうぎ》や娯楽《ごらく》の腕前《うでまえ》を競《きそ》い、夜は王侯《おうこう》のような宴会《えんかい》にときを過《す》ごした。最後の夜の宴会《えんかい》は、もっともにぎやかとはいかなかったかもしれない。しかし別れの影《かげ》がさしてはいても、けっしてしめっぽいものではなかった。

翌日《よくじつ》エリンにむけて出発するとき、フィンは胸《むね》が白いブチの子犬を選んだ。一年たって、子犬はすっかり成長していた。母犬ともう一頭の子犬は『若《わか》い勇士』の館《やかた》に残ることになり、その子犬はスコローンと名づけられた。「灰色《はいいろ》の犬」という意味である。

フィンはブチの子犬をブランと呼《よ》んだ。この雄犬《おすいぬ》は、フィンがとくに愛した二頭の猟犬《りょうけん》の最初の一頭になった。

第五章　フィンと灰色《はいいろ》の犬

何か月かがすぎ、さらに何か月かがすぎた。フィンはまた、側近《そっきん》の者たちと狩《かり》にでた。そして獲物《えもの》をしとめ、白い城壁《じょうへき》に囲《かこ》まれたアルムの城砦《じょうさい》さして帰ろうとしていたとき、見知らぬ男が現《あら》われた。

背《せ》が高く若《わか》い男で、髪《かみ》はフィンと同じ熟《う》れた大麦のような金色、瞳《ひとみ》は冬の海の色をしていた。「エリンのフィアンナ騎士団長《きしだんちょう》、フィン・マックール殿《どの》ですね？」男は一行のなかからひと目でフィンを見わけた。人なみすぐれた背丈《せたけ》と、太陽すらシンティの球のように足下に踏《ふ》まえているかのような雰囲気《ふんいき》を見れば、たいていの人間は相手がフィンだとわかる。

「そのとおり」フィンは答えた。「そなたはだれで、どこから来た？　どんな用事でフィン・マックールのもとに来た？」

「最初のご質問《しつもん》ですが、わたしが名を名のったところで、あなたさまは聞いたこともございますすまい」男は少年といってよい若《わか》さだった。「ふたつめのご質問《しつもん》には、東から、そして西から、とお答えします。東でも西でも、あなたのお名は広く知られています。三つめのご質問《しつもん》ですが、わたしは一年と一日のあいだお仕えできる主人をさがしております」

「仕えてもらうとしたら、一年と一日後にどのような報酬《ほうしゅう》をのぞむ？」

「ともにロホランの王宮においでいただき、宴席《えんせき》にのぞんでいただきたい。それだけです」

ロホランはヴァイキングの海賊《かいぞく》の故郷《こきょう》だ。そしてフィアンナ騎士団《きしだん》のおもな役目は、ヴァイキングと戦ってエリンの海岸を略奪《りゃくだつ》や襲撃《しゅうげき》から守ることだった。ロホラン王宮での宴会《えんかい》への誘《さそ》いはきっと罠《わな》のようなものだろうと、フィンは考えた。しかし同時に、友情《ゆうじょう》の手をさしのべている可能性《かのうせい》もある。もしそうなら、拒絶《きょぜつ》すれば相手の気持ちを害することになる。なによりフィンは、危険《きけん》のにおいがするというだけで背中《せなか》をむけるような男ではなかった。そこでかれは答えた。「ずいぶんと安い望みだな。ならばわたしによく仕えてくれ。そうすればわたしも、喜んでその報酬《ほうしゅう》を支払《しはら》おう」

こうして少年はフィンの部下となり、一年と一日のあいだ忠実《ちゅうじつ》に仕えた。約束の日の最後に、少年はアルムの城壁《じょうへき》の外の緑の野にいるフィンのもとへやってきた。「一年がすぎ、最後の一日もすぎました。わたしの働きにご満足いただけたでしょうか？」

「たいへんよく働いてくれた」フィンは答えた。

「それでは、こんどはわたしが報酬《ほうしゅう》をいただく番です。いっしょにロホランの王宮へおいでください」

「もちろん、行こう」フィンは答えた。そして配下の者たちに告《つ》げた。「フィアンの兄弟たちよ、一年と一日たってもわたしがもどらなければ、槍《やり》を研《と》ぎ戦《いくさ》の弓に油をすりこんで、わたしのためにロホランの岸へ復讐《ふくしゅう》にむかってくれ」

それからフィンは旅の支度《したく》を整えに砦《とりで》にもどった。フィンの道化《どうけ》が火のそばにすわっていた。涙《なみだ》が道化《どうけ》の長いかぎ鼻を伝い、熱い灰《はい》に落ちてしゅっと音を立てた。「おやおや、おまえとしたことが、どうしたのだ」フィンは通りがかりに道化《どうけ》の肩《かた》を軽くたたいていった。「門出《かどで》の景気づけにうまい冗談《じょうだん》のひとつもきかせてくれないのか？」

「冗談《じょうだん》をおっしゃるような浮《う》かれた気分でいらっしゃるのはだんなさまくらいのものです」ちいさな道化《どうけ》は、肩《かた》をさすって答えた。

「わたしがロホランへ行くのを悲しんでいるのか？」

「さようです。旅の門出《かどで》にだんなさまにお笑いいただける冗談《じょうだん》をひねりだすのはとうていむりですが、お耳においれいただけるなら、お役にたつような忠告《ちゅうこく》をひとつ、さしあげます」

「どんな忠告《ちゅうこく》だ？」フィンはたずねた。

「ブランの黄金の鎖《くさり》をお持ちください」

「おかしな忠告《ちゅうこく》だな。だが、持っていくとしよう」フィンは答えた。そんなわけで、ロホランの少年についで出発したとき、フィンの腰《こし》にはブランの黄金の鎖《くさり》が豪華《ごうか》な飾《かざ》り帯のように巻《ま》いてあった。少年は先にたって道を進んだ。その足の速いこと、フィンの長い脚《あし》でも少年に追いつくどころか、ひとつむこうの丘《おか》のかげに姿《すがた》を見失わないようにするのが精《せい》いっぱいだった。海岸にたどりついたときも、同じだった。見覚えのない人目にかくれた湾《わん》まで来ると、ロホランのガレー船が一隻《いっせき》、フィンを待ちうけていた。少年はすでにもう一隻《いっせき》の船で出発し、はるか沖合いを進んでいた。

いく日もオールと帆《ほ》をつかってロホランの岸にたどりつくと、それから王宮へむかった。フィンがロホランまで乗ってきた船の乗組員に囲《かこ》まれて王宮の中庭へ到着《とうちゃく》したとき、少年はすでに王宮の広間で上座《かみざ》の父王のそばに腰《こし》をおろしていた。王宮広間は内も外も、見るも美しいみごとな飾《かざ》りつけがしてあった。広間の屋根は王宮のほかの建物よりひときわ高くそびえ、頂点《ちょうてん》には金色に塗《ぬ》った雄《お》ジカの角の屋根飾《やねかざ》りがとりつけられていた。壁《かべ》の内側にはすきま風をふせぐためにすばらしい織物《おりもの》をめぐらせ、黄金や七宝細工《しっぽうざいく》やセイウチの牙《きば》など、たびかさなる略奪《りゃくだつ》の成果がそこここに飾《かざ》られていた。みがきあげた木の長いテーブルにはすでに海の戦士たちが妻《つま》とともにつき、宴会《えんかい》の食物と酒があふれるほど載《の》せられていた。

フィンは船の乗組員に囲《かこ》まれたまま広間にはいっていった。客人の杯《さかずき》を持って進みでる者もなく、上席の王の卓《たく》へ誘《さそ》う声もなかった。フィンは無言で長テーブルのベンチの空いた場所にすわり、油断《ゆだん》なくあたりを見回してつぎに起こることに備《そな》えた。

王の卓《たく》にはロホランの身分高い者たちが集まっていた。かれらは自分たちだけでささやきかわしては、たびたびフィンのようすをうかがっていた。どんな話をしているにせよフィンにとってうれしくないことは、親指をくわえるまでもなくわかった。フィンは思った。「やはり、自分から罠《わな》に踏《ふ》みこんでしまったわけだな。こうなったら、全力で罠《わな》からのがれるまでだ」

しかし広間の扉《とびら》は閉《と》じられ、ガレー船の乗組員がぐるりを取り巻《ま》いている。

「吊《つ》るしてしまえ」王の側近《そっきん》のひとりがいった。

「いやいや」べつのひとりが口をはさんだ。「縄を取りにやるのでは手間がかかる。そんなことをせずとも、手近に炉《ろ》の火があるではないか。火に投げこんで、けりをつけてやろう」

「殺《ころ》すのはよい」三番めの男が口を開いた。その男は年寄《としよ》りで、肌《はだ》は太陽と波しぶきに焼かれ、いくつもの航海で海上はるかに目を凝《こ》らしてきたために目を細める癖《くせ》がついていた。

「しかし水刑《すいけい》にするべきだ。海で死ぬのこそ、男の死に方というものだ」

そのとき王宮のどこかから哀《かな》しげな声が聞こえた。オオカミの遠吠《とおぼ》えか、気の荒《あら》い犬がいらだって吠《ほ》えているような声だった。ヴァイキングの男たちは顔を見あわせ、黄色い髭《ひげ》のなかでにんまり笑った。

「灰色《はいいろ》の犬がわれらに代わって始末してくれよう」

「やつも気がはやっている」

「そのとおりだ。ハシバミの森の谷を襲撃《しゅうげき》してやつを捕《とら》え、ロホランへ連れ帰っていらい、やつに近づく者にはみな、死が訪《おとず》れた。このフィンとやらを、モア谷へ連れていって放りだしてしまえ。あとは灰色《はいいろ》の犬がめんどうをみてくれよう」

側近《そっきん》のひとりが合図をすると、フィンをとりかこんだ船乗りたちがフィンの両腕《りょううで》をつかみ、後ろ手にねじりあげた。いくらもがいても、多勢《たぜい》に無勢《ぶぜい》ではふりはらいようがなかった。ひとりずつが相手なら、膝《ひざ》で枯《か》れ枝《えだ》を折るようにやすやすとかたづけられたはずだったのだが。ついにフィンはあらがうのをやめ、ただじっとして、あとのために力をためておくことにした。

遠くのほうで犬がまた吠《ほ》え声をあげた。

「では、こやつをモア谷へ連れていき、置いてくるがいい」ロホランの王がいった。

王子が口を開いた。「わたしも参ります。一年と一日の奉公《ほうこう》をして、わたしがこの男をエリンからおびきよせたのですから」

王子は満足げにフィンをながめた。ほかの者が捕《とら》えようとして捕《とら》えられなかった獲物《えもの》をみごと仕留《しと》めた狩人《かりゅうど》の眼《め》だった。

王の卓《たく》に着いていた側近《そっきん》たちは、残忍《ざんにん》な薄笑《うすわら》いをうかべて顔を見あわせた。

遠くで、犬がまた吠《ほ》えた。

フィンの耳にもその声は聞こえた。みぞおちの奥《おく》で胃がかたくちいさくちぢんでいくようだった。しかしフィンはみずからをはげましました。「この場で戦いをはじめたとしても、扉《とびら》は閉《と》ざされ、まわりは敵《てき》に囲《かこ》まれている。そもそもここまで来たのがまちがいだったのだ。これ以上おろかなことをくりかえすのはやめておけ。モア谷へ着くまでに、好機がめぐってくるかもしれない」

　そこでフィンは手首を縛《しば》られるあいだも、おとなしく立っていた。ただし腕《うで》の筋肉《きんにく》に力を入れて、手首をできるだけ太く保《たも》つようにした。こうしておいてあとで力を抜《ぬ》けば手首の紐《ひも》は、縛《しば》った人間が思ったよりゆるくなる。背中《せなか》をこづかれ扉《とびら》のほうへむかうとき、フィンは王と側近《そっきん》たちのいる上座《かみざ》へ声をはりあげた。「これがロホランの信義《しんぎ》、ロホランのもてなしか。ならばわたしは、オオカミの信義《しんぎ》ともてなしのほうを選ぶ。そのほうがはるかに信用でき、歓待《かんたい》してもらえようからな！」

　そばにいた者がののしり声をあげてフィンの口をなぐった。ひとりが扉《とびら》に駆《か》けよってかんぬきをはずし、フィンは外へ引きたてられた。夕暗がりのなか丘《おか》をいくつもこえていったが、モア谷に着くまで逃《に》げだす機会はなかった。

　モア谷は丘《おか》と丘《おか》のあいだの狭《せま》い谷間で、両側はきりたった崖《がけ》になっていた。小石まじりの岩肌《いわはだ》は、よじのぼれそうもない。谷間の奥《おく》でこの世のものとも思えない灰色《はいいろ》の犬の不気味な吠《ほ》え声が岩にこだましていた。どんなに勇敢《ゆうかん》な男でも、うなじの毛がさかだちそうな声だった。谷間の入り口にちいさな小屋があり、老人が妻《つま》と暮《く》らしていた。毎日灰色《はいいろ》の犬に餌《えさ》を与《あた》えるのが、ふたりの役目だった。しかしそのふたりでさえ、この獰猛《どうもう》な犬に近づこうとはしなかった。毎朝、納屋《なや》の横に生えているハシバミの木のところから谷の奥《おく》へむかってできるだけ遠くへ生肉のかたまりを投げてやる。それから一目散に小屋へもどって扉《とびら》をしっかり押《お》さえておく。やがて不機嫌《ふきげん》なうなり声と肉をくわえてふりまわす音が聞こえてくる。それで灰色《はいいろ》の犬が餌《えさ》を食べにやってきたのがわかる。しばらくして物音が聞こえなくなれば、犬が人目をはなれた谷の奥《おく》のすみかへもどっていったとわかるのだ。

男たちはフィンの背中《せなか》を押《お》してハシバミの木より奥《おく》へ、血と骨《ほね》のかけらが散らばる場所まで進ませた。その日の朝、灰色《はいいろ》の犬が雄《お》ジカをまるごと一頭投げ与《あた》えられてむさぼった場所だ。だが、いまや崖《がけ》にこだまして四方八方から響《ひび》くように聞こえる吠《ほ》え声は、満腹《まんぷく》して満足した生き物の声というより、苦痛《くつう》にもだえる死者の魂《たましい》が生者の世界を呪《のろ》う叫《さけ》びのようだった。

「ここらまで来れば、じゅうぶんだろう」男たちのひとりがいった。「おれは、太った雄《お》ジカみたいに本日のごちそうにされるのは、まっぴらだ」

「おれだって、そうだ」べつの男がいった。「こんな場所、さっさとおさらばするにかぎる」

「しばらくとどまって見届《みとど》けられないとは、残念だな」王子がさも心残りそうにいった。

「とんでもない、だれにもそんなことはさせられません」はじめの男が答えた。「ひとりで残って見届《みとど》けるのはご自由ですが——いえ、血気盛《さか》んな若《わか》さまのお楽しみをじゃましたくはないのですが、相手が相手だ。あなたを失ったとなれば、父王さまがお喜びになるはずがない。とがめを受けるのはわれわれですからね」

フィンの耳に走り去る足音が聞こえた。足音はどんどん遠ざかり、だれもいなくなったのがわかった。フィンの両手は縛《しば》られたままだった。風が谷の奥《おく》へ吹《ふ》きあがっていった。フィンのにおいも、灰色《はいいろ》の犬の鼻先にとどいたにちがいない。

「さて」フィンはつぶやいた。「崖《がけ》を登ることはできないし、あともどりすれば連中の手にかかることになるだろう。どのみち死ぬことになるのなら、ロホランのやつらに殺《ころ》されるより、灰色《はいいろ》の犬とやらの牙《きば》にかかるほうがはるかにましだ。それはともかく、まずは両手を自由にしなければな」

フィンはできるかぎり手を細くして、押《お》したり引いたりねじったりした。こめかみに血管がうきあがり、手首がすりむけて赤い血がとびちった。ようやく両手が自由になり、縛《しば》った紐《ひも》が背後《はいご》の地面におちた。フィンはその場に立って、つぎに起こることを待った。谷間の奥《おく》から物音が近づいてきたかと思うと、犬がものかげからとびだしてきた。このときフィンは、ロホランの男たちのあとを追い、素手《すで》で戦って殺《ころ》されたほうがましではなかったかと思った。犬の姿《すがた》は岩のあいだをゆっくり移動《いどう》する影《かげ》としか見えなかったが、うなり声と吠《ほ》え声は一気にせまってきた。顔は見るからに凶暴《きょうぼう》そうで、しわをよせた鼻面《はなづら》から吹《ふ》きだす息が炎《ほのお》となって、行く手にあるものすべてを焼きちぢらせた。

犬がまだ遠くはなれているうちに炎《ほのお》の息がフィンをとらえた。フィンの皮膚《ひふ》は赤く火ぶくれができ、ひびわれた。それでもフィンは一歩も退《しりぞ》かなかった。そのときとつぜん、白い城壁《じょうへき》に囲《かこ》まれたアルムの砦《とりで》で道化《どうけ》が口にした言葉が頭にうかんだ。「ブランの黄金の鎖《くさり》をお持ちなさい」フィンには、どうすればいいかがわかった。

犬がせまって息の熱さに耐《た》えきれなくなるまでフィンはじっとしていた。それから腰《こし》に巻《ま》いた黄金の鎖《くさり》をむしりとるようにはずした。鎖《くさり》はすでに赤く焼けていた。フィンは灰色《はいいろ》の犬めがけて鎖《くさり》をふりおろした。主人がむちをふるって猟犬《りょうけん》に獲物《えもの》を追わせるときのように。あるいは馬勒《ばろく》で馬を打って戦車のくびきにつけるときのように。

灰色《はいいろ》の犬は足をとめ、炎《ほのお》の息が弱まった。フィンはふたたび鎖《くさり》をふりおろした。灰色《はいいろ》の犬は腹《はら》ばいになり、前脚《まえあし》のあいだに鼻面《はなづら》をうずめた。炎《ほのお》の息はすっかりおさまっていた。

フィンが三度めに鎖《くさり》をふりおろすと、灰色《はいいろ》の犬は耳を立ててぱっと立ちあがり、しっぽをふりながら寄《よ》ってきてフィンのやけどを優《やさ》しくなめた。舌《した》にはけがをいやす強い力があり、やけどの痛《いた》みはたちまちひいていった。フィンはかがんで、ブランを相手にするときのように耳をなでてやった。灰色《はいいろ》の犬はフィンの膝《ひざ》に頭をこすりつけたり、ぐいぐい押《お》したりして甘《あま》えかかった。犬がじゃれついているあいだにフィンはブランの黄金の鎖《くさり》を首に巻《ま》きつけて声をかけた。「さあ来い、スコローン」

フィンは灰色《はいいろ》の犬を連れて谷間をおりていった。

谷の出口の小屋が見えるあたりまで来ると、戸口にいた老婆《ろうば》がなかに駆《か》けこんで、炉端《ろばた》にすわっていた夫に呼《よ》びかけた。

「あんた！　あんた！　この目で見るとは思いもしなかったことが起こったよ！」

「そりゃいったい、どんなことだね？」夫は雄牛《おうし》の首輪を編《あ》んでいたワラから目もあげないでたずねた。

「あの男がもどってきたんだよ。王さまの戦士たちがぐるっととりかこんで連れてっただろ。それで、しばらくして自分たちだけもどってった。あんな背《せ》が高くていい男は、見たことがなかった。お日さまがまっ白に燃《も》えてるときの大麦の穂《ほ》のような髪《かみ》をして、カモメの翼《つばさ》みたいな灰色《はいいろ》の目をしてた。その男が谷を下ってくるんだよ。灰色《はいいろ》の犬に黄金の鎖《くさり》をつけて。犬はすなおに男の足元を歩いてる。うちの垂《た》れ耳の老いぼれ犬みたいにおとなしい顔してさ！」

夫は牛の首輪を放りだすと、足をもつらせながら立ちあがった。「そりゃ、フィン・マックールにちがいない。ロホランとエリンじゅうの男で、灰色《はいいろ》の犬を手なずけられるのはフィンのほかにないからな。ブランの黄金の鎖《くさり》をつかったんだろう」

老夫婦《ろうふうふ》が出迎《でむか》えに小屋の外へ出ると、ちょうどフィンが谷を出てきたところだった。スコローンはフィンのかかとにくっつくように足並《あしな》みをそろえていた。

フィンは老夫婦《ろうふうふ》にあいさつし、起こったことをすっかり話してきかせた。それから食事と、敵《てき》からかくれて体を休める場所をたのんだ。

「どうぞどうぞご遠慮《えんりょ》なくおはいりください。わが家の炉端《ろばた》にすわり、あるものはなんでも召《め》しあがってください。一年と一日でも、喜んでお世話いたしましょう。しかし、犬は――この灰色《はいいろ》の犬は……」老人は口ごもった。

「この犬の名はスコローンです」フィンはいった。「この犬は迷惑《めいわく》をかけないし、危険《きけん》もありません。主人に連れられてお宅《たく》にあがりこんだ、ほかの犬とまったく変わりありません」

フィンが小屋にはいり、スコローンもあとに続いた。そして一年と一日のあいだ老夫婦《ろうふうふ》のもとでやっかいになった。ロホランの貴族《きぞく》たちはだれひとり、フィンが生きて身をひそめているとは知らなかった。

一年と一日がすぎたとき、老婆《ろうば》は小屋の近くの丘《おか》に登って海のほうを眺《なが》めていた。そしてあるものを目にすると、小屋へとんでかえって、温めていた卵《たまご》を盗《ぬす》まれた雌鶏《めんどり》のようにさわぎたてた。

「浜《はま》が外国の戦船でいっぱいだ。戦士がうようよ船からおりてくるよ！」

「大将《たいしょう》はどんな男です？」炉端《ろばた》にすわって老人が漁網《ぎょもう》をつくろうのを手伝っていたフィンがたずねた。

「背《せ》が高くて堂々《どうどう》とした、ひとつ目の男だよ。あの姿《すがた》を見たら、あの男と互角《ごかく》にやりあえる者なんか、この空の下にいるとは思えないね」

「それならきっと、ゴル・マックモーナだ。わたしの配下の、エリンのフィアンナ騎士団《きしだん》を率《ひき》いてきたのでしょう。しかし怖《おそ》れることはありません。あなたがたにはなんの害もあたえさせはしませんから。なにしろ一年と一日のあいだ食事の世話をしていただき、この炉端《ろばた》で安全に眠《ねむ》らせてもらったのですから」フィンはスコローンに口笛でついてくるよう合図すると、仲間たちを出迎《でむか》えに、おおまたで外に歩みでていった。

騎士《きし》たちはフィンの姿《すがた》を見ると叫《さけ》び声をあげて浜《はま》から駈《か》けあがってきた。しかし騎士《きし》たちより先に、ひと跳《と》びひと跳《と》びはずむように、しっぽを軍旗のようになびかせて走ってきたのは、フィンの猟犬《りょうけん》ブランだった。スコローンが前にとびだしてうなり声をあげ、足をとめてブチの犬が近づくのを待った。二頭は警戒《けいかい》するように互《たが》いのまわりを回った。首すじの毛がさかだって、肩《かた》のところがもりあがって見えた。きゅうにブランが太いうれしげな吠《ほ》え声をあげ、前脚《まえあし》を低く尾《お》を高くあげる姿勢《しせい》になった。相手を遊びに誘《さそ》う子犬のように。つぎの瞬間《しゅんかん》、ブランとスコローンはからまりあって転げまわっていた。喉《のど》を鳴らし、興奮《こうふん》してかん高い鼻声をもらした。二頭ははなればなれになっていた兄弟だった。まだほんの子犬で、母犬の乳房《ちぶさ》に吸《す》いついていたころに別れたとはいえ、血のつながりがあった。そのうえ二頭は、ほかの犬たちとちがって、人間と同じ心情《しんじょう》をそなえていた。それゆえ再《さい》会《かい》してすぐに互《たが》いの血のつながりがわかったのだった。

それから二頭はそろってうれしそうにフィンにとびついていった。主人のまわりを跳《は》ねまわり、後ろ脚《あし》で立ちあがって前脚《まえあし》をフィンの肩《かた》にかけ、顔をなめまわした。ふつうの男がそんな目にあったら、あおむけにひっくり返されそうなはしゃぎようだった。

そこへ騎士団《きしだん》の面々《めんめん》が追いついてきて、喜びにあふれた再会《さいかい》がくりひろげられた。

「われわれはあなたのために復讐《ふくしゅう》しようとやってきたのに、当のあなたがのんびり出迎《でむか》えてくださるとは！　自分の館《やかた》で毎晩《まいばん》たっぷり食べていたかのように元気で力にあふれておいでではありませんか！」ゴルが、フィンのたくましい肩《かた》に腕《うで》をまわして叫《さけ》んだ。しかし騎士《きし》たちの喜びは、フィンがロホランの王宮でうけた仕打ちを語ってきかせると怒《いか》りに変わった。たちまち剣《けん》がさやから抜《ぬ》かれ、騎士《きし》たちは復讐《ふくしゅう》を誓《ちか》った。

フィアンナ騎士団《きしだん》による復讐《ふくしゅう》はロホランの海岸から始まり、国の反対側の海岸に達するまでやまなかった。なんの害もうけずにすんだのは、モアの谷間の小屋に住む老夫婦《ろうふうふ》だけだった。

こうして、フィン・マックール気にいりの猟犬《りょうけん》の二頭めが、かれの手もとにやってきたのだった。

第六章　アシーンの誕生《たんじょう》

あるときまた、フィンと仲間の騎士《きし》たちはエリンの森へ狩《かり》に出かけた。夕方になって白い城壁《じょうへき》に囲《かこ》まれたアルムの砦《とりで》をさして帰るとちゅう、林がちいさく開けた場所にさしかかった。するとシダとキツネノテブクロのしげみからいきなり斑点《はんてん》のある若《わか》い雌《め》ジカがとびだして、フィンの馬の鼻先をかすめ、はずむように林のなかへ駆《か》けこんでいった。

狩《かり》の獲物《えもの》を追う声がいっせいにあがり、猟犬《りょうけん》の引き綱《づな》が解《と》かれた。犬たちはひどく疲《つか》れていたものの、逃《に》げるシカのあとを追って走りだした。すぐさま狩猟隊《しゅりょうたい》の全員がそれにつづいた。一日の狩《かり》の疲《つか》れも、猟犬《りょうけん》の吠《ほ》え声の音楽と、疾駆《しっく》する馬と、新しい獲物《えもの》を追う興《こう》奮《ふん》に忘《わす》れさられた。

しかしフィンはみょうなことに気づいた。シカはきゅうに横にそれたり方向を変えたりして追跡《ついせき》をかわしながら、少しずつアルム城砦《じょうさい》へ近づいているのだ。まるでそこへ逃《に》げこめば安全を得《え》られる、聖域《せいいき》にたどり着こうとしているかのように。しかし狩人《かりゅうど》たちの本拠地《ほんきょち》に逃《に》げこんで、どうして身を守れるというのだろう？

騎士《きし》たちは馬を駆《か》って追いつづけた。雌《め》ジカは追っ手をたっぷり引きはなし、木の間にかくれたりまた現《あら》われたりしながら逃《に》げていく。そのあとを犬たちがひと筋《すじ》の流れとなって追いかけ、さらに馬の一隊がすさまじい音をたててつづいた。しかし雌《め》ジカは三月の雲の影《かげ》のようにすばしこく軽い脚《あし》をしていた。じきに雌《め》ジカをまだ視野《しや》におさめているのはフィンと気にいりの二頭の大きな猟犬《りょうけん》だけとなった。あとの者たちははるか後方にとり残され、ついにはかれらの声すら、夏の森の葉ずれの音やミツバチのうなりやカッコウの鳴き声にまぎれて聞こえなくなった。

いちど雌《め》ジカは速度をゆるめて後ろをふりむいた。まるでだれが追ってきているか確《たし》かめてでもいるかのように。そしてブランとスコローンがそばにせまると、また走りだした。

しばらくのあいだシカと二頭の猟犬《りょうけん》は視界《しかい》から消えた。ハンノキやハシバミやナナカマドが森のはずれに沿《そ》ってびっしり枝《えだ》をひろげている。フィンは下ばえの藪《やぶ》をけちらしてアルムの丘《おか》をとりまく開けた野にとびだした。すると見たこともない不思議な光景が目に映《うつ》った。ツリガネ草が影《かげ》をつくるシダのしげみのくぼみに雌《め》ジカが横たわり、走り疲《つか》れてあえいでいる。そしてブランとスコローンが、雌《め》ジカの上にかがみこんで頭とふるえる脚《あし》をなめてやっている。まるで、自分たちは危害《きがい》を加えない、怖《おそ》れることはなにもないと告《つ》げているかのようだった。

フィンは馬をとめてその光景を眺《なが》めた。雌《め》ジカがほっそりした頭をあげ、この種族に特有の長いまつげにふちどられたやさしい瞳《ひとみ》でフィンを見つめた。そのとき、騎士《きし》たちが吹《ふ》きならす狩猟《しゅりょう》用の角笛と猟犬《りょうけん》たちの吠《ほ》え声の音楽がせまってくるのが聞こえた。

雌《め》ジカはぱっと起きあがり、脚《あし》をふるわせて立ちすくんだ。すぐにブランとスコローンが雌《め》ジカの両脇《りょうわき》をかためた。首すじの毛がさかだっている。必要なら戦うかまえだ。フィンは狩猟隊《しゅりょうたい》をさえぎる位置に馬を進め、騎士《きし》たちに犬を呼《よ》びもどせと叫《さけ》んだ。

騎士《きし》たちが手綱《たづな》を引くと、馬は急停止して後足《あとあし》で二、三歩あとずさった。フィンの背後《はいご》に気づくと、騎士《きし》たちはあわてて手飼《てが》いの犬を呼《よ》びもどした。首の毛をさかだてたときのブランとスコローンがどんなものだかよく知っていたし、この二頭を相手にしてはどんな犬も命がないのがわかっていたからだ。しかしゴル・マックモーナはふるえている雌《め》ジカに目をとめて、ひとこと述《の》べた。「ようやく追いつめましたが、ほんとうに変わった獲物《えもの》ですね」

「アルムをめざして逃《に》げてきたようなのだ」フィンは自分のおろかさをなかば笑いながらも、その考えを捨《す》てきれなかった。「救《すく》いを求めてきた客を手にかけるのも、心ないことだからな」

狩猟隊《しゅりょうたい》はそのまま草地をよこぎり、アルムの丘《おか》を登っていった。もちろん雌《め》ジカもいっしょで、隊の先頭でブランとスコローンとたわむれながら進んでいき、城砦《じょうさい》の門まで来るとするりとなかへはいった。夕食のときには二頭の猟犬《りょうけん》に脇《わき》を守られてフィンの足もとに横になっていた。

真夜中、フィンは、はっとして目が覚めた。寝室《しんしつ》につかっている小さな家は、開いた戸口からさしこむ白い月の光があふれていた。その光のただなかに、まるで白い花びらにかこまれた金色の花芯《かしん》のようにひとりの乙女《おとめ》が立っていた。これほど美しい乙女《おとめ》をフィンはそれまで見たこともなかった。柔《やわ》らかなサフラン色の毛織《けおり》の衣をまとい、肩《かた》のところを黄金の飾《かざ》りで留《と》めてあった。襟元《えりもと》からのびる首は白く、ほっそりした腕《うで》も白かった。髪《かみ》は深い暖《あたた》かな金色で、月の白い光のもとでも色あせてはいなかった。長く黒いまつげが影《かげ》をおとす、やさしい黒い瞳《ひとみ》が、あの雌《め》ジカを思わせた。

「どなたです?」フィンは不思議そうにたずねながら、絹《きぬ》の上掛《うわが》けの下で肘《ひじ》をついて体を起こした。「いったいここで、なにを？　アルムの女ではありませんね。見覚えがない」

「呼《よ》び名がご入り用でしたら、サーバとお呼《よ》びください」乙女《おとめ》がいった。「わたくしは、きょうあなたに追われた雌《め》ジカです」

「どういうことか、さっぱりわからない」フィンは額《ひたい》をこすった。「わたしは夢《ゆめ》を見ているのか？　もしそうなら、この夢《ゆめ》を朝になってもおぼえていたいものだ」

「夢《ゆめ》ではありません」乙女《おとめ》がいった。「お聞きください、そうすればおわかりになります。人間の数え方でいえば三年まえ、わたくしの種族の黒いドルイド僧《そう》が、わたくしに思いをかけてむりやり妻《つま》にしようとしました。わたくしがまったく相手にしませんでしたので、僧《そう》は妖術《ようじゅつ》でわたくしを雌《め》ジカに変えました。それからずっと、わたくしはシカの姿《すがた》のままでした。けれど僧《そう》の召使《めしつかい》のひとりがわたくしを哀《あわ》れに思い、主人にうらみをいだいてもおりましたので、そっと教えてくれました。アルム城砦《じょうさい》にたどりつき、フィン・マックールが守る白い城壁《じょうへき》のなかへはいることさえできれば、黒い妖術師《ようじゅつし》の呪《のろ》いからのがれ、真の姿《すがた》をとりもどせるだろう、と。けれどわたくしは、なかなか城砦《じょうさい》には近づけませんでした。犬と狩人《かりゅうど》がおそろしかったからです。ようやくきょう、ほかならぬあなたと、あなたの猟《りょう》犬《けん》ブランとスコローンだけにわたくしを追わせる機会を見つけました。あの犬たちの体には魔法《まほう》が流れており、人間の心を持っていますから、わたくしの真実の姿《すがた》を見ぬいてなんの危害《きがい》も加えないとわかっておりました」

「おっしゃるとおり、ここではあなたの身は安全です」フィンはいった。「だれもあなたを傷《きず》つけたり、思いどおりにしようとしたり、むりやりあなたとちぎりを結ぼうとしたりはいたしません。しかしあなたは、われわれ人間、つまり死すべき定めの者と暮《く》らして幸福でいられるのですか？　同じ種族の者と語りあうことも、手をとられることも絶《た》えてなくなるのですよ」

フィンには乙女《おとめ》が口にした「同じ種族の者」が、誇《ほこ》りたかい妖精《ようせい》の一族、ダナン族だとわかっていた。

「そのことはまたの機会にお話しましょう。いまは身の安全だけでじゅうぶんです」サーバはかすかにほほえむと、小さな家から出ていった。部屋を出るとき白い月の光までいっしょに持ち去ったように思われた。

こうしてサーバはアルムの城砦《じょうさい》にとどまった。やがてフィンはサーバを愛するようになり、ついにある日、花嫁《はなよめ》の杯《さかずき》からともに飲んではくれまいかと口に出した。けっして軽い気持ちではなかった。死すべき定めの人間が妖精族《ようせいぞく》をめとれば多くの悲しみと苦難《くなん》が先に待ちうけていることが、フィンにはよくわかっていたからだ。

「いつかあなたは、おっしゃいましたね」サーバは答えた。「同じ種族の者と語りあうことも、手に触《ふ》れられることもなく、死すべき者と暮《く》らして幸福でいられるかと」

「そしてあなたは、その話はまたの機会にしようと答えられた」

サーバがいった。「いまお答えいたしましょう。三つの世界のどこにいても、あなたとともにあるならば、わたくしは幸福です。どこにいても、あなたがそばにいなければ、不幸です。わたくしがこんな気持ちになったのは、このアルムの城砦《じょうさい》ではだれもむりやりちぎりを結ばせたりはしないとおっしゃってくださった、そのご本人のあなたのせいなのです」

こうして乙女《おとめ》はフィンの妻《つま》となった。ふたりは幸福だった。常若《とこわか》の国（ケルトの伝説にある不老不死の青春郷《せいしゅんきょう》）では、春の季節が冬に変わることはなく、白い花びらが散ることのないリンゴの木でリンゴの実が甘《あま》く金色に熟《う》れ、枝《えだ》にはいつも魔法《まほう》の鳥がさえずっているという。その国に住む不死の人びとの幸福にもおとらぬほど、ふたりは幸福だった。

月日がすぎた。ふたりは、いっしょにいることよりほか、この世でなにも望まなかった。月が満ちては欠け、夏から秋へ、秋から冬へ、そしてふたたび春へと季節がうつろうばかりだった。フィンは戦《いくさ》にも狩《かり》にも、サーバのそばを離《はな》れることにはいっさい、興味《きょうみ》をなくしてしまったかのようだった。騎士団《きしだん》では、団長《だんちょう》はサーバが来てから人が違《ちが》ってしまったとささやかれるようになった。

そんなある日、白い城壁《じょうへき》に囲《かこ》まれたアルムの砦《とりで》に伝令がやってきた。ダブリン湾《わん》にロホランの軍船が襲来《しゅうらい》したというのだ。

フィンは目覚めた。エリンの五王国すべてのフィアンナ騎士団《きしだん》に召集《しょうしゅう》がかけられた。国じゅうすべての城砦《じょうさい》と同様、アルム城砦《じょうさい》でも、戦士たちが庭にすえられた砥石《といし》で剣《けん》や槍《やり》の穂《ほ》を砥《と》ぎあげていた。

戦《いくさ》の用意を見守るうちに、サーバは青白くやせ細っていくようだった。一度だけ、フィンの首に両腕《りょううで》をまわしてたずねた。「どうしても、行かなければならないのですか？」

「契約《けいやく》があるからには、しかるべき働きをしなくてはならない」フィンは答えた。「エリンの人びとは騎士団《きしだん》に貢納金《こうのうきん》を払《はら》い、炉端《ろばた》に迎《むか》えて宿を提供《ていきょう》し、食料庫から食物を分け与《あた》えてくれる。それは騎士団《きしだん》がエリンの岸辺を海賊《かいぞく》の脅威《きょうい》から守ってやるからなのだ。金を受けとり食料庫の食物を食べ炉端《ろばた》で体を温めていながら、国を守る義務《ぎむ》を放棄《ほうき》できようか？」

「でも、あなたが行く必要があるのですか?」サーバはかさねていった。

「これこそ、妖精族《ようせいぞく》の誘惑《ゆうわく》だな」とフィンは考えた。しかしサーバには「五王国の全騎士《きし》団《だん》が出陣《しゅつじん》する。指揮《しき》をとるのは騎士団長《きしだんちょう》だ」とだけ答えた。それから以前ゴル・マックモーナが口にした言葉をつけくわえた。「人は死んでも記憶《きおく》のなかに生きる。しかし名誉《めいよ》をうしなえばなにも残らない」そして首にまかれたサーバの腕《うで》をそっとはずし、武具鍛冶《ぶぐかじ》の仕事を点検《てんけん》しに出ていった。

いよいよ出発のときが来た。戦士たちが門前にいならぶまえで、フィンはいった。

「待っていてくれ、わが心の小鳥よ。すぐにまた、いっしょになれる。しかしわたしが留《る》守《す》のあいだは、アルムの城壁《じょうへき》の外には一歩も出ないと約束してくれ。それに砦《とりで》の者以外とは口をきかないようにな」

サーバは約束した。フィンはレンスター騎士団《きしだん》の先頭に立ち、マンスター、ミード、コノート、アルスター四国からの軍団《ぐんだん》と合流する場所にむけて行軍していった。

七日間の戦いで、騎士団《きしだん》は海賊《かいぞく》を内陸から海岸へ押《お》しもどした。生き残った海賊《かいぞく》はつぎつぎと船に逃《に》げこんだ。しかしエリンの海をのぞむ丘《おか》には多くのロホランの男たちが死んで横たわった。負傷《ふしょう》して動けなくなった者や捕虜《ほりょ》になった者も多かった。かれらは首に鉄の奴隷《どれい》首輪を巻《ま》かれ、アイルランド人の主人のもとで牛の世話をしたり大麦を刈《か》ったりして日々《ひび》をすごすことになるのだ。ほうほうのていで故郷《こきょう》へむかう黒い軍船の多くは、乗員を半分しか乗せていなかった。こぎ手の数が足りず、ダブリン湾《わん》の浜《はま》に引きあげられたまま置きざりにされた船も少なくない。騎士《きし》たちは残された船に火を放った。八日めに帰郷《ききょう》するとき、騎士《きし》たちが背《せ》をむけた海岸にはヴァイキングの船と同じ数のかがり火が岸ぞいに点々《てんてん》と炎《ほのお》をあげていた。

砦《とりで》に近づく一歩ごとにフィンのサーバへの思いはつのった。心はひと足さきにサーバのもとへ飛んでいった。アルムの丘《おか》のふもとに着くと、砦《とりで》へむかって登りながら、サーバの姿《すがた》をさがして、城壁《じょうへき》の上やあちこちの見晴らし台に目をさまよわせた。自分を待つ妻《つま》をひと目見たいと目をこらしたが、どこにもサーバがいる気配はなかった。前庭にはいるとフィンはあたりを見回した。こんどこそ、サーバが走って出迎《でむか》えにくるはずだ。しかしやはり、サーバの姿《すがた》はもとより、ひと筋《すじ》の金髪《きんぱつ》のきらめきすらなかった。留守《るす》を守っていた者たちも気づかわしげな顔つきで、近よろうとしない。いつもならフィンのまわりに詰《つ》めかけて歓迎《かんげい》してくれるのに、いまは目を合わせるのすらこわがっているようだった。

とつぜん、冷たい手で心臓《しんぞう》をつかまれたような気がした。

「奥方《おくがた》はどこだ？」フィンは詰問《きつもん》した。「病気なのか？　なぜここに出迎《でむか》えにこない？」

執事《しつじ》がうなだれたまま進みでて、主人の問いに答えた。

「お留守《るす》のあいだのことです、アルム城主《じょうしゅ》さま。そう、まだ三日とたっておりません。ひとりの男が丘《おか》を登って門へむかってまいりました。見たところ、どこからどこまで、あなたさまご自身としか思われませんでした。しかもブランとスコローンにそっくりの犬を連れておりました。スコローンのしっぽの先にある三本の黒い毛にいたるまで、まったく同じでした。そしてわたしどもは、騎士団《きしだん》の狩《かり》の角笛を聞いたように思いました。すると奥《おく》方《がた》さまが——ご出陣《しゅつじん》の日からというもの、くる日もくる日も朝から晩《ばん》までお帰りを待っていらっしゃいました。門番小屋の屋根から外をながめておいでてでしたが——喜びの声をあげて走りおりていらっしゃいました。下ではうちの者どもが、だんなさまをお迎《むか》えするのに門を開けようとしておりました。わたしどもは奥方《おくがた》さまに、門内でお待ちくださいと叫《さけ》びました。しかしほんとうのところ、奥方《おくがた》さまのお耳にはとどかなかったのではないかと思います。ツバメのように身をひるがえして門を抜《ぬ》け、丘《おか》を駆《か》けおりていらっしゃったのです」

「そしてどうした？」フィンの声がきびしくなった。

「だんなさまの姿《すがた》そっくりの男のそばまで行ったところで、奥方《おくがた》さまは足を止め、苦しげな悲鳴をあげられました。そして男に背《せ》をむけて門にむかって走りだしましたが、男はハシバミの杖《つえ》で奥方《おくがた》さまを打ちました。すると、奥方《おくがた》さまがいらした場所には、かわりに若《わか》い雌《め》ジカが立っていたのです。それでもなお門にたどり着こうと、右に左に向きを変えて、見るも哀《あわ》れなほど駆《か》けまわるのですが、二頭の犬にはばまれてしまいます。わたしどもは武器《ぶき》をつかんで助けに駆《か》けだしました。しかしその場へたどりついてみると、なにもかも消えうせていたのです。丘《おか》のどこにも、雌《め》ジカも犬も魔術師《まじゅつし》も、影《かげ》すら見えなくなっていました。そしてとつぜん、あたりに狩《かり》の一団《いちだん》が突進《とっしん》する物音が響《ひび》きわたったのです。人びとの叫《さけ》び声と早駆《はやが》けする馬のひづめの音、犬たちの吠《ほ》え声が聞こえました。あちらから聞こえるという者もあり、こちらから聞こえるという者もあり、どこからとわからないうちに、音はうすれて風にまぎれてしまいました。一帯を捜索《そうさく》していますが、雌《め》ジカも狩猟《しゅりょう》の一隊もなんの跡《あと》も見つかっておりません。ああ、だんなさま、奥方《おくがた》さまはいなくなってしまわれたのです！」

フィンは両手で顔をおおった。だれにも自分の顔を見られたくなかった。そしてそのま
ま、ひとことも口をきかずに自分の部屋へはいっていった。

その日とつぎの日一日じゅう、フィンは部屋に閉《と》じこもったが、だれひとり扉《とびら》の近くま

で行く勇気のある者はいなかった。三日めにフィンは姿《すがた》を現《あら》わし、フィアンナ騎士団長《きしだんちょう》の地位にある者として、ふたたび務《つと》めについた。

七年がすぎた。フィンはまた狩《かり》に出た。その七年のあいだ、上王のもとにいるときと海賊《かいぞく》を討《う》ちはらいに進軍するときと夏の訓練のときをのぞいていつも、フィンは西へ東へ南へ北へサーバをさがしまわった。エリンの国じゅうを、海岸から海岸までさがした。ブランとスコローンの二頭の猟犬《りょうけん》だけを連れ、山という山を登り、谷という谷をくだり、森という森を奥《おく》の奥《おく》までたどった。風すさぶ高原の荒野《ムーア》という荒野《ムーア》を駆《か》けめぐった。しかしサーバの気配さえなかった。

こうして七年がすぎ、フィンはサーバとふたたびめぐりあう望みをいっさいなくした。そして昔のように騎士《きし》たちと狩《かり》に出るようになった。

ある日一行はスライゴーのバルベン山で狩《かり》をしていた。犬たちは狩猟隊《しゅりょうたい》のはるか先を走っていた。とつぜん獲物《えもの》を追う吠《ほ》え声が、すさまじいけんかのうなり声に変わるのがフィンの耳にとどいた。一行は前へ走りだした。この日は山道が険《けわ》しく小馬がつかえなかったので、徒歩で狩《かり》に出たのだ。そしてかれらは、裸《はだか》の少年がナナカマドの木の下に立っているのを見つけた。犬たちは少年に襲《おそ》いかかろうとしていた。ただブランとスコローンだけが、牙《きば》をむきだし耳を倒《たお》して群れからとびだし、ほかの猟犬《りょうけん》たちにむかいあって少年から遠ざけようとしていた。

フィンの心の奥《おく》を強烈《きょうれつ》な記憶《きおく》がゆさぶった。ブランとスコローンがまえにこれとまったく同じことをするのを目にしたときのことを、フィンはよく覚えていた。あのとき二頭は、若《わか》い雌《め》ジカを守ろうとしていた……。

狩猟隊《しゅりょうたい》がその場をとりかこみ、犬たちを追いはらった。そのあいだも少年は、怖《おそ》れるふうもなく立ったまま、ひとりひとり騎士《きし》の顔をたしかめていた。少年は背《せ》が高く、やせ型《がた》だが均整《きんせい》のとれた体つきだった。格闘技《かくとうぎ》より競走にむいていると、こういう判断《はんだん》には目が利《き》くフィンは思った。少年の髪《かみ》はフィンの髪《かみ》と同じくらい淡《あわ》い色だったので、そのぶんいっそう黒い瞳《ひとみ》がきわだって見えた。少年は野生の獣《けもの》のようで、緊張《きんちょう》していまにも身をひるがえしそうにしながら、誇《ほこ》り高く怖《おそ》れをしらないようすだった。

「何者だ？」フィンはたずねた。

少年はフィンを見つめたが、ひとこともしゃべらなかった。

「名はなんという？　いったい、どこの生まれだ？」

少年はそれでも口を開かなかった。するとキールタ・マックローナンが割《わ》ってはいった。

「たずねてもむだでしょう。おわかりになりませんか？　この子はまったくの野育ちで、人の言葉を知らないのですよ！」

そこでフィンは、開いた手をゆっくりと安心させるように少年にさしだした。危険《きけん》なことはなにもないとわからせるために。少年はフィンの顔を見て、さしだされた手を見ると、それからまたフィンの顔に視線《しせん》をもどした。「おいで」フィンはいった。猟犬《りょうけん》の子犬を訓練するときのように。はじめのうち子犬には言葉の意味はわからない。しかし話しかけるときの声音が、なにかを語りかけるものだ。やがて少年はそろそろと近よって、フィンの手に自分の手をあずけた。

こうして一行は、不思議な少年をなかに囲《かこ》んでアルムへもどった。道すがら、フィンは少年から目をはなさなかった。心に大きな謎《なぞ》をかかえ、少年がその謎《なぞ》の答えであるかのように。

はじめのうち少年は檻《おり》にいれられた野生の獣《けもの》のようだった。なにもかもが馴染《なじ》みのないものだったのだ。裸《はだか》で走りまわる生活しか知らなかったので、服を着ると肌《はだ》がすれて痛《いた》いうえに不自由でならなかった。少年はズボンもシャツも、何度着せられてもぬぎすてて放りだした。人間らしく食事することも知らなかった。食べ物をひったくってテーブルの下にもぐりこみ、犬たちといっしょに食べた。しかし少しずつ野の生活はうすれ、人の暮《く》らしに慣《な》れていった。話しかけられた言葉の意味を推測《すいそく》するようにもなった。もっとも、まちがえることもあった。ゴル・マックモーナがアブにさされた背中《せなか》をかいてくれと頼《たの》んだのにリンゴを持ってきたり、フィンが夜が冷えるようになったなといっただけなのにフィンの狩猟《しゅりょう》用のくつひもをうれしそうにゆるめにきたりした。しかしそのうち、とまどい、つかえつかえではあったが、少年は人間の言葉を話すようになった。

言葉がすこしなめらかになり、長い話ができるようになると、少年は世にも不思議な話をフィンに語ってきかせた。それは冬の夜のことで、少年はブランとスコローンにはさまれてフィンの足もとにすわっていた。扉《とびら》の外では風がオオカミの群れのように吠《ほ》えまくっていた。

思いだせるかぎりずっと、少年は斑点《はんてん》のある若《わか》い雌《め》ジカと暮《く》らしていた。その雌《め》ジカが自分の母親だと思う、と少年はいった。ほかに母らしいものはいなかったし、知っているかぎりでは父親もいなかったからだ。少年が幼《おさな》いころは雌《め》ジカが乳《ちち》をのませ、寒い夜は体をまるめて少年を温めてくれた。けがをしたときや悲しいときはなぐさめ、そしていつも優《やさ》しく愛をそそいでくれた。少年と雌《め》ジカは美しい緑の谷間で暮《く》らしていた。その谷間には出口がなかった。なぜ、どうしてそうなのか、少年には説明できなかった。とにかく場所はわからないが、はいってくるところがあるのだから、出るところもあるはずだ、と少年は考えた。そう考えるにはわけがあった。夏のあいだ少年は木や草の実で命をつないでいたが、冬になると毎日、丘《おか》の中腹《ちゅうふく》の洞窟《どうくつ》に食物が置いてあったからだ。それにときおり、とても背《せ》が高い黒髪《くろかみ》の男がやってきた。男がやってくると、少年は怖《こわ》くておちつかない気分になった。男は少年の母である雌《め》ジカに、ヒースの花の蜜《みつ》のような黒く甘《あま》い声で話しかけることもあったし、刃物《はもの》のように鋭《するど》い声を出すこともあった。しかし雌《め》ジカはいつもかたく身をちぢめて、男を見ようともしなかった。そして最後には、男はひどく怒《おこ》ってどこかへ消えてしまうのだ。

ある日のこと、黒髪《くろかみ》の男はほんとうに長いこと少年の母に話しかけていた。優《やさ》しくかきくどくかと思うと、心の痛《いた》みに耐《た》えかねるように激《はげ》しく、あるいは冬木立ちを鳴らして吹《ふ》く冷たい風のようにあらあらしくしゃべりつづけた。それでも雌《め》ジカは男から身を遠ざけるばかりで、ただ、いつもかならず男と少年のあいだに立つようにしていた。ついに男はたのみこむこともおどすこともあきらめ、少年がはじめて見るしぐさをした。いつも手にしているハシバミの杖《つえ》をもちあげて雌《め》ジカを打ち、くるりと背《せ》をむけて歩み去ったのだ。

するとこんどは、雌《め》ジカが男のあとについていった。全身をふるわせ、進むまいと力をふりしぼっているようだったが、やはり脚《あし》がまえへ動いてしまうのだった。

少年はとても怖《こわ》くなった。母にむかって、おいていかないでと泣きさけんだ。しかしあとを追おうとすると、足は地面に根がはえたように動かなくなっていた。母は悲しみにあふれた目で少年をふりむいた。目から大粒《おおつぶ》の涙《なみだ》がこぼれおちた。しかし足は止まらず、まるで鎖《くさり》で引かれるように黒髪《くろかみ》の男のあとをついていった。

少年はなおも母を追おうともがいた。怒《いか》りと恐怖《きょうふ》と悲しみの叫《さけ》びをあげながら地面に倒《たお》れ、そのまま闇《やみ》のなかへ落ちていった。それは眠《ねむ》りににていたが、安らかな眠《ねむ》りではなかった。

闇《やみ》からぬけだしたとき、少年はまばらにヒースがはえたバルベン山の斜面《しゃめん》に横たわっていた。ひとりだった。

何日ものあいだ山のなかを歩きまわって、あの隠《かく》れ谷をさがしたが、見つからなかった。そんなときに騎士団《きしだん》の猟犬《りょうけん》に見つかったのだ。

話を聞いてフィンは、二度とサーバに会えないことをさとった。そして同時に、サーバが自分に息子《むすこ》を残してくれたことも。

フィンは少年をアシーン、ちいさな子ジカ、と名づけた。アシーンは成長してフィアンナ騎士団《きしだん》でも指おりの戦士になった。しかしアシーンにはどこか人間ばなれしたところがあった。母方から妖精族《ようせいぞく》の血を引いていたからだ。またアシーンは戦士としても名高かったが、歌人として、また不思議と驚《おどろ》きにみちた物語の語り手としてさらに有名だ。これも母方から詩人の才能《さいのう》を享《う》けていたからである。その歌声は、ヤマモモの木から飛びたつ小鳥のように、暁《あかつき》の女神のすそからこぼれおちた明けの明星《みょうじょう》のように、人びとの耳に響《ひび》いた。

しかしサーバと黒いドルイド僧《そう》の物語には、アシーンも結末をつけることはできず、きょうにいたるまで、その物語の結末はだれも知らない。

第七章　ガリオン山脈《さんみゃく》の追跡《ついせき》

妖精《ようせい》ダナン族の鍛冶師《かじし》カレンはアルマーに近いガリオン山脈《さんみゃく》にある妖精《ようせい》の丘《おか》に館《やかた》をかまえていた。カレンには娘《むすめ》がふたりあり、ひとりはエイネー、もうひとりはミルクラという名だった。

ふたりは美しく、一本の枝《えだ》に咲《さ》いた二輪の白い野イバラの花のようによく似《に》ていた。美しく背《せ》の高い戦士がつぎつぎとふたりに求婚《きゅうこん》しにやってきた。しかしエイネーとミルクラの愛はフィン・マックールにむけられており、ほかの男には見向きもしなかった。そして同じ男を好きになったために、ふたりとも嫉妬《しっと》深くなり、昼も夜もすきさえあれば相手の足をひっぱろうと考えていた。しかしフィン・マックールはそのころまだ消えうせた恋人《こいびと》をさがしもとめていたので、ふたりに目をむけようとしなかった。

ある日ひとりの族長がエイネーを妻《つま》にと申しこみに来た。美しく背《せ》が高い男だった。瞳《ひとみ》は雨がくるまえのコネマラの丘《おか》のような暗い青で、首はたくましい牡馬《おうま》のようだった。しかし、もう若《わか》くはなかった。カレンはこの縁談《えんだん》に乗り気だった。「この男と結婚《けっこん》すれば、もちろん相手は死すべき人間でわれわれとは違《ちが》う種族ではあるが、おまえはエリンの婦人《ふじん》の半分からうらやまれる地位を得《え》ることになる。これまで多くの者を追いかえしてしまったが、娘《むすめ》よ、この男を断《ことわ》るまえによく考えるがいい」

「考えるまでもありません」エイネーは答えた。「わたくしは美しい。そうではありませんか？　人間の相手ならミヤマガラスのように黒い髪《かみ》の男でも、秋のカバの木の葉のように黄色い髪《かみ》の男でも、栗毛《くりげ》の馬のような赤い髪《かみ》の男でも選べるのです。それがいやなら同じダナン族の、老いることのない男を選ぶこともできるのです。なのになぜ、とっくに髪《かみ》が白くなった男と結婚《けっこん》しなくてはならないのですか？　おとうさま、そんなことはぜったいにいやです！　レイン湖が干《ひ》あがって、ガリオン山脈《さんみゃく》が海にしずんでしまうようなことにでもならないかぎり！」

この言葉をふと耳にしたミルクラは、こう思った。フィン・マックールを自分のものにできないなら（どうやらむりらしいとわかりはじめていたのだ）、これは姉のエイネーもフィンと結ばれないようにする好機ではないか。ふたりともフィンが手にはいらないなら、あきらめもつきそうな気がする。そこでミルクラは自分の友だちでエイネーとはつきあいのない者をすべて呼《よ》びあつめて、ガリオン山脈《さんみゃく》の頂上《ちょうじょう》のちいさな灰色《はいいろ》の湖までいっしょに来るようにいった。そして湖を囲《かこ》むように立って髪《かみ》をとき流し、手をつないで湖のまわりを回った。風と日の光にさらされながら、ぐるぐる回りつづけた。踊《おど》りの力で湖の水に強力な魔法《まほう》をしかけたのだ。

それからしばらくあとのこと、ブランとスコローンはアルムの丘《おか》の近くで一頭の雌《め》ジカを狩《か》りだし、北のガリオン山脈《さんみゃく》へ追っていった。フィンは雌《め》ジカをもっとよく見ようと必死にあとを追った。とはいえ心の奥深《おくふか》くでサーバではないとわかってはいたのだが。ところが険《けわ》しい山の中腹《ちゅうふく》でシカはまるで黒い岩が口をあけてなかに吸《す》いこまれたかのように姿《すがた》を消した。フィンは雌《め》ジカをさがしにさがした。あれはサーバではないという心のうちの声に耳をかしたくなかったのだ。しかし雌《め》ジカの足跡《あしあと》ひとつ見つからない。まるで消えゆく虹《にじ》の端《はし》をつかまえるようなものだった。

シカをさがすうちに、フィンは山の頂上《ちょうじょう》にあるちいさなひと気のない灰色《はいいろ》の湖に出た。湖の岸で美しい婦人《ふじん》が、すわった膝《ひざ》の上に頭をかがめて、悲しそうに涙《なみだ》を流していた。

フィンは近づいて、それほど嘆《なげ》いている理由をたずねた。

「この世でいちばん大切な黄金の指輪をなくしたのです。わたしの愛する騎士《きし》が亡《な》くなるまえに、指にはめてくれた品でした。それがいま、冷たい無情《むじょう》な水のなかへすべり落ちて、もう二度と見ることができないのです」

「わたしが指輪を取りもどしてさしあげましょう」そう告《つ》げるとフィンは革《かわ》の狩猟着《しゅりょうぎ》をぬぎすてて、湖に飛びこんだ。

水は、春の雪解《ゆきど》け水をあつめてほとばしる緑の激流《げきりゅう》のように冷たかった。深く深くフィンはもぐって、湖心の不思議な薄明《はくめい》の世界にたどりついた。のこぎりの歯のような岩が薄《うす》闇《やみ》のなかにぼんやりとうかびあがり、長い緑の水草がフィンをからめとろうとするかのようにゆれている。しかし黄金の輝《かがや》きはどこにも見つからない。フィンは息がつづかなくなり、水面にもどっていった。婦人《ふじん》は岸から呼《よ》びかけた。「どうかもう一度！　もう一度やってみてください！」そこでフィンはふたたびもぐったが、結果は初めと変わらなかった。むなしく水面に顔を出すと、婦人《ふじん》がまた呼《よ》びかけた。「どうかもう一度、お願いです！」三度めにもぐると、こんどはふたつの小石のあいだにかくれるように水底に落ちていた黄金の指輪の輝《かがや》きがフィンの目にはいった。フィンは指輪をひったくるように拾いあげ、心臓《しんぞう》が破裂《はれつ》しそうになりながらも水をけって水面にうかびあがった。

「ありました」フィンは声をはりあげ、婦人《ふじん》がすわりこんでいる岸へ向かって泳いでいった。

「どうか、それをこちらへ！」婦人《ふじん》はフィンが岸にあがるのも待ちきれないようすで、かがみこんで指輪に手をのばした。フィンはまだ背《せ》が立たないうちに指輪を婦人《ふじん》にさしだした。ところが婦人《ふじん》は指輪を手にしたとたん、奇妙《きみょう》な高笑いをすると、カワウソのように水しぶきもあげず、するりと水に飛びこんで姿《すがた》を消してしまった。

フィンはなにかの魔法《まほう》にかけられたのに気づいた。できるだけ早く水から上がって、この場をはなれたほうがいい。フィンは岸へ跳《と》びあがった。しかし地面に足が触《ふ》れたとたん、明るい山頂《さんちょう》の光が薄《うす》れた。まるで両目をさっと影《かげ》がおおったようだった。両足は力が抜《ぬ》けて震《ふる》えていた。体をささえきれず、フィンは顔から地面につっこんだ。ゆっくりと力をふりしぼって、なんとか両腕《りょううで》をついて身を起こした。かすむ目で、山に咲《さ》くちいさな花がまじる芝草《しばくさ》の上についた自分の手を眺《なが》めた。それは節が太く、血管がうきあがった、老いさらばえた男の手だった。

ぞっとするような恐怖《きょうふ》がフィンをとらえた。大声でブランとスコローンを呼《よ》ぼうとした。二頭は湖の岸をとりまく踏《ふ》み荒《あ》らされた跡《あと》をかぎまわっていた。しかしフィンの声はしゃがれたささやきでしかなかった。スコローンのほうがちょっと頭を上げて、見知らぬ者に勝手なまねをするなと警告《けいこく》するように軽いうなりをあげた。ブランは一瞬《いっしゅん》も頭を上げず熱心に水辺をかぎまわっている。手飼《てが》いの猟犬《りょうけん》すら、フィンがわからなかったのだ。

フィンは知恵《ちえ》の親指を、この力までなくなっていまいかと案じながら口にくわえた。力は失われてはいなかった。たちまち、雌《め》ジカと湖岸の婦人《ふじん》の正体がカレンの娘《むすめ》ミルクラだということがわかった。すべてはミルクラのたくらんだことであり、なぜこんなまねをしたかもわかった。

やがて白い城壁《じょうへき》に囲《かこ》まれたアルムの砦《とりで》では夕食の時間になった。炉端《ろばた》には客人たちが集まったが、フィンはもどらなかった。客に食事を出すときに主人が姿《すがた》を見せないような礼《れい》儀《ぎ》知《し》らずのフィンではないことは、だれもが知っていた。そこで西風をもしのぐ俊足《しゅんそく》のキールタ・マックローナンが砦《とりで》のうちでもっとも足の速い者たちを召集《しょうしゅう》し、それぞれもっとも鼻のきく猟犬《りょうけん》を二頭ずつ紐《ひも》につないで、フィンをさがしに出発した。

猟犬《りょうけん》たちはたちまちフィンのにおいをかぎあて、すこしも迷《まよ》うことなく跡《あと》をたどっていった。おかげでちょうど月がのぼるころには、かれらはガリオン山脈《さんみゃく》の頂上《ちょうじょう》のちいさなひと気のない湖に到着《とうちゃく》した。湖の岸には老い衰《おとろ》えて満足に立つこともできない老人の姿《すがた》があった。ブランとスコローンは山頂《さんちょう》の灰色《はいいろ》の岩のあいだをうろうろかぎまわっており、捜《そう》索隊《さくたい》が近づくとひどく不安げに細い鳴き声をたてて寄《よ》ってきた。

「ご老人」キールタが声をかけた。「フィン・マックールがここを通らなかっただろうか？」

老人は震《ふる》える脚《あし》で立ち上がり、きょろきょろと騎士《きし》たちの顔を眺《なが》めまわした。聞かれたことがわからないのだ、老齢《ろうれい》のために頭もおぼつかなくなったのだと、騎士《きし》たちは思った。

「フィン・マックールだ、エリンのフィアンナ騎士団長《きしだんちょう》だ、見かけなかったか？」かれらは口々《くちぐち》に問いかけた。「見ればすぐにわかるはずだ。人に抜《ぬ》きでて背《せ》が高く、日にさらされた大麦の穂《ほ》のような金色の髪《かみ》の男だ」

老人はなんとか答えようとしているようだった。しかし口から出るのは息がもれるようなひゅうひゅういう音だけで、なにをいっているのか見当もつかない。しまいに老人はキールタにむかってうなずきかけた。俊足《しゅんそく》の騎士《きし》が身をよせると、老人は力をふりしぼってささやいた。「わたしがフィン・マックールだ」

キールタはぎょっとして飛びのき、目をみはって仲間たちを見回した。「ご老人は、自分がフィン・マックールだといっている」

あとの者はまさかといわんばかりに、腹立《はらだ》たしげな叫《さけ》びをあげた。「この老人は、頭がおかしくなっているのだ！　でなければ、たちの悪い冗談《じょうだん》をいっているのだ！　湖に放りこんで、すこし礼儀《れいぎ》というものをおしえてやれ！」しかしキールタは老人の顔つきが気になった。そこでもう一度かがみこんだ。

フィンは刻一刻《こくいっこく》と衰《おとろ》えていく力をふりしぼり、喉《のど》をあえがせながら、鍛冶師《かじし》カレンの娘《むすめ》ミルクラの企《たくら》みにのってしまったいきさつを話した。

それを聞いてようやく、老人がほんとうにフィンであり、ダナン族の魔法《まほう》にかけられたのだと納得《なっとく》できた。騎士《きし》たちは激怒《げきど》した。

キールタともうひとりの騎士《きし》が山腹《さんぷく》をはいおりて、林の縁《ふち》に生えていたカバとトネリコの枝《えだ》をきりはらい、山頂《さんちょう》に運んだ。枝《えだ》で台の骨組《ほねぐ》みを組みあげると、その上にマントをぬいで広げ、フィンを乗せた。こうしてフィンを乗せた吊《つ》り台を囲《かこ》んで、一行は鍛冶師《かじし》カレンの館《やかた》がある妖精《ようせい》の丘《おか》へむかった。

丘《おか》に着くとかれらは吊《つ》り台をおろし、幅《はば》の広い鉄の刃《は》の短剣《たんけん》を抜《ぬ》いて地面を掘《ほ》りはじめた。

三日三晩《みばん》かれらは掘《ほ》りつづけ、妖精《ようせい》の丘《おか》に深くくいこんでいった。三日めにかれらは丘《おか》のいちばん内側の中心部に達した。手にした冷たい鉄の短剣《たんけん》のおかげでかれらの五官は妖《よう》精《せい》の惑《まど》わしから守られていた。そのため死すべき人間の目に映《うつ》る丘《おか》の内部は、美しさに目をみはる館《やかた》でもなんでもなかった。元気いっぱいに跳《は》ねる馬をずらりとつないだ前庭もなければ、豪華《ごうか》な壁掛《かべか》けも金銀の器もまぶしい広間もない。ただ暗い土の洞窟《どうくつ》を粗《あら》い石の板でささえただけの場所だった。しかし洞窟《どうくつ》の入り口にはエイネーが、深い黄金色に輝《かがや》く大《おお》杯《さかずき》を捧《ささ》げてたたずんでいた。

エイネーは微笑《びしょう》していった。「みなさま、たいへんなお骨折《ほねお》りでしたこと」

「わけあって、ここまで掘《ほ》ってきたのだ」キールタ・マックローナンが答えた。

「みなさまをお待ち申しておりました」エイネーは微笑《びしょう》を浮《う》かべたままいった。「妹ミルクラがしかけた魔法《まほう》のことは存《ぞん》じております。わたくしの手にありますもので、その魔法《まほう》は解《と》けましょう」エイネーはフィンを乗せた吊《つ》り台のほうへ進み出て、黄金の杯《さかずき》をさしだした。

フィンは震《ふる》える両手で杯《さかずき》をとり、飲むと、とたんに吊《つ》り台から跳《は》ねおきた。以前にもまして若《わか》く活力にあふれ誇《ほこ》り高いようすだったが、髪《かみ》だけはヤナギランの種子についている絹毛《きぬげ》のような灰色《はいいろ》のままだった。

「もう一杯《いっぱい》お飲みください」エイネーがいった。「そうすれば髪《かみ》も元どおりになるでしょう」

フィンは杯《さかずき》をさしだしかけ、その手をひっこめた。「妹御《いもうとご》の呪縛《じゅばく》を解《と》いてくださったことにはお礼申しあげます。しかし今後は、灰色《はいいろ》の髪《かみ》のままでいるつもりです、エイネー。わたしはあなたの夫になるつもりはありませんから」

エイネーは杯《さかずき》をひったくると、姿《すがた》を消した。あとにはただ、草のおいしげる丘《おか》の中腹《ちゅうふく》に騎士《きし》たちが急いで掘《ほ》った穴《あな》が残っているばかりだった。

フィンと騎士《きし》たちは口笛を吹《ふ》いて犬たちを呼《よ》び集め、白い城壁《じょうへき》に囲《かこ》まれたアルムの砦《とりで》をさして帰っていった。

こうしてフィンの髪《かみ》は、その命がつきる日まで銀色に輝《かがや》くこととなった。

第八章　ジラ・ダカーと醜《みにく》い牝馬《めうま》

長い年月が流れ、さらに長い年月が流れた。フィンはふたたび妻《つま》を迎《むか》えた。黒膝《くろひざ》のガラドの娘《むすめ》マーニサーである。そしてアシーンの弟たちをもうけたが、アシーンほどに愛する息子《むすこ》はいなかった。またフィンは、いつもサーバのそばにいたいがために狩《かり》にでるのすら控《ひか》えたものだが、マーニサーを妻《つま》にしても、以前と変わりなく狩《かり》を楽しんだ。

ある夏フィンはフィアンナの騎士《きし》たちとマンスター国全域《ぜんいき》にわたる狩猟《しゅりょう》の旅に出かけた。ケン・オーラットとキーン山脈《さんみゃく》とコイル・ナ・ドルアを越《こ》え、豊《ゆた》かなファーモーの地をよこぎり、南のキラーニーの湖沼《こしょう》地帯まで馬を駆《か》った。ファーミンの大平原を端《はし》から端《はし》まで駆《か》けぬけ、雪がまだらに残るナモン山脈《さんみゃく》の頂上《ちょうじょう》まで獲物《えもの》を追った。東マンスターと西マンスターのすべての土地を、バラ・ガヴランから青い湾《わん》に臨《のぞ》むリメリックまで踏破《とうは》した。

クリアック平原で狩《かり》をしていたとき、フィンは平原を見おろす台地の上に野営《やえい》の天幕《てんまく》を張《は》らせた。そして自分は野営地《やえいち》に登って休息をとり、下の平原で狩《かり》をする騎士《きし》たちを眺《なが》めることにした。側近《そっきん》の数名がフィンの供《とも》をした。偉大《いだい》なる戦士ゴル・マックモーナ、子羊の毛をはやした皮肉屋コナン、フィンの相談役ファーガス・フィンヴェル、それにフィンの息子《むすこ》アシーンとディアミッド・オダイナなどである。この最後のふたりはまだ若《わか》く、あたらしくフィアンナの騎士《きし》になったばかりだった。

フィンが側近《そっきん》たちと台地の上に陣《じん》どると、狩人《かりゅうど》たちは猟犬《りょうけん》の引き綱《づな》をほどいた。夏の朝空に、フィンのもっとも愛する音色があふれた。音楽のように響《ひび》きあう猟犬《りょうけん》の吠《ほ》え声と、犬をけしかける狩人《かりゅうど》のかけ声、それに狩《かり》の角笛の調べが、あちらこちらの谷にこだました。

しかし狩《かり》が始まるとまもなく、フィンは、下の斜面《しゃめん》にこんもり生えた木立ちを抜《ぬ》けて台地を登ってくるひとりの男に気がついた。男は馬を引いていた。男も馬も、台地の上で見守っている族長と戦士のだれも見たことがないほど奇妙《きみょう》で醜《みにく》かった。

まずどちらも、あまりに大きい。男のずんぐりした樽《たる》のような胴《どう》をささえる脚《あし》は曲がってねじれ、幅広《はばひろ》くひらべったい足につづいていた。腕《うで》には力こぶが盛《も》りあがっていた。ぶあつい唇《くちびる》に乱杭歯《らんぐいば》、それに見たこともないほど毛深い。右手に鉄を巻《ま》いた棍棒《こんぼう》をにぎり後ろに引きずってきたため、農夫が二頭立ての雄牛《おうし》につけた犂《すき》で畑の畝《うね》をたてたような太い溝《みぞ》が地面にきざまれていた。そして馬は――近づいたところを見ると、年寄《としよ》りの牝馬《めうま》だとわかったが――まさにこの主人が乗るにふさわしい代物《しろもの》だった。全身、赤黒く長い毛がもつれあい、年を経《へ》たハリエニシダのしげみのようにからみあっていた。あばら骨《ぼね》と体じゅうの関節が皮の下からうきあがり、脚《あし》は主人とおなじように曲がっていた。首はねじれ、頭は巨大《きょだい》な胴体《どうたい》とくらべても大きすぎた。馬の首にははづなが巻《ま》いてあり、どうやら主人が力いっぱい引っぱって馬を歩かせているらしい。牝馬《めうま》はほとんど数歩ごとに四本の脚《あし》をふんばって、先へ進むのを拒否《きょひ》する。すると主人が鉄を巻《ま》いた棍棒《こんぼう》であばらに一発くらわし、はづなをぐいぐい引っぱるので、牝馬《めうま》の頭が胴《どう》からもげてしまわないのが不思議なくらいだった。牝馬《めうま》はお返しにときどきはづなをぐっと引きもどした。これまた、男の腕《うで》がつけ根から抜《ぬ》けてしまわないのが不思議なほどの強烈《きょうれつ》な引きだった。

そんな具合にぐいぐい引いたり、じわじわたぐったり、ぐいっと力をいれて引きよせたり、どやしつけたりしながらのろのろと進んできたので、フィンと側近《そっきん》たちが立って眺《なが》めている台地の上にたどりつくまで、ずいぶん時間がかかった。ともかく騎士《きし》たちのまえまでやってくると、男はふかぶかと頭を垂《た》れ、膝《ひざ》を曲げて敬意《けいい》をあらわした。

フィンは男が何者で、なにを求めてきたのか、いつもどおりにたずねた。

「わしが何者か、自分でもわかりゃあせんです。どこのだれが父親で母親だかも知らんでした。じゃがみんな、わしのことをジラ・ダカーと呼《よ》んどります。不精者《ぶしょうもの》のジリ（スコットランドの族長に仕える召使《めしつかい》）って意味です。わしの望みってのは、騎士団長《きしだんちょう》さま、わしはあっちこっちの土地でだれでも手間賃《てまちん》くれて食わしてくれるお人に奉公《ほうこう》してきたんじゃが、うろうろしてるあいだに何度もあんたさまのお名を耳にしとります。強うて、知恵《ちえ》があって、気前のええお人じゃて評判《ひょうばん》でした。そいじゃもんで、一年ご奉公《ほうこう》したいと思ってきましたです」

「奉公《ほうこう》の代価《だいか》になにを望む？」フィンがいった。

「一年すぎたら、そのときに手間賃《てまちん》を決めさしてもらいます」男は答えた。

「自分で決めるというのだな？」フィンは大男のずうずうしい言い種《いぐさ》をおもしろく思った。

「はあ、奉公《ほうこう》さしてもらえるんなら。じゃが、はじめにいっときますが、わしの名は理由もなく付けられたわけじゃあ、ありやせん。わしはじっさい、不精《ぶしょう》な召使《めしつかい》なんで。働かすのも、いうことききかすのも、仲ようやってくのも大変な召使《めしつかい》なんですわ。わしより手の焼ける怠《なま》け者の召使《めしつかい》はおらんでしょう。軽くて簡単《かんたん》な仕事にもんくばかしいいますしな」

「自分を売りこむ言葉とは思えないな」フィンはいった。「しかしわたしは、雇《やと》われようとやってきた者を拒《こば》んだことはない。だから、おまえを拒《こば》むつもりもない」

ジラ・ダカーは満足げに歯をむきだして笑うと、骨《ほね》と皮ばかりのみじめな老いぼれ馬のはづなを解《と》いて、フィンや側近《そっきん》たちの馬のなかへ放してやった。

牝馬《めうま》は主人よりさらにつきあいがむずかしい相手らしかった。というのは、群れのなかへはいったと思うと、醜《みにく》い頭をふりあげ、長いぼさぼさのしっぽを槍《やり》のようにぴんと突《つ》きたてて、まわりの馬を手あたりしだい蹴《け》りはじめたのだ。騎士《きし》たちは叫《さけ》び声をあげて走りだし、牝馬《めうま》のたちの悪いうさばらしを止めようとした。ところが牝馬《めうま》は騎士《きし》たちが走りよってくるのを見ると、頭をひとふりして鋭《するど》く挑戦《ちょうせん》的ないななきをあげ、近くで草をはんでいたコナン・マウルの馬たちのなかへ突《とっ》っこんでいった。

コナンはこれを見て『不精《ぶしょう》なジリ』に、あいつがこれ以上の災厄《さいやく》をもたらすまえに早くつかまえろとどなった。

しかし『不精《ぶしょう》なジリ』は、コナンにひょいとはづなを投げて、大あくびしながら答えた。

「わし、くたびれたわ。あいつをあんたさんの大事な馬から離《はな》したいんなら、行って自分でやんなせえ」

コナンは口から泡《あわ》をふくほど怒《おこ》ったが、いつものようにとげのある言葉を武器《ぶき》にして相手をいいまかしているひまはなかった。はづなをつかんで駆《か》けだすとたちまち性悪《しょうわる》の牝馬《めうま》に追いついた。そして牝馬《めうま》が馬の群れにあばれこむ直前に首にはづなを投げかけ、むきを変えさせて、元の群れのほうへ引っぱっていこうとした。ところがたちまち牝馬《めうま》は根を張《は》りひろげた木のように動かなくなった。コナンは引いて引いて引きまくり、しまいには顔が紫色《むらさきいろ》に変わるほどだったが、指の幅《はば》いっぽん分も動かすことはできなかった。

そのありさまを側近《そっきん》の者たちは腹《はら》をかかえて笑って見ていた。ファーガス・フィンヴェルが笑いすぎて息をきらしながらいった。「われらが太っちょコナンが、牧童のまねをしようとは、考えたこともなかった。しかも、ろくに馬一匹《ぴき》あつかえないとはな！　そいつの背《せ》に乗って、だれが主人か思いしらせてやったらどうだ、コナン・マウル？」

コナンは仲間のからかいと笑い声にせっつかれて牝馬《めうま》の背《せ》によじのぼると、いうことをきかせようと牝馬《めうま》のあばらを蹴《け》りつけ、馬が怒《おこ》ってうしろに倒《たお》している両耳のあいだをこぶしでなぐりつけた。しかし牝馬《めうま》は口のはじをぐっと引き締《し》めただけだった。それはまるで側近《そっきん》たちといっしょに笑っているように見えた。そしてかんじんの脚《あし》のほうは、すこしも前へ出そうとしない。

「おっと、わかったわかった」ファーガス・フィンヴェルが声をはりあげた。「そいつはずっと、ジラ・ダカーを背《せ》に乗せてきた。ジラ・ダカーはまさに巨人《きょじん》といっていい。だからコナンがいくら太っているといっても馬のほうは重さを感じないのだ。人が乗っているとも思っていないのだろうよ！」

「なら、ことは簡単《かんたん》だ」負け知らずの騎士《きし》と呼《よ》ばれているコイル・クローダがコナンのうしろに跳《と》びのった。それでも牝馬《めうま》はぴくりともしない。ダーラ・ドンがコイルのうしろに乗り、そのうしろにアンガス・マッケアトが乗った。そんな具合にしてついに十四人の騎《き》士《し》がジラ・ダカーの馬の背《せ》に乗って、なんとか動かそうとした。それでも牝馬《めうま》はすこしも重さを感じていないようで、背中《せなか》の騎士《きし》たちをまったく無視《むし》した。

ジラ・ダカーはこれを見るとまっ赤になって怒《おこ》り、フィンをふりむいてどなった。「あんたさまのりっぱな評判《ひょうばん》がどんなもんだか、すっかりわかりやした！　お側《そば》の衆《しゅう》がわしの馬をばかにして、ひいてはわしをばかにしとるのに、やめさそうともなんともされん！　わしゃ、がまんがなりません！　たったいま手間賃《てまちん》もろうて奉公《ほうこう》やめさしてもらいます！」

「それはまた、短い奉公《ほうこう》だったな」フィンは笑いすぎて痛《いた》む腹《はら》をかかえていった。「申し合わせでは、一年の終わりに代価《だいか》を決めるということだったが」

「考えが変わりやした」ジラ・ダカーがいった。「あんたさまのようなお人から手間賃《てまちん》もらおうとは思わんです！　よそでましなご主人をさがしますわ」

そういうとジラ・ダカーは背《せ》をむけてケリーの海岸の方角へゆっくり歩きだした。

牝馬《めうま》はこれを見ると、だらりとしていた耳をぴんと立て、十四人の騎士《きし》を背《せ》に乗せたまま静かにあとをついていった。あとの者たちはこれを見て、体をふたつに折って笑いつづけた。馬に乗った騎士《きし》たちが朝日を受けてできた自分たちの影《かげ》を三倍したほど進んだところでジラ・ダカーは足を止めた。後ろをふりむいて馬がついてくるのを確《たし》かめると、キルトをまくりあげて先へ進んだ。しかし今度は、青空を矢のように切りさくツバメか、石弓から放たれた小石のような速さだった。あまりの速さにジラ・ダカーの曲がった脚《あし》が胴体《どうたい》の下でかすんで見えるほどだ。すると牝馬《めうま》は三度いないて、主人に追いつこうと空《くう》を飛ぶような速駆《はやが》けにうつった。背《せ》に乗った十四人の者たちは馬から跳《と》びおりようともがいた。ところが体が牝馬《めうま》の背《せ》にしっかりくっついて、どうしても身をもぎはなすことができなかった。

仲間たちはかれらが今度こそほんとうにこまったことになったのを見てとると、笑うのをやめてはるばる海ぎわまで追っていった。海岸までたどりつけばジラ・ダカーと悪魔《あくま》のような牝馬《めうま》も足を止めるだろうと思ったのだ。ところがジラ・ダカーはまっすぐ海へ走りこみ、牝馬《めうま》も主人のあとを追って一瞬《いっしゅん》も速度をゆるめずに海に跳《と》びこんでいった。リガン・ルミナはキールタ・マックローナンに劣《おと》らず足が速く、騎士団《きしだん》のだれより遠くまで跳《ちょう》躍《やく》することができた。この追跡《ついせき》の際《さい》もほかの者をはるかにひき離《はな》して先頭を駆《か》けており、ここ一番の大跳躍《ちょうやく》でみごと牝馬《めうま》の尾《お》をつかんだ。まさに牝馬《めうま》が海に躍《おど》りこむまぎわだった。ところがリガンがどんなに力をこめて引きもどそうとしても、牝馬《めうま》にとってはオナモミの種ひとつ分の重さが加わったほどでしかなかった。牝馬《めうま》に引きずられるまま浅瀬《あさせ》をすぎて深みにはいると、リガンは両手が牝馬《めうま》の尾《お》にしっかりはりついているのに気づいた。リガンも馬の背《せ》にいる十四人と同様、馬から身をもぎはなせなくなってしまったのだ。

フィンと残りの者たちは波打ち際《ぎわ》に突《つ》っ立って、仲間が水平線のかなたへ連れ去られるのを見送った。長い距離《きょり》を全速力で駆《か》けとおしてきたので、疲《つか》れて息をするのもやっとだった。しかし怒《おこ》ったり嘆《なげ》いたりして時間をむだにすることなく、すぐに最善策《さいぜんさく》を話しあい、イーダ山のふもとの海岸へむかおうと決めた。そこまで行けば、なにかのときすぐに出航できるようすっかり装備《そうび》を整えた船が一艘《そう》、つねに用意してある。その船で西へむかい、さらわれた仲間をさがすのだ。そこでフィンは、選《え》り抜《ぬ》きの騎士《きし》のなかから捜索《そうさく》をともにする者を十五人選んだ。老練なゴル・マックモーナと若《わか》いディアミッド・オダイナもそのなかにいた。しかしアシーンは残された。かれはフィンの長男であり、父親が留守《るす》のあいだフィアンナ騎士団長《きしだんちょう》の役目を代わらなければならないからだ。

一行はイーダ山へむかい、待っていた船に乗りこんだ。まず南下して、エリンの海岸沿《ぞ》いをぐるりと西へむかい、きらめく西の海へ出ていった。横帆《よこほ》をあげ、こぎ手たちがオールをとる船は、命も意志《いし》もある生きもののように西をめざしてすべりだし、やがてエリンの緑の丘《おか》と白い砂浜《すなはま》は後ろに消えていった。

何日もがすぎ、ついに前方の海上に高くきりたった島が見えてきた。雲をつくようにそびえる崖《がけ》には、見たところどこにも登り口がないようだった。

一行は帆《ほ》とオールを使って島をぐるりと回ってみた。しかしそれでも、ヤマネコすら登ってはいけないようなきりたった海岸がつづいているばかりだ。ところがある場所までくると、一行のなかでもいちばん狩《かり》の獲物《えもの》を追うのが得意《とくい》なフォルトラバが三度空気をかいで、ジラ・ダカーと牝馬《めうま》はここから島へ上がっていったらしいといった。崖《がけ》のふもとに姿《すがた》がないところを見れば、どうやってかはともかく崖《がけ》の上までよじ登っていったにちがいなかった。

ようやく一行は、この事件《じけん》の裏《うら》にはなにかの魔法《まほう》が働いており、自分たちが高貴《こうき》な種族を相手にしなければならないことに気づいた。となれば、一行のなかでこの種の冒険《ぼうけん》に乗りだすのにもっともふさわしいのは、ディアミッド・オダイナをおいてほかにいなかった。ディアミッドはダナン族の貴公子《きこうし》のなかでもとくに力のあるアンガス・オグを里親として、ブル・ナ・ボイナで育ったからである。そのことについては、またいつか語るとしよう。

そこでディアミッドは船のなかで立ちあがり、戦いの身支度《みじたく》を整え、肩《かた》から剣《けん》を吊《つ》り、二本の長槍《ながやり》を両手に一本ずつ持った。荒《すさ》ぶる戦士の魂《たましい》が宿ると、ディアミッドの全身が光の輪につつまれ、頭上には雲がうずまき、その美貌《びぼう》はさらにみがきがかかっておそろしいほどのすごみをおびた。ディアミッドは体をぐっとかがめ、引きしぼった弓のように力をためると、二本の槍《やり》のこじりを下について跳《と》びあがった。みごとな跳躍《ちょうやく》できりたった崖《がけ》のはるか上にある岩棚《いわだな》に跳《と》びのると、さらに岩棚《いわだな》から岩棚《いわだな》へ、裂《さ》け目から裂《さ》け目へ、あるときは上へ、あるときは横へ跳《と》び、槍《やり》と手と脚《あし》をつかってたゆまず崖《がけ》を登っていった。はるか下の船上では、仲間たちが目をこらして見守っていた。そしてついにディアミッドは崖《がけ》の頂上《ちょうじょう》にたどり着き、緑の草を両の足で踏《ふ》みしめた。

目のまえには木立ちと低いしげみが美しい影《かげ》を落としている。小鳥のさえずりが響《ひび》き、耳に涼《すず》しいせせらぎの音もあった。木立ちのむこうには平らな草地が広がり、白や赤や青や黄の花々《はなばな》が咲《さ》き乱《みだ》れている。ディアミッドはあたりを見回した。ここにもジラ・ダカーと牝馬《めうま》の気配はなかった。ディアミッドはまっすぐ木立ちをつっきっていくのが、この際《さい》いちばんよいだろうと考えた。木立ちのむこうの開けた場所に出れば、さがす相手のいる場所を教えてくれる人が見つかるかもしれない。

そこでディアミッドは崖《がけ》をあとにして木立ちにふみこんだ。細い幹《みき》や枝《えだ》が密生《みっせい》して迷路《めいろ》のようになっているなかをできるだけまっすぐ進み、ようやくのことで反対側へ抜《ぬ》けだした。目のまえに広がる芝生《しばふ》のように短くそろった緑の草地のまんなかに、葉のしげった高いリンゴの木が一本、たわわに実をつけていた。木のまわりを背《せ》の高い九つの石がぐるりと取り巻《ま》き、中心にあたる木のすぐそばに、ひときわ大きな石がひとつ置かれていた。その石の下からは澄《す》んだ泉《いずみ》が音をたてて湧《わ》きだし、小川となって蛇行《だこう》しながら草地を流れている。

ディアミッドは崖《がけ》をのぼったおかげで暑くて喉《のど》が渇《かわ》いていたのでさっそく泉《いずみ》に近づくと、膝《ひざ》をついて両手にすくって飲もうとした。ところが唇《くちびる》が水に触《ふ》れる寸前《すんぜん》、低く不気味なざわめきと武具《ぶぐ》が触《ふ》れあう音、それに多くの重い足音が聞こえてきた。まるで軍団《ぐんだん》がひとつまるごと草地をこえて自分のほうへむかってくるかのようだった。指のすきまから水がこぼれた。ディアミッドはさっと立ちあがって、あたりを見わたした。とたんに音が消えた。あたりにはなにもなかった。

ディアミッドはもう一度かがんで水を飲もうとした。するとまた軍団《ぐんだん》が近づいてくる音がした。ふたたび立ちあがってあたりを見回しても、人っこひとりいない。しかし今度はたまたま石柱のてっぺんに目がむいた。そこには美しいまだら模様《もよう》の角杯《つのさかずき》が置かれてあった。縁《ふち》にも胴《どう》にも黄金が巻《ま》かれ、宝石《ほうせき》と色とりどりの七宝細工《しっぽうざいく》で目もあやな飾《かざ》りがほどこされていた。

「おそらくこの泉《いずみ》は、この杯《さかずき》からでなければだれも水を飲むことを許《ゆる》さないのだろう」とディアミッドは考えた。手を伸《の》ばして杯《さかずき》をとると、泉《いずみ》にひたして水をくみ、飲みほした。今度は近づいてくる軍団《ぐんだん》の物音はなかった。しかし最後の一滴《いってき》を干《ほ》したとたん、背《せ》の高い男がこちらへむかってくるのが目にはいった。身をつつむマントは赤黒く、額《ひたい》から後ろへながして赤味がかった黄金の輪でおさえた髪《かみ》も黒く、その顔も怒《いか》りでどす黒い。まるで雷《らい》雲《うん》が人の形をとって現《あら》われたかのようだった。

「ディアミッド・オダイナよ」見知らぬ戦士がいった。「エリンの地は広く緑濃《こ》く、喉《のど》をうるおす流れがいくらもあるではないか。なぜわたしの緑の広野へはいりこみ、わたしの角杯《つのさかずき》を使ってわたしの泉《いずみ》から水を飲む？」

「これはまた、そっけない歓迎《かんげい》のあいさつもあったものだ！」ディアミッドはいい返した。

「ましなあいさつを望むなら、勝手なふるまいで無礼をはたらくのはやめておけ！」戦士は剣《けん》を抜《ぬ》いてディアミッドに打ちかかった。ディアミッドの剣《けん》が相手の剣《けん》を受けとめ、たがいの膝《ひざ》と膝《ひざ》がすれあった。秋になると角と角をからみあわせて闘《たたか》う雄《お》ジカのように、ふたりは鍔迫《つばぜ》りあいをくりかえした。

闘《たたか》いは一日じゅうつづいた。どちらも一歩もひかないまま昼がすぎ、夕方になった。まさに日がしずもうとしたとき、戦士はいきなり後ろに跳《と》び、泉《いずみ》のまん中におりると姿《すがた》を消した。まるで泉《いずみ》がかれを飲みこんだかのようだった。

ディアミッドは疲《つか》れきって、泉《いずみ》のふちに立ったまま剣《けん》を支《ささ》えにして、戦士が消えた場所を見つめていた。ダナン族の流儀《りゅうぎ》はよくわかっていたので、リンゴの木の下に自分のマントを広げ、横になって眠《ねむ》ることにした。泉《いずみ》の戦士は太陽とともに消えてしまったが、また太陽とともにもどってくるはずだった。

目が覚めるとちょうど太陽は世界のふちから姿《すがた》を現《あら》わすところだった。すでに泉《いずみ》の戦士は背《せ》の高い石柱のそばに立って待ちかまえていた。

その日も一日ふたりは闘《たたか》ったが、まえの日とまったく同じだった。日暮《ひぐ》れになるとやはり戦士は泉《いずみ》のなかに跳《と》んで、姿《すがた》を消した。ディアミッドはリンゴの木の下にマントを広げ、夜明けまで眠《ねむ》った。三日めも同じだった。朝がくるごとに、泉《いずみ》の戦士の顔は前日の夕方よりさらに暗い怒《いか》りに燃《も》えているようだった。しかし四日めが終わろうとしたとき、ディアミッドは機会《とき》をはかっていた。黒髪《くろかみ》の戦士が跳《と》びすさったとたんに跳《と》びかかり、相手にがっちり両腕《りょううで》をまきつけて、ともに泉《いずみ》にしずんだ。

下へ下へしずむにつれ、頭上の光は緑の泡《あわ》のようにちぢまり、不気味な影《かげ》がうごめく闇《やみ》の世界が広がっていった。ディアミッドは、形もわからない影《かげ》がいくつも、体をかすめていくのを感じた。人間の時間にしてすでに何年もしずみつづけ、この先も永遠《えいえん》にしずんでいくような気がした。やがてちいさな緑の泡《あわ》が、今度は下方に見えてきた。ちいさな泡《あわ》はふたりがしずむにつれて大きくなっていった。そしてまるでふたりの足が泡《あわ》を蹴《け》やぶったかのように光がはじけ、ふたりがあとにしてきたたそがれの光に代わって涼《すず》しげな朝の光がふりそそいだ。足の下にはまたかたい地面があった。

地面に足が触《ふ》れるや、黒髪《くろかみ》の戦士はディアミッドの腕《うで》をふりほどいて走り去った。ディアミッドはできれば追いかけたかったが、疲《つか》れと四日間の闘《たたか》いで負った傷《きず》の痛《いた》みがとつぜんふくれあがり全身に広がった。ディアミッドは三歩と歩かないうちに地面にくずれおち、深い眠《ねむ》りにひきこまれた。少年時代にボイン川の流れがひと晩《ばん》じゅう歌ってくれる歌が寝《しん》所《じょ》に流れていたころの、純粋《じゅんすい》で活力を回復《かいふく》させる眠《ねむ》りだった。

肩《かた》を軽くたたかれて目を覚ますと、若《わか》い男の姿《すがた》が目にはいった。頭から首へぴったりなでつけた髪《かみ》が銅《あかがね》の冑《かぶと》のように見えた。相手を従《したが》わせずにはおかない雰囲気《ふんいき》は、エリンの傑《けっ》出《しゅつ》したフィアンナ騎士団長《きしだんちょう》フィンと同じものだった。その手には抜《ぬ》き身の剣《けん》が握《にぎ》られていた。ディアミッドはさっと立ちあがって自分の剣《けん》に手をのばした。しかし男はほほえんで剣《けん》を鞘《さや》におさめた。

「わたしは敵《てき》ではない。剣《けん》のひらで触《ふ》れて起こしてさしあげたのだ。ここで眠《ねむ》っていては危険《きけん》だ。ついて来なさい。もっと安全でこころゆくまで眠《ねむ》りを楽しめる場所へ案内しよう」

「これはうれしいごあいさつ、しばらくまえに別の騎士《きし》から聞かされた言葉とはまるでちがいますね」ディアミッドは応《こた》えて、騎士《きし》とともに歩きだした。

島の上の世界も美しかったが、いまディアミッドが歩いている世界ははるかに美しかった。小鳥の歌はさらに甘《あま》く、色さまざまな花と葉はあまりに明るく輝《かがや》いているので虹《にじ》の光でできているかと思われた。しばらく行くとすばらしい城砦《じょうさい》が見えてきた。その白い城壁《じょうへき》は、たそがれ時《どき》の白い花のように内側から光を放っているように見える。いちばん外側の城壁《じょうへき》を囲《かこ》むようにリンゴの木がしげり、銀色の花と金色の果実を同時につけていた。砦《とりで》にはいると騎士《きし》はディアミッドを導《みちび》いて脇道《わきみち》を通り、騒《さわ》がしい中庭や人のいる場所をさけて、広間の裏《うら》にあたる奥《おく》の小部屋へ連れていった。騎士《きし》はこの砦《とりで》の主らしかった。かれが客人のために大鍋《おおなべ》に湯をわかして風呂《ふろ》の支度《したく》をするよう大声で命じると、何人もの召使《めしつかい》が言いつけに従《したが》って駆《か》けまわり、あっというまに火がたかれ、柔《やわ》らかな麻《あさ》のタオルひと揃《そろ》いといくつもの壷《つぼ》にはいったにおいのよい香油《こうゆ》が運びこまれ、巨大《きょだい》な青銅《せいどう》の鍋《なべ》で湯がわかされた。湯がわくと鍋《なべ》が火からはずされ、砦《とりで》の主人が手ずから香油《こうゆ》と薬草をたっぷりと注ぎこんだ。おかげでディアミッドが湯のなかに身をしずめると、とたんに傷口《きずぐち》は閉《と》じ、疲《つか》れがぬけていった。そして湯からあがると、生まれて一度も疲《つか》れというものを知らず、このさきも死ぬまで疲《つか》れることなどないと思えるほど爽快《そうかい》な気分だった。湯をつかっているあいだに、砦《とりで》の主人はディアミッドの戦いで破《やぶ》れて汚《よご》れた衣服をまとめて下げさせ、サフラン色の絹《きぬ》の美しいシャツと、このうえなく柔《やわ》らかい格子模様《こうしもよう》の布地《ぬのじ》で作ったズボンと、緋色《ひいろ》の絹《きぬ》のマントを取りよせていた。ディアミッドが身じまいをするあいだ、ふたりは言葉をかわした。

「まえもってお許《ゆる》しいただきたいが、うかがいたいことがずいぶんあるのです」ディアミッドがいった。「あまり多く不思議なことがあったので、自分の足の下にある地面すら当てにならない気がするほどです。一連の出来事の詳《くわ》しいことわけを知るまでは、安心して立っていられない気持ちなのです」

「どうぞ、いくらでもご質問《しつもん》を」砦《とりで》の主人はほほえんで応《こた》えた。

「まずこの島はどういうところですか？　泉《いずみ》のほとりで四日間わたしと闘《たたか》った戦士は何者でしょう？　そしてご城主《じょうしゅ》、ご親切にもてなしていただきましたが、あなたはどういうおかたなのですか？」

砦《とりで》の主人は声をあげて笑いだした。「最初から続けて三つとは。ひとつずつ順にお答えしよう。ここはティル・ファ・トン、海の下の国で、あなたが泉《いずみ》のほとりで闘《たたか》った相手は、この国の王。そしてわたしは王の弟――さあ、よくご覧《らん》なさい、そうすればわたしがだれかわかるでしょう。しばらくまえ、フィン・マックールに一年と一日の奉公《ほうこう》をすることになった男です。じっさいには、奉公《ほうこう》したともいえない短さで契約《けいやく》を解《と》いてしまったが」

話しながら砦《とりで》の主人はディアミッドをじっと見つめた。ディアミッドも見つめかえした。

すると、まぶたの裏《うら》からひとつの姿《すがた》がうかびあがってくるように思えた。大きな太った男で、脚《あし》は曲がり、顔は毛むくじゃらで、見るも無残な老いぼれの黒馬を力いっぱい引きずっている。

「なんと、では――ジラ・ダカーですか！」

「そのとおり」王弟が応《こた》えた。

「となると、もうひとつうかがいたい。あなたの馬の背《せ》に乗せ、尾《お》に取りつかせたまま連れ去った十五人の騎《き》士《し》はどこにいるのです？」

「無事で元気ですよ。まもなく広間の夕べの宴《うたげ》でいっしょになれば、わかるでしょう」

「そもそもなんのために、かれらを連れ去ったのです？」

「かれらの助力が必要でした。あなたと、軍船のお仲間も同じように。フィン・マックールはかならず捜索隊《そうさくたい》を率《ひき》いてくるとわかっていましたから」

「助力とは、どういうことです？」ディアミッドは、なおもたずねた。

「わたしはこの国の半分に正当な権利《けんり》を持っています。しかし父が王位を離《はな》れると、兄は、年齢《ねんれい》でも力でもわたしを上まわっていましたが、わたしの相続分までも自分のものにしてしまったのでした。いっぽうわたしには百四十人の忠実《ちゅうじつ》な騎《き》士《し》がおり、そこへさらに、エリンの華《はな》というべき戦士たちを招《まね》きいれたというわけです。みなさんの助力があれば、もちろん、そのお気持ちがあればということですが、わたしは王国の半分と兄に奪《うば》われたものをすべてとりもどせるでしょう。そのあかつきには、助力いただいたかたがたそれぞれが望むものをわたしに申し出ていただきたい」

「わたしの気持ちは決まりました」ディアミッドはいった。「仲間たちもそれぞれ自分の口からお答えするでしょう」

こうしてディアミッドとティル・ファ・トンの王弟は手をうちあわせて協約を結び、互《たが》いに信義《しんぎ》を守り忠誠《ちゅうせい》を尽《つ》くすと誓《ちか》いあった。

いっぽうフィンと船上の騎士《きし》たちはディアミッドの帰りを五日間待ったすえ、かれをさがしにいくことにした。太綱《ふとづな》も細綱《ほそづな》もありったけ集めて一本に結びあわせ、海面から崖《がけ》の頂上《ちょうじょう》までとどくだけの長さの綱《つな》をつくった。それから登るのが得意《とくい》な者がふたり、綱《つな》のはじを胴《どう》に巻《ま》き、岩肌《いわはだ》にとりついてディアミッドがたどったあとをよじ登っていった。なんとか頂上《ちょうじょう》にたどりつくと、地面からつきだした岩に綱《つな》をしっかり縛《しば》りつけ、あとの者たちが登ってこられるようにした。

最後のひとりが崖《がけ》の頂上《ちょうじょう》の草地に無事足をおろすと、一行はディアミッドがそうしたように木立ちを抜《ぬ》けていった。しかし木立ちを抜《ぬ》けてもディアミッドと同じ場所には出なかった。そのためディアミッドの冒険《ぼうけん》の始まりとなった魔法《まほう》の泉《いずみ》を目にすることはなく、代わりに木立ちのはずれで洞穴《どうけつ》を発見した。ちょうど日がしずもうとしていたので、ひと晩《ばん》をすごすのに安全かどうか、なかへはいってみることにした。

「温かく、乾《かわ》いているが」フィンがいった。「こうした場所で奥《おく》がどうなっているか確《たし》かめもせずに眠《ねむ》るわけにはいかない。どんな危険《きけん》がひそんでいるかもしれないからな」そこで一行は奥《おく》へ奥《おく》へと、進んでいった。しかし洞穴《どうけつ》はどこまでもどこまでも続いており、終わりなどなさそうに思われた。あきらめて入り口にもどって野営《やえい》しようかと考えはじめたころ、はるか前方で日の光が輝《かがや》くのが見えた。かれらは光のほうへ進んでいった。ところが、洞穴《どうけつ》の反対側で蜜《みつ》のようなたそがれの光をあとにしてきたというのに、出てみると冷たく澄《す》んだ早朝の光があふれていた。

「不思議なことだ」フィンがいった。「ひと晩《ばん》じゅう洞穴《どうけつ》をさまよったはずはない。それはまちがいない。エリンの上王がターラに王宮をかまえておられるごとく確《たし》かなことだ」

あとの者たちは前方の眺《なが》めに目をうばわれていた。そう遠くない丘《おか》の上に白い城壁《じょうへき》をめぐらした砦《とりで》がある。その手前のリンゴの木は満開の花が銀色に輝《かがや》いていながら、金色に色づいた実をつけている。

砦《とりで》のまえの緑の草地では戦士たちが盾《たて》をかまえ、剣《けん》や槍《やり》を手に、訓練にはげんでいた。近づいていくと、そのなかにディアミッドとジラ・ダカーに連れ去られた十五人の顔があるではないか。かれらも同時にフィンの一行に気づくと、歓声《かんせい》をあげて槍《やり》をほうりあげ、出迎《でむか》えに駆《か》けよってきた。

迎《むか》える側も迎《むか》えられる側も、おおいに喜び、歓呼《かんこ》の声をあげた。ディアミッドはフィンの一行を、訓練をしていた騎士《きし》たちのもとへ案内した。百四十人の背《せ》の高いダナン族の戦士は敬意《けいい》をもってフィンとフィアンナの騎士《きし》たちを迎《むか》えた。戦士ばかりでなく、緋色《ひいろ》のマントに身をつつんだダナン族の婦人《ふじん》たちも歓迎《かんげい》にくわわった。婦人《ふじん》たちは訓練を眺《なが》めに砦《とりで》から出てきていたのである。そしてダナン族の戦士たちの先頭には、王弟がみずから進みでてあいさつの言葉を述《の》べた。

フィンと軍船に乗ってきた者たちは、あとの十六人がすでに聞かされたように、自分たちがエリンからティル・ファ・トンへ連れてこられたわけを聞き、ひとりひとり全員が王弟と手をうちあわせて、来たるべき戦いで共に戦うことを誓《ちか》った。その日の夕方、砦《とりで》の広間では盛大《せいだい》な宴《うたげ》がもよおされた。フィアンナの騎士《きし》とダナン族の戦士が同じ皿から食べ、同じ杯《さかずき》から酒を飲んだ。広間の垂木《たるき》の下には、竪琴《たてごと》の軽快《けいかい》な音が響《ひび》いていた。その音色は、三つの世界（人間界、妖精界《ようせいかい》、神と死者が住む常若《とこわか》の国の三つ）がまだ若《わか》くみずみずしかったころ大いなる神ダイグダの竪琴《たてごと》から流れでた音におとらず甘《あま》く響《ひび》いた。

つぎの朝、フィンと王弟にそれぞれ率《ひき》いられたフィアンナとダナン族の騎士《きし》たちは、ともに王宮めざして行軍を開始した。

しかしディアミッドと四日間闘《たたか》った男は、斥候《せっこう》からの報告《ほうこく》でこれを知り、迎《むか》え撃《う》ちにでた。こうして両軍は出会った。王の軍はゆうに王弟軍の数倍はあった。しかし王弟軍にはエリンのフィアンナ騎士《きし》が三十一人くわわっていた。

両軍は互《たが》いを認《みと》めると行軍をとめ、浅い谷をへだてて陣《じん》を敷《し》いた。ティル・ファ・トンの戦いの角笛が谷の一方から響《ひび》きわたると、もう一方ではフィンが朝日に輝《かがや》く槍《やり》をふりあげてフィアンナ騎士団《きしだん》の戦いの雄《お》たけびをあげた。王弟軍のダナン戦士もフィアンナ騎士《きし》とともに口々《くちぐち》にその声にならった。両軍の戦列が大波のように押《お》しよせてぶつかりあった。白塵《はくじん》がたちこめて戦士たちをつつみ、槍《やり》の穂先《ほさき》だけが塵《ちり》の雲の上にきらめいた。

戦いはどちらも優勢《ゆうせい》を得《え》られないまま、一日つづいた。しかし日暮《ひぐ》れが近づくころ、数でまさる王軍がじわじわと相手を押《お》しはじめた。フィンはそれを見てとると、胸《むね》と腹《はら》と喉《のど》いっぱいに空気を吸《す》いこんだ。体の下で脚《あし》が軽く感じられ、眼《め》が血走って映《うつ》るものすべてが赤くそまって見えるほどためこむと、根かぎりの力をふりしぼってドード・フィアン、騎士団《きしだん》の雄《お》たけびをあげた。それは軍団《ぐんだん》がいよいよ追いつめられた場合にのみ聞かれる、最後の突撃《とつげき》をうながす声だった。

その響《ひび》きが耳にとどいたとき、ディアミッドの全身に荒々《あらあら》しい炎《ほのお》が燃《も》えあがった。ディアミッドは敵《てき》めがけて突進《とっしん》した。もはや友軍の援護《えんご》を待とうともせず、猛然《もうぜん》と敵《てき》の中心に斬《き》りこんでいった。めざすは王旗が風にひるがえる場所だ。敵《てき》を切りはらい、かいくぐり、のりこえ、スズメの群れを襲《おそ》うタカか、小魚の群れを追う鯨《くじら》か、羊の群れのなかで血に狂《くる》うオオカミのように、手あたりしだいになぎ倒《たお》していった。ディアミッドが敵軍《てきぐん》の中心にひらいた血路を、あとにつづく友軍がおしひろげた。

ティル・ファ・トンの王の軍団《ぐんだん》は分断《ぶんだん》され、散り散りになって敗走した。王と、王を守って戦っていた王子はともに戦死した。こうして夕日の最後の赤い光とともに、戦いは終わりを告《つ》げた。

三日と三晩《ばん》にわたってフィアンナの騎士《きし》たちは、新王と臣下の者たちとともに祝宴《しゅくえん》につらなった。しかし宴《うたげ》の最後にフィンはいとま乞《ご》いを告《つ》げた。あわただしくエリンをあとにしてきたうえに、アシーンはまだ若《わか》く全騎士団《きしだん》を統率《とうそつ》するには不足があると思われたからだ。

「こんなに早くお帰しするのは残念だ」ティル・ファ・トンの新王はいった。「しかしぜひにとおっしゃるなら、いたしかたない。だがまず、このたびの奮闘《ふんとう》にたいしてどのような報酬《ほうしゅう》を望むか、おっしゃっていただきたい」

「おぼえているところでは」フィンは笑って答えた。「わたしのもとからいとまを取ったとき、あなたは報酬《ほうしゅう》を受けなかった——まあじっさいには、一年と一日の奉公《ほうこう》は果たされなかったわけだが。これはお互《たが》いさまということで、借りはすべて清算されたとしよう」

ほかのフィアンナ騎士《きし》たちも同意した。ただコナン・マウルだけは、そうかんたんに納《なっ》得《とく》はしなかった。「あなたがたはいいだろうさ、りっぱな船でここまで来たのだから、貸《か》し借りなしといえるだろう」コナンはじろっとフィンをにらんだ。「わたしはエリンからはるばる海を渡《わた》るあいだずっと、あのやくざ馬のとがった背骨《せぼね》に苦しめられたのだぞ！」

これには新王も、かみころした笑いで喉《のど》がつまりそうになったが、なんとかまじめな顔をつくろった。「なるほど、おっしゃるとおりだ。では、どのような報酬《ほうしゅう》を望むか決めていただこう。なんであれ望みのままに支払《しはら》おう」

「わたしの望みはこうです」コナンは満悦《まんえつ》のていで答えた。「よりぬきの戦士十四人をあの獣《けだもの》の背《せ》に乗せ、あなた自身は尾《お》につかまって、われわれがここへ来たときと同じ姿《すがた》で同じ道すじを通ってエリンへもどること。それが果たされてはじめて、貸《か》し借りなしとしましょう」

フィアンナの騎士《きし》たちはほっとため息をついた。かれらはコナンが黄金か宝石《ほうせき》を要求して騎士団《きしだん》の面目をつぶすのではないかと心配していたのだ。

「まさに公平というものだ」王はいった。「その報酬《ほうしゅう》はかならず支払《しはら》おう。国へもどられたら、あなたがたが最初にジラ・ダカーとあの馬を目にしたクリアックの丘《おか》の上でお待ちいただきたい。部下を連れてそこへ参ろう」

こうしてフィンと騎士《きし》たちは洞穴《どうけつ》を抜《ぬ》け、木立ちを抜《ぬ》け、崖《がけ》に垂《た》らしたままの綱《つな》を伝いおりて軍船にもどり、故郷《こきょう》へと帰っていった。エリンの岸辺に船をつけ、丘《おか》を登っていくと、まだ狩《かり》の野営《やえい》の天幕《てんまく》が張《は》られたままになっていた。かれらはそこで待った。

長く待つまでもなく、まえにもましてひどい姿《すがた》で不機嫌《ふきげん》な顔つきのジラ・ダカーが、あのやせ馬を引きずって重い足どりでやってきた。馬の背《せ》には十四人の不運な身分高いダナン族の騎士《きし》が乗っていた。ジラ・ダカーは、エリンに上陸したあとは馬の尾《お》を放し、はづなをとって引いてきたのである。

フィアンナの騎士《きし》たちは礼儀《れいぎ》正しく真顔をたもとうとしたが、笑いの大風にとらえられてしまった。笑いに笑いつづけているかれらのまえで、牝馬《めうま》が足を止めた。騎士《きし》たちを連れ去っていったときとぴったり同じ場所だった。ダナンの男たちはこわばった体で馬から降《お》りてきた。

フィンはかれらを出迎《でむか》えに喜ばしげに進みでた。ところがティル・ファ・トンの王であるジラ・ダカーは、フィンの後ろをにらんでゆびさした。「フィン・マックール！　ほれ、部下をしっかり監督《かんとく》せんか！」フィンは急いでふりむいてみた。しかし配下の騎士《きし》にはなんの落ち度もなかった。とまどいながら視線《しせん》を返すと、ジラ・ダカーの姿《すがた》は消えていた。巨大《きょだい》な黒い牝馬《めうま》も、海の下の国の十四人の身分ある男たちもいなくなっていた。あとにはただ、黒い牝馬《めうま》のひづめが踏《ふ》みしだいた草がまた起きあがってきていた。

フィンもディアミッドも、三十一人の騎士《きし》たちのだれひとり、二度とかれらに会うことはなかった。

第九章　フィアンナの名馬

この物語ではフィアンナ騎士団《きしだん》が軍馬を手にいれた次第を語ろう。それまでフィアンナ騎士《きし》たちは小馬《ポニー》や小型で頑丈《がんじょう》な馬を狩《かり》につかうことはあっても、戦闘《せんとう》で馬に乗ることはなかったのだ。

さて、そのころ、レンスター・フィアンナのフィンのもとにアーサーという若《わか》い騎士《きし》がいた。ブリテン王の年若《わか》い息子《むすこ》のひとりで、冒険《ぼうけん》を求めてエリンまで海をこえてやってきたのである。アーサーは二十八人の騎士《きし》を従《したが》えてきていた。

アーサーはフィアンナ騎士《きし》となるための試験すべてをみごとにやりとげた。戦いにおいては勇敢《ゆうかん》で、狩《かり》においてはたくみに獲物《えもの》を追いつめた。しかしアーサーは欲《ほ》しいものがあればかならず手にいれる男だった。それが他人のものであろうと、すこしもこだわらず、けっきょくは自分のものにした――それどころか手にいれるのに多少とも危険《きけん》がともなえば、そのぶんやりがいがあると考えていた。

アーサーは馬の目利《めき》きで、猟犬《りょうけん》にはさらに目が利《き》いた。フィアンナ騎士団《きしだん》に入団《にゅうだん》してまもなく、ブリテンとエリンの両方をあわせても、フィンの気にいりであるブランとスコローンにくらべられる猟犬《りょうけん》はいないのを見てとった。脚《あし》の速さ、力の強さ、姿《すがた》のよさ、勇気、知恵《ちえ》、どれをとっても並《なら》ぶものがない。そう考えてから心臓《しんぞう》が三度拍《う》ったときにはもう、アーサーはうまい機会がありしだい二頭を盗《ぬす》みだそうと心に決めていた。

アーサーは待ちつづけた。やがてふたつのことがときを同じくして起こった。まずブリテンの商船がダブリン湾《わん》に入港し、それにほど近いイーダ山にフィン・マックールが狩《かり》に出かけることになったのだ。

野営地《やえいち》が設営《せつえい》され、騎士《きし》たちは手飼《てが》いの猟犬《りょうけん》を連れて集まった。さて人間の世界でフィンが狩猟《しゅりょう》につかう犬たちに並《なら》ぶ猟犬《りょうけん》はほかになかった。というのも、フィアンナの各騎士《きし》団長《だんちょう》が狩《かり》をするときには訓練をつんだ成犬三百頭を集めることができたからだ。そのほかに二百頭の子犬が、死んだり年をとって獲物《えもの》を追えなくなった犬の代わりとなるよう常《つね》に訓練をうけていた。騎士《きし》たちは猟犬《りょうけん》をとてもたいせつにしており、狩《かり》のあとで餌《えさ》を投げてやるときにはかならず犬の数をかぞえ、一頭でも迷《まよ》ってもどらないものがないか確《たし》かめるのだった。

アーサーもそれを知っていたが、そこは考えてあった。自分の騎士《きし》のひとりに金貨を持たせて使いに出し、ブリテンの船に待機させて、自分が乗りこんだあと潮《しお》が満ちたらすぐに出航するよう話をつけてあったのだ。朝のうちにブランとスコローンを盗《ぬす》みだして正午の潮《しお》にのって出航できるよう船に行きつければ、夕方に犬を数えるころにはアーサーはフィンとはるかにへだたった海の上をブリテンへむかっているはずだった。

こうして夜明けに狩《かり》が始まった。おびえた雄《お》ジカが木立ちのなかで聞き耳を立て、犬たちはまだ引き綱《づな》につながれたまま、びりびりと体をふるわせている。そのときアーサーは狩猟隊《しゅりょうたい》からこっそり抜《ぬ》けだした。二十八人のブリテンの騎士《きし》たちを連れて、二頭の犬を追うことにしたのだ。それぞれ槍《やり》のほかには石をむすんだ一種の投げなわを持っているだけだった。これは石を三つ、牛皮で編《あ》んだ長さのちがう紐《ひも》でゆわえ、その三本を独特《どくとく》のやり方でむすびつけたもので、ひじょうにしなやかでじょうぶにできていた。用意はできた。シカ狩《がり》が始まると狩猟隊《しゅりょうたい》がうまくばらけたところを見はからって、かれらはブランとスコローンを狩《か》りに出発した。

二頭の兄弟はいつも、ほかの猟犬《りょうけん》たちとは離《はな》れて自分たちだけで獲物《えもの》を追うのを好んだ。

だからアーサーは、二頭が見つかりさえすればうまく捕《つか》まえて、しかも狩猟隊《しゅりょうたい》のほかの犬や人間たちにはなにがあったか少しもさとられずにすむだろうと考えていた。そしてじっさいアーサーが思ったとおりにことは運んだ。

まもなく遠くから狩《かり》の角笛や犬の吠《ほ》え声が聞こえてきた。アーサーの目のまえを角が十二に枝《えだ》わかれしたみごとな大ジカが矢のように駆《か》けすぎた。これほどの大物が追われていて、音から判断《はんだん》すれば猟犬《りょうけん》たちはミード国とレンスター国に散らばっている。ということはブランとスコローンがきっと近くにいるはずだ。そこでアーサーは朝に鳴くフクロウの声を三度くり返す合図を送った。二十八人のうち、だれかが近くにいるはずだ。アーサー自身も背《せ》の低いイバラのしげみの後ろにかがんだ。かれが身をかくすのとほとんど同時に、二頭の猟犬《りょうけん》が下ばえから跳《と》びだしてきた。二頭はシダのなかを泳ぐような低い姿勢《しせい》で走り、走りながら吠《ほ》えていた。

ぐずぐずしているひまはなかった。ねらいをつけてさえいられなかった。しかしアーサーは故郷《こきょう》のブリテンで、例の投げなわを使って獲物《えもの》を生け捕《ど》りにするのに慣《な》れていた。石と牛皮の紐《ひも》がもつれあっているとしか見えない投げなわを頭の上で一度ふり回して投げた。紐《ひも》はまっすぐねらった獲物《えもの》めがけて飛んだ。紐《ひも》はひろがってブランにからまると、石の重みでぐるぐる巻《ま》きついた。ブランは駆《か》けていた姿勢《しせい》のまま、紐《ひも》に脚《あし》をからめとられて倒《たお》れた。同時にスコローンも、物陰《ものかげ》から飛んできたべつの紐《ひも》に巻《ま》きつかれ、地面に倒《たお》れたまま必死にもがき、あがいていた。獲物《えもの》を追う吠《ほ》え声は、怒《いか》りのうなりに変わり、二頭は皮紐《かわひも》をはずそうと暴《あば》れまくった。ブランは立ちあがりかけたが、男たちが四方八方から駆《か》けより、二頭がけがをしたり紐《ひも》を切ったりするまえに押《お》さえこんだ。アーサーも、かみつこうとするブランの危険《きけん》なあごをこぶしでかわして、耳の後ろをなぐりつけた。これでしばらくはおとなしくなるはずだ。スコローンにもブリテンの騎士《きし》のひとりが短剣《たんけん》の柄《つか》がしらで同じことをしていた。かれらは勝ち誇《ほこ》って立ちあがった。足もとには二頭の猟犬《りょうけん》が動かなくなって横たわっていた。

「ここまではうまくいった」アーサーがいった。「しかし、できるかぎり急いでここを、そしてエリンを離《はな》れるとしよう！」

かれらは猟犬《りょうけん》にからんだ紐《ひも》をはずした。二頭ともひとりでかつぐには重すぎたので、両前足を皮紐《かわひも》でしばり後足《あとあし》も同じようにして槍《やり》の柄《え》を通し、狩《かり》で殺《ころ》した獲物《えもの》を運ぶようにふたりの男が前後をかついでいくことになった。

こうしてかれらは船が待つ場所へむかった。

船に乗りこんだときには、ブランとスコローンは目を覚まして猛《たけ》りくるっていた。しかし二頭の犬を乗せたまま船は潮《しお》にのって出航した。追い風が帆《ほ》をふくらませ、ブリテンに向けて船足を速めた。

夕方になり犬の数をかぞえるときになって、ブランとスコローンがいなくなっているのがわかった。フィアンナの騎士《きし》たちは何度も何度も確認《かくにん》し、あたり一帯をさがしまわったが、スコローンの灰色《はいいろ》の毛もブランのまだらの毛も一本たりとも見つからなかった。

フィンは知恵《ちえ》の親指を口にくわえ、たちまちなにが起こったか知った。同時に心に苦い怒《いか》りがわきあがった。フィンは立ちあがって狩《かり》に同行した者たちを見まわし、吐《は》きすてるような厳《きび》しい声でいった。「アーサーだ。ブリテン王の息子《むすこ》がわたしの猟犬《りょうけん》を盗《ぬす》んだのだ。かれらはいま、海上にいる。追い風に送られてブリテンの海岸をめざしている。これから九人の騎士《きし》を選びだす。あとを追い、ブランとスコローンを取りもどし、アーサーもともに連れもどるのだ――生きて連れ帰るのがむずかしければ、アーサーのは首だけでよい！」

するとゴル・マックモーナが立ちあがった。「九人のひとりとして参りましょう」

さらにディアミッド・オダイナが声をあげた。「エリンの丘《おか》を狩《かり》して、このさきブランとスコローンの追跡《ついせき》の楽しい声を聞けないとしたら残念なことです。わたしも数にいれていただきます」

アシーンが竪琴《たてごと》の袋《ふくろ》を肩《かた》からおろした。夕食のあとで騎士《きし》たちのために歌を歌うつもりで、犬を数えるまえに楽器を取りだしておいたのだ。アシーンは、十二歳《さい》になって狩猟隊《しゅりょうたい》にはじめてくわわった息子《むすこ》のオスカにいった。「わたしがもどるまで、この琴《こと》をあずかっていてくれ」

しかしオスカは眉《まゆ》をよせた。フィンとアシーンの眉《まゆ》が混《ま》じりけのない金色であるように、オスカは混《ま》じりけのない黒い眉《まゆ》をしていた。「だれかほかの人に、その竪琴《たてごと》はあずけてください。いく晩《ばん》もいく晩《ばん》もぼくはブランとスコローンにはさまれて眠《ねむ》り、そのぬくもりになぐさめられたのです。いっしょにさがしにいって、かならず連れて帰ります」

「おまえはまだ幼《おさな》く、体も小さい」アシーンはさとした。「そんなおまえになにができよう?」

オスカはにっと笑って答えた。「アーサーの足首にかみついて、ほかの人たちが来るまでかじりついています」

みんなが笑ってオスカの肩《かた》をもったので、アシーンもゆずらざるをえなかった。こうしてオスカは大人たちにまじって初めての略奪行《りゃくだつこう》に出ることになった。

オスカがアシーンを説得《せっとく》しているうちに『百人斬《ぎ》り』のコイル・グローダがこの小さな救出隊《きゅうしゅつたい》にくわわり、ボズ・ダーグの息子《むすこ》ファードマン、『遠目』のラインと『緋色《ひいろ》』のカンス兄弟が名乗りをあげた。最後にクルンフの息子《むすこ》カルチャが進み出て、これで九人の数がそろった。

船が用意された。一行は戦いに備《そな》えて盾《たて》を石灰《せっかい》で白く塗《ぬ》り、頭にぴったりした冑《かぶと》をかぶって乗りこんだ。こぎ手がただちにオールを取り、横帆《よこほ》は風をはらんで船をブリテンへとすみやかに運んでいった。こうしてかれらはアーガイルの海岸へ到着《とうちゃく》した。船が波にさらわれないよう浜《はま》の上まで押《お》しあげ、王の息子《むすこ》アーサーをさがしに出発した。

かれらは北をさがし、南をさがした。そしてある夕方、ロウダン・マックリア山の裾野《すその》から煙《けむり》がたちのぼるのを目にした。風にのって肉をあぶるにおいもただよってきた。「ただの狩《かり》の野営《やえい》だろう。わたしたちもしょっちゅうやっていることだ」アシーンがいった。

ゴル・マックモーナが口をはさんだ。「狩《かり》の野営地《やえいち》のほかにブランとスコローンが見つかりそうな場所がありましょうか？　犬が出はらう狩《かり》のさいちゅうなら話はべつでしょうが。まもなく暗くなります。近づいてようすをうかがってみましょう」

そこで青い夕闇《ゆうやみ》が水のようにはいあがってハシバミの森をひたすと、一行は身を低くして野営地《やえいち》にしのびよった。猟犬《りょうけん》たちににおいをかぎつけられはしまいかと思えるほど近づいて、裾野《すその》のやぶかげに身をひそめた。野営地《やえいち》には枝《えだ》を編《あ》んでつくった小屋がいくつも建っており、小屋と小屋のあいだから、火のそばに集まっている男たちが見えた。アーサーと配下の騎士《きし》たちだ。そして野営地《やえいち》のまんなかのカバノキに鎖《くさり》でつながれ、男たちのだれひとり近づこうとしないでいるのは、ブランとスコローンだ。

九人はかくれ場所からさがると、額《ひたい》をよせて計画を練った。そして散開すると野営地《やえいち》をとりかこみ、それぞれ定めの位置につくとしゃがんだ膝《ひざ》に槍《やり》を置いて待った。ここぞとばかりに老練なゴル・マックモーナがドード・フィアン、戦いの雄《お》たけびをあげるや、いっせいに立ちあがり、おなじ叫《さけ》びをあげながら八方から野営地《やえいち》に殺到《さっとう》した。

火をかこんでいた者たちが武器《ぶき》を取るのもやっとのところに、フィアンナの騎士《きし》たちが襲《おそ》いかかった。騎士《きし》たちは火のそばで、また火のなかに踏《ふ》みこんでは跳《と》びでて戦った。炎《ほのお》をあげている薪《たきぎ》やまっ赤な熾火《おきび》がそこらじゅうに飛び散った。ついに二十八人は殺《ころ》されて、ひとりを残すのみとなった。アーサーは生きていたものの、多くの傷《きず》を受けていた。アーサーがディアミッドの槍《やり》から身をかわしたとたんに、オスカがすかさず飛びついて両脚《りょうあし》を腕《うで》でしめつけ、地面に倒《たお》したのだ。アーサーは血にぬれた草にかくれていた石で頭を打ち、しばらく意識《いしき》をうしなっていた。ディアミッドとアシーンはアーサーを引きずって戦場をあとにすると、後ろ手に縛《しば》りあげた。

「いったとおり、脚《あし》にかじりついて、ほかの人が来るまで押《お》さえておいたでしょう?」オスカがいった。

それから一行はブランとスコローンの鎖《くさり》を解《と》いてやった。戦いのあいだ二頭は自分たちもくわわろうとさんざん暴《あば》れたが、どうしても鎖《くさり》を切れなかったのだ。自由になると大きな二頭の猟犬《りょうけん》は喜んで吠《ほ》えたてながら一行のあいだを跳《は》ねまわった。

「さあエリンにもどるとしよう。アーサーも体ごと連れて。そのほうが頭だけ持ってもどるよりフィンのお気にめすだろう」ディアミッドがいった。

するとひとつきりのタカのように鋭《するど》い眼《め》であたりをうかがっていたゴル・マックモーナが口をはさんだ。「いや、ここにはまだほかにエリンに持ちかえるものがある」

人びとの目が、ゴルの見ている方向に集まった。いちばん大きな小屋のわきに二頭の馬がつながれていた。何人かがたき火の燃《も》え残りをかき集め、ふたたび燃《も》えたたせて明かりをつくった。そのあいだにゴルとディアミッドが馬をつなぎ輪からほどいて、よく見えるよう火のそばへ連れだした。

一頭は雄《おす》、もう一頭は雌《めす》だった。エリンで見るどんな馬より丈《たけ》が高くがっしりして、気《き》性《しょう》も激《はげ》しい。見知らぬ者の手がはづなにかかると、耳を後ろに引いて鼻嵐《はなあらし》を吹《ふ》き、脚《あし》をふりあげ、蹴《け》りあげた。二頭をなだめてなんとか火のそばへ連れだすのにゴルとディアミッドは知るかぎりの手をすべて使った。

牡馬《おうま》は葦毛《あしげ》でめずらしい模様《もよう》がはいり、赤みがかった金の面《おも》がいとたてがみ飾《かざ》りをつけ、牝馬《めうま》のほうは鹿毛《かげ》で三度きたえた銀の面《おも》がいに黄金のはみをつけている。

「この二頭だけでも海を渡《わた》ったかいがある」ゴル・マックモーナがいって、大きく息をはいた。猟犬《りょうけん》がきつい狩《かり》の一日のあとに餌《えさ》を腹《はら》いっぱいつめこみ、火のそばで横になってためためる息をつくように。

かれらは殺《ころ》した騎士《きし》の首をうちおとし、長い髪《かみ》をベルトにゆわえてつるした。ひとりのフィアンナ騎士《きし》がそれぞれ三つの首をつるしたが、ゴル・マックモーナだけは四つだった。ゴルとディアミッドが鹿毛《かげ》の牝馬《めうま》と葦毛《あしげ》の牡馬《おうま》に乗った。ブランとスコローンはうれしそうに先頭を駆《か》け、捕虜《ほりょ》となったアーサーをかこむようにして一行はガレー船を置いた海岸へもどった。そして船を浅瀬《あさせ》に押《お》しだすと全員が乗りこんでエリンへむかった。

しかし航海はけっして楽なものではなかった。馬はどちらも気が立っておびえていた。あやうく船を転覆《てんぷく》させて海神マナナーンが乗る白い馬の仲間になろう——しかも騎士《きし》たちを道づれにして——としたことも一度だけではなかった。ようやく無事エリンの海岸に到着《とうちゃく》すると、かれらはフィンが待つイーダ山へむかった。

「やっとまた会えたな」フィンはブランとスコローンの耳をなでてやりながらいった。二頭の猟犬《りょうけん》はフィンの膝《ひざ》もとにうずくまり、あまえて鼻を鳴らしていた。

「追跡《ついせき》に長くかかりましたが」ゴルがいった。「この狩《かり》では思わぬ成果がありました」

騎士《きし》たちは持ち帰った首を騎士団長《きしだんちょう》の足もとに放り投げた。オスカも最後にベルトから首をふりおとした。初陣《ういじん》の誇《ほこ》りが、蛾《が》の羽にまつわる暗い光のようにオスカからたちのぼっていた。それからアーサーが押《お》しだされ、後ろ手のままフィンのまえに立った。最後にゴルとディアミッドが二頭の馬を引いてきた。エリンではそれまでだれも見たことがないりっぱな馬だった。

フィンはこれらの戦果を喜んで受けとり、囚《とら》われの王子にむかっていった。「ブリットの息子《むすこ》アーサーよ、おまえはとんでもないことをしでかした。しかし、わたしは勇敢《ゆうかん》な戦士をむざむざうしないたくはない。その手のなわをほどいてやれば、フィアンナ騎士団《きしだん》の義務《ぎむ》と規則《きそく》をふたたび自分のものとする気持ちがあるか？　これまでのことをすべて忘《わす》れ、いま初めて誓《ちか》いをたてるように、もう一度わたしに忠誠《ちゅうせい》を誓《ちか》えるか？」

「誓《ちか》います。喜んでそういたします」アーサーは答えた。そしてふたたびフィン・マックールに忠誠《ちゅうせい》を誓《ちか》い、ふたりが死ぬときまで忠実《ちゅうじつ》にフィンに仕えた。

フィンは牡馬《おうま》と牝馬《めうま》を手もとに置いて、この二頭に仔《こ》を産ませた。牝馬《めうま》は何度も仔《こ》をはらみ、一度の出産でいつも八頭の元気な仔《こ》を産んだ。この仔馬《こうま》たちや、さらにそのまた仔《こ》馬《うま》たちがフィアンナの軍馬となり、それまで騎馬兵《きばへい》がなかったフィアンナが「騎士団《きしだん》」となるのである。

第十章　ナナカマドの木の宿

むかしロホランに武彊《ぶきょう》（強く猛々《たけだけ》しいこと）王の異名《いみょう》をとるコルガという王がいた。大きな権力《けんりょく》をもつ、戦《いくさ》好きの王だった。ある日コルガはベアヴァにある王宮の広い緑の前庭に配下の族長を呼《よ》びあつめていった。「みなも知るとおり、わしはロホランと北の海の島々《しまじま》に住む四部族の王と呼《よ》ばれている。しかしわしの統治《とうち》に従《したが》わない島がひとつある。緑の島エリンがそれだ。そこでこれから、追い風をとらえて軍船を海へ押《お》しだし、エリンへ乗りこんでことを正そうと思う」

族長たちは賛成《さんせい》の声をあげ、手にした盾《たて》をたたいた。

コルガ王はロホラン全土に伝令を送り、軍団《ぐんだん》を召集《しょうしゅう》した。かれらは軍船を波に乗りいれた。こぎ手たちはオールを握《にぎ》って必死にこぎ、初夏の海風が巨大《きょだい》な横帆《よこほ》をふくらませ、船をエリン征服《せいふく》に送りだした。こうしてついに、かれらはアルスター国の海岸に到着《とうちゃく》した。

エリンの上王コルマク・マッカートは海岸に置いた見張《みは》りの者から侵攻《しんこう》の報《しら》せを受けると、もっとも足の速いものをアルムの丘《おか》のフィンのもとへ使いに出した。報《しら》せを受けたフィンは各地へ伝令をとばした。全フィアンナ騎士団《きしだん》にアルスター国海岸のしかじかの場所で合流するよう命じ、みずからもレンスター・フィアンナを率《ひき》いて北の合流点へむかった。

フィアンナ全軍はいっせいに、ロホラン軍が海岸に築《きず》いた堅固《けんご》な陣地《じんち》を襲撃《しゅうげき》した。緑の丘《おか》と白い砂浜《すなはま》のあいだで戦いがくりひろげられた。乱戦《らんせん》のさなか、コルガとアシーンの息子《むすこ》オスカが相対した。盾《たて》と盾《たて》、剣《けん》と剣《けん》、血走った眼《め》と眼《め》がせめぎあい、どちらも退《しりぞ》こうとはしなかった。ついにふたりが離《はな》れたのは、踏《ふ》み荒《あ》らされた浜辺《はまべ》の草にロホランの王が死んで倒《たお》れたときだった。ロホラン軍は王が倒《たお》れたのを見て意気消沈《いきしょうちん》し、夕方までもちこたえたものの、ついに潰走《かいそう》して船に逃《に》げこんだ。フィアンナ騎士団《きしだん》は猛烈《もうれつ》な追撃《ついげき》をくわえ、逃《に》げまどう敵《てき》を血祭りにあげた。このためロホランから緑の島エリンを征服《せいふく》しにやってきた男たちのうち、生き残ったのはコルガ王の末息子《すえむすこ》ミダクただひとりだった。ミダクは初陣《ういじん》で父に従《したが》ってきたのだった。

ミダクは捕虜《ほりょ》としてフィンのまえに引きだされた。あまりに年若《わか》いミダクを見て、フィンは王子の命を助けることにした。「オオカミの仔《こ》でも、幼《おさな》いうちに巣から離《はな》してしまえば人になつくこともあるという。この子はわたしの手もとで育てることにしよう」とフィンはいった。死んだ者は埋《う》められ、傷《きず》ついた者は白い城壁《じょうへき》のアルムの砦《とりで》に運ばれた。気性《きしょう》の激《はげ》しい無口な少年も砦《とりで》に引きとられた。フィンは少年に召使《めしつかい》を与《あた》え、教師《きょうし》をつけ、わが子のようにあつかった。ミダクが成長するとフィアンナ騎《き》士《し》団《だん》の一員にもしてやった。

ミダクはフィアンナの戦士たちとともに狩《かり》をし酒を飲み、戦闘《せんとう》のときはともに戦った。しかし無口で孤独《こどく》を好み、だれとも打ち解《と》けようとしなかった。

ある日コナン・マウルがフィンにいった。「騎《き》士《し》団長《だんちょう》、人を信用するのもほどほどに、ということがありますぞ」

「なんのことだ？」フィンは軽く答えた。

「ロホランのミダクがあなたを愛する理由などない、と考えたことはないのですか？」

「わたしはミダクが捕虜《ほりょ》となった日から、息子《むすこ》たちとまったく変わらぬあつかいをしてきている」

「しかしあなたの指揮《しき》のもとで、ミダクの父と味方の軍全員が死んでいるのですぞ。ロホランの男たちは憎《にく》しみをいつまでもたぎらせておく術《すべ》を知っているものです。ミダクはフィアンナのだれとも親しくならず、口もききません。それでいていつも、目と耳をしっかり開いています。エリン防衛《ぼうえい》にかかわるあらゆる知識《ちしき》を手にいれようとしているのです。そしてロホランには、多くの軍船を持ち、その船を満たすに充分《じゅうぶん》な兵をかかえた強大な族長がまだまだいるのです。それゆえ申すのです、人を信用しすぎるのは禁物《きんもつ》だと」

フィンはこの言葉をさほど深刻《しんこく》には受けとらなかった。騎士団《きしだん》の者ならだれでも知っているとおり、コナン・マウルはひとつでも悪口がいえるうちはけっしてほめ言葉など口にしない男だったからだ。しかしフィンはしばらく考えをめぐらすうちに、この太った騎士《きし》のいうことにも、ともかく一理はあると思えてきた。

「それでは、どうしろというのだ?」フィンは問いかえした。

「アルムから追放するのです」コナンが答えた。「とはいえ、やはり王子としての扱《あつか》いをされるのがふさわしいでしょう。土地と牛と館《やかた》と召使《めしつかい》を与《あた》えておやりなさい。しかしエリンのどこか遠い場所に移《うつ》してしまうのです。そうすれば、ミダクも騎士団《きしだん》の動向すべてに耳をすませてはいられません」

フィンはその場を離《はな》れ、思いをめぐらした。若《わか》いロホランの王子のようすをながめ、さらに考えた。それから王子に迎《むか》えをやってそばに呼《よ》び、こういいきかせた。「ミダク、おまえは子どものころからこの砦《とりで》で育った。わたしの息子《むすこ》たちと同様の教育も受けた。しかしもう、おまえも一人前の男だ。教えを受ける時期はすぎた。自分で土地を管理し、家をかまえるときがきたのだ。エリンじゅうでもっとも気にいった領地《りょうち》をふたつ選ぶがいい。そこを、おまえとおまえのあとを継《つ》ぐ子どもたちのものとして与《あた》えよう。おまえがその土地に館《やかた》を建てたら、牛と奴隷《どれい》はわたしが用意してやろう」

ミダクは冷たく黙《だま》りこんだまま騎士団長《きしだんちょう》の言葉に耳をかたむけ、沈黙《ちんもく》におとらず冷たい声で答えた。「フィアンナの騎士団長殿《きしだんちょうどの》は心広いおかたでいらっしゃる。エリンじゅうの領地《りょうち》から自由に選ばせていただけるのでしたら、シャノン河《がわ》ぞいのケンリ領《りょう》と、河《かわ》をへだてた北側にある『群島《ぐんとう》』領《りょう》をいただきたい」

ミダクの答えは即座《そくざ》に返ってきたので、まえまえから考えぬいた結果だとわかった。選んだ理由も、フィンには見当がついた。このふたつの領地《りょうち》のあいだでシャノン河《がわ》は広大な河口《かこう》の入り江《え》となる。そこは島もあれば人目にふれないちいさな入り江《え》も数多く、ロホランの艦隊《かんたい》がそっくり隠《かく》れていられる場所だ。

しかしフィンは一度口にした言葉をたがえなかった。ミダクは望みの領地《りょうち》を手に入れ、牛と奴隷《どれい》もわけ与《あた》えられて、館《やかた》を建てた。十四年、かれはこの地で暮《く》らした。そのあいだ上王もフィンもフィアンナ騎士《きし》のだれひとり、ミダクと会った者も便りを受けとった者もなかった。

　ある日フィンとフィアンナの騎士《きし》たちはケンリ領《りょう》にほど近い森へ狩《かり》に出かけた。狩《かり》の支《し》度《たく》が整うと、フィンはときどきそうするように、野営地《やえいち》が設《もう》けられたノクフィアナの丘《おか》の上から狩猟隊《しゅりょうたい》の働きを見守ることにした。数名の側近《そっきん》が供《とも》に残り、あとの者たちは犬を連れてオオカミかイノシシを求めて散っていった。

　まもなく丘《おか》の上の騎士《きし》たちは、背《せ》の高いすばらしい戦士が丘《おか》を登って近づいてくるのに気づいた。革《かわ》に鉄の輪をぬいつけたロホランの環《わ》よろいを身にまとい、肩《かた》に盾《たて》をかけ、戦《せん》闘《とう》用の槍《やり》を二本、右手に握《にぎ》っている。戦士はフィンのまえに立つと、敬意《けいい》をこめてあいさつした。「フィアンナの騎士団長《きしだんちょう》フィン・マックール殿《どの》にごあいさつ申しあげます」

　フィンも言葉を返した。「こちらもごあいさつ申しあげたいが、見知らぬ友よ、なんと呼《よ》べばいいか、教えてもらいたい」

　そこへコナンが割《わ》ってはいった。「友でもなければ、見知らぬ者でもない。十四年もたてば、人は変わるものです。しかし、おわかりにならないのか、これはロホランのミダク、あなたがご自分の炉端《ろばた》で育てた者ですぞ」

「もちろん、わかっている」フィンは答えた。「それにその姿《すがた》を見ると、エリンの五王国でも比類《ひるい》ないりっぱな戦士になったようだ。しかしこの十四年というもの、おまえからの便りは一度もなかった」

「そしてそのあいだ、こやつは一度も」コナンがますますいきりたって口をはさんだ。「あなたも旧《ふる》い仲間のだれも、自分の館《やかた》での食事に招《まね》こうともしなかった！」

ミダクはこれをほがらかに受け流した。「フィン殿《どの》と騎士《きし》の面々《めんめん》がわたしのもてなしを受けなかったのは、わたしの落ち度ではありません。いらしていただけば、いつでも歓迎《かんげい》いたしました」そしてほほえんで、空いている手をさしだした。「しかしきょうは、おいでいただけた。もてなしの用意もできております。わたしが客人をお泊《と》めするのに建てたナナカマドの木の宿に、宴《うたげ》の用意をさせておきました。ここからは砦《とりで》においでいただくより近いので。砦《とりで》のほうは河口《かこう》の小島のひとつに長年苦労してようやく築《きず》きあげました」

フィンは喜んでもてなしにあずかることにした。ミダクは宿への道を示《しめ》すと、ひと足先に行って用意に手落ちがないか確《たし》かめるからといいおいて、去っていった。

ミダクが姿《すがた》を消すと、丘《おか》の上の一同は相談をまとめた。アシーン、ディアミッド・オダイナ、フォトラとキールタ・マックローナン、フィンの年若《わかむすこ》い息子フィクナと乳兄弟《ちきょうだい》のインサの六人が残って、狩猟隊《しゅりょうたい》がもどったらことの次第を告《つ》げ、かれらを連れて宴《うたげ》の席へむかう。ゴル・マックモーナとコナンとあと数名はフィンとともに宿へむかう。さらにフィンが伝言を送って、どういうもてなしを受けたか知らせてよこすことも取り決められた。

フィンと側近《そっきん》たちは、ミダクがゆびさした方向へ歩きだし、たっぷり歩いたすえに、手のこんだ造《つく》りのすばらしい建物に行きあたった。それはなだらかな緑の草地のまんなかに、ナナカマドの木に囲《かこ》まれて建っていた。枝《えだ》には炎《ほのお》のように赤いナナカマドの実が房《ふさ》になって、明かりをともしたように見えた。すぐまえを小川が流れ、一本の小道がきりたった岩の斜面《しゃめん》をくだって、歩いて渡《わた》れる浅瀬《あさせ》へつづいていた。

奇妙《きみょう》なことに、それだけの広さの美しい土地であるのに、生きものの姿《すがた》がひとつもなかった。小川の流れとそよ風にゆれる赤いナナカマドの実のほかには動くものもない。フィンは危険《きけん》をかぎつけた。ミダクに行くといっていなければ背《せ》をむけて帰ってしまうところだ。

宿の扉《とびら》は大きく開かれていた。フィンが扉《とびら》をくぐると、騎士《きし》たちもあとにつづいた。これほど豪華《ごうか》な広間はだれも見たことがなかった。ターラの王宮すら、この広間には及《およ》ばなかった。炉《ろ》には火が大きな炎《ほのお》をあげていた。室内は明るく、煙《けむり》もこもらず、甘《あま》い香りがただよっていた。壁《かべ》には青やスミレ色や緋色《ひいろ》のクモの糸のように薄《うす》い布《ぬの》にみごとな刺繍《ししゅう》をほどこした壁掛《かべか》けがかかっていた。広間のぐるりに寝椅子《ねいす》が置かれ、目もあやな織物《おりもの》や毛足の長い上等な毛皮が投げかけてあった。しかしここにも生きものの姿《すがた》はなく、動くものといっては炉《ろ》の炎《ほのお》ばかりだった。

いぶかりながらも、めいめい寝椅子《ねいす》に腰《こし》をおろした。と同時に、奥《おく》へつづく扉《とびら》のひとつが開いてミダクが戸口に立った。ひとことも口をきかず、一行をながめわたす。ひとりひとりに長々《ながなが》と目をあてていたが、くるりと背《せ》をむけ、後ろ手に扉《とびら》を閉《し》めて行ってしまった。

フィンと騎士《きし》たちは居心地《いごこち》わるい思いをつのらせながら、さらにしばらく待った。ついにフィンが口を開いた。「どうもようすがおかしい。宴《うたげ》に招《まね》かれたはずが、こんなに長いあいだ食べ物も飲み物も出さずにほうっておかれるとは」

「それよりもっとおかしなことがある」ゴル・マックモーナがいきなりいいだした。「炉《ろ》の火が――われわれがはいってきたときにはくすぶりもせず燃《も》えて咲《さ》きほこるサンザシのような香りがしていた。それがいま、汚《よご》れた黒煙《こくえん》が広間に満ちている!」そういうとゴルはせきこみはじめた。

変化はそればかりではなかった。美しい壁掛《かべか》けが枯葉《かれは》のようにはがれ落ち、腐《くさ》った壁板《かべいた》があらわになった。やわらかな被《おお》いをかけた寝椅子《ねいす》が消えうせ、騎士《きし》たちは冬の最初の雪のように冷えびえとした、むきだしの黒土の上にすわっていた。館《やかた》の奥《おく》へ通じていたはずのたくさんの扉《とびら》も消え、かれらが通りぬけてきた正面の扉《とびら》が残るだけとなった。その扉《とびら》もはじめの半分ほどにちぢまり、ぴったりと閉《と》ざされている。

フィンがいった。「出入り口がひとつしかない館《やかた》に長居《ながい》は禁物《きんもつ》だ。だれか扉《とびら》をやぶってくれ。この煙《けむり》のたちこめたあなぐらから抜《ぬ》けだすのだ」

「おやすいご用だ」コナンが立ちあがろうともがき、しりもちをついて悲鳴をあげた。「助けてくれ！　この冷たい土の床《ゆか》から足が離《はな》れない。根がはえたみたいだ。ナナカマドの木に変わってしまったのか！」

コナンを助けに駆《か》けよろうとしたとき、ほかの者もみな、同じように動けなくなっているのを知った。心臓《しんぞう》が三つ拍《う》つほどのあいだ、かれらは衝撃《しょうげき》のあまり凍《こお》ったように黙《だま》りこんだ。ゴルが吐《は》きすてるようにいった。「われわれはまんまとミダクの罠《わな》にひっかかったのだ。フィン、早く、知恵《ちえ》の親指をくわえて。これはどういうことか、どうしたらこの罠《わな》から抜《ぬ》けだせるか、わかるかもしれない」

フィンは親指をくわえ、ことのわけを知った。腹《はら》の底から苦いうめきがもれた。「十四年のあいだロホランの王子ミダクは計略《けいりゃく》をめぐらしていた。そしていまミダクの計略《けいりゃく》は収《しゅう》穫《かく》のときを迎《むか》えたのだ。ここから逃《のが》れる道は見えない。島の砦《とりで》にはすでにロホランの軍が集まって、フィアンナ騎《き》士団《しだん》をたたきつぶそうとしている。率《ひき》いるのは北方世界の帝王《ていおう》で『軍神』の異名《いみょう》をとるシンサー、その息子《むすこ》の『偉丈夫《いじょうふ》』ボーバ。ほかにトレント島の三王がいる。三頭の竜《りゅう》のように猛々《たけだけ》しく魔法《まほう》の技《わざ》にすぐれた者たちだ。この三人が黒魔術《くろまじゅつ》をつかってわれわれをここに足止めしたのだ。そして三人全員の血がこの土の床《ゆか》にまきちらされないかぎり、われわれは自由にならないだろう。まもなくシンサーの配下の者たちが、われわれの始末をつけにここへ来る。われわれは翼《つばさ》を縛《しば》られた鳥も同然、身を守るすべもない」

コナン・マウルが怒《いか》りと悲しみにかられてわめきだした。思いおこせばかれは以前にもこんなふうに囚《とら》われの身となって、その事件《じけん》を証拠《しょうこ》だてる子羊の毛皮を背中《せなか》にとどめているのだ。やがてフィンがコナンをたしなめていった。「死の影《かげ》のなかにあろうとも、女のように泣きなげいたり満月の夜の犬のように吠《ほ》えるのは戦士にふさわしくない。それよりはドード・フィアンを歌おう。戦いの歌が、死を目前にしたわれらに力と勇気を吹《ふ》きこんでくれるかもしれない」

一同は声をそろえてドード・フィアンを歌った。これは戦いの歌と突撃《とつげき》の雄《お》たけびがいっしょになったものだ。歌声はゆっくり堂々《どうどう》と、凄《すご》みをおびて流れた。死が待つのみと知っていながら戦いに出ていく者たちのゆるぎない声だった。

アシーン以下、ノクフィアナの丘《おか》で待つ者たちは不安をつのらせていた。夕方になってもまだ、約束のフィンからの伝言がとどかなかったからだ。フィクナが立ちあがり、自分がナナカマドの木の宿まで行って父のようすを見てこようといった。乳兄弟《ちきょうだい》のインサも腰《こし》をあげた。

夕闇《ゆうやみ》がおちるころ、ふたりは宿にたどりついた。しかしあたりには灯《あか》りひとつ見えない。宿に近づくと、暗く荒《あ》れはててひと気もないように見える広間の内側から、ゆるやかなドード・フィアンの調べがはっきりと聞こえてきた。

「ともかくみんな、無事になかにいるらしいですね」インサがいった。

しかしフィクナは首をふった。「父がこれほどゆっくりと厳粛《げんしゅく》な調子でドード・フィアンを歌うのは、命の危険《きけん》がさしせまっているときだけだ」

戦いの歌がしずまった。囚《とら》われのフィンが、少年たちのおしころしたささやきを聞きつけて、声をはりあげた。「フィクナか？」

「そうです、父上」

「それ以上近づくな。この宿には悪しき魔法《まほう》がかけられている」フィンは切迫《せっぱく》した声で、手短かにことの次第を語り、自分たちを解放《かいほう》できるのは三人の王の血だけであると話した。これを聞いてインサは声をあげて泣きだした。フィンが、だれがいっしょにいるのか問いただした。

「乳兄弟《ちきょうだい》のインサです」

「では、ふたりとも去れ、まだ時間があるうちに。まもなく敵《てき》が剣《けん》をたずさえてこちらへやってくる！」

しかし少年たちはふたりとも、自分たちだけが助かろうとは思わなかった。フィクナがいった。「ぼくたちがここにいるあいだは、すくなくとも自由に働ける戦士がふたり、父上と敵《てき》のやつらをへだてることになるのですから」

フィンは重く深いため息をついた。「仕方がない。だれもが、おのれの運命を額《ひたい》にきざまれている……よく聞くのだ。ここまで来るには、敵《てき》は下の川を渡《わた》らなければならない。渡《わた》ってこられる浅瀬《あさせ》の部分は狭《せま》く、こちら岸はきりたった岩になっている。ひとりで大勢《おおぜい》の敵《てき》を防《ふせ》ぐことも可能《かのう》だ――長くはもつまいがな。さあ、行って渡《わた》し場の守りをかためろ。まだ望みはある。助けの軍勢《ぐんぜい》がまにあうかもしれない」

こうしてふたりの少年戦士は川の渡《わた》しへむかい、地形を調べた。フィクナがいった。

「まさに父がいったとおり、ここならひとりで大勢《おおぜい》をふせぎとめるのも可能《かのう》かもしれない。しばらくひとりでここを守ってくれないか。ぼくは島の砦《とりで》へ行く。まだ手遅《ておく》れでないなら、敵軍《てきぐん》が出陣《しゅつじん》するまえにどうにかできないか、探《さぐ》ってみるつもりだ」

フィクナは浅瀬《あさせ》を渡《わた》って夜のなかに消えた。あとに残ったインサは抜《ぬ》き身の剣《けん》を杖《つえ》がわりに支《ささ》えにして敵《てき》を待った。

島の砦《とりで》ではミダクが持ちかえったしらせを聞いて、前祝いの酒宴《しゅえん》がおこなわれていた。北方世界の王シンサーに従《したが》ってきた族長のひとりが、兄の族長にささやいた。「宴《うたげ》がつづいているあいだに、わたしは席をはずしてナナカマドの木の宿へ行く。しかしすぐに、フィン・マックールの首をみやげにもどってくる。これでわたしの名もあがり、王のお引き立てをいただけるはずだ」

族長は配下の騎士《きし》を集めて出発した。月もない闇夜《やみよ》だった。しかし川の渡《わた》しに着いたとき、水の上をすかして見た。むこう岸に戦士のような人影《ひとかげ》が見えたように思えた。そこで声をはりあげて「何者か」とただした。

「インサ、フィン・マックールの館《やかた》の者だ」影《かげ》が答えた。

族長は声をあげて笑った。「よいところで会ったな！　われらはフィン・マックールのもとへやってきた。やつの首をわれらの王のもとへ持ちかえるためにな。フィン・マックールのところへ案内してもらおうか」

「それは断《ことわ》る。わたしはいかなる者もこの浅瀬《あさせ》を通すなと命じられているのだ」

たちまち戦士たちは浅瀬《あさせ》に踏《ふ》みこみ、川を渡《わた》って突撃《とつげき》した。守り手はたったひとりだが、攻《よ》せ手のほうも一度にふたりがようやくだった。守り手が剣《けん》を右に左にふるうたびに、攻《よ》せ手の死体が倒《たお》れ、浅瀬《あさせ》に積み重なった。ついに数名を残すのみになると、戦士たちは戦いをやめて反対の岸へ退却《たいきゃく》した。岸の上では族長がじっと立ったまま、配下の兵の戦いぶりを見つめていた。族長は怒《いか》りに燃《も》えていた。これほど多く部下を失いながら浅瀬《あさせ》ひとつ渡《わた》りかねているのだ。かれは剣《けん》と盾《たて》をつかんで川に躍《おど》りこむと、たったひとりでむこう岸を守る敵《てき》に突進《とっしん》した。族長は力にあふれていたが、インサは疲《つか》れて深傷《ふかで》を負っていた。インサの剣《けん》がねらいをはずれ、敵《てき》の族長の剣《けん》がインサの胸《むね》に突《つ》き刺《さ》さった。インサは喉《のど》がつまったような叫《さけ》びをあげて、流れの速い川に転がり落ちた。族長は長くのばしたインサの髪《かみ》をつかんで首を打ち、手にさげた。

族長は考えた。残った数人の戦士でナナカマドの木の宿を襲撃《しゅうげき》するのはこころもとない。ここはいったん引き返し、王にはインサの首をさしだそう。

もどり道で族長は、浅瀬《あさせ》へむかうフィクナと出会った。島の砦《とりで》の方角から来たのを見て、味方のひとりと思いこんだ。そして誇《ほこ》らしげにこういった。「われわれはナナカマドの宿の下にある浅瀬《あさせ》から引き返してきた。年若《わか》い戦士に仲間をだいぶやられたので、人数をそろえにもどるところだ——しかし、手ぶらではないぞ。見てみろ、そいつの首をとってきた。ほんとうはフィン・マックールの首を持ちかえるはずだったのだが。まあ、みやげがひとつもないよりましだ」

族長はうちおとした首を球かなにかのようにフィクナに放り投げた。

フィクナは首を受けとめてじっと目を当て、いった。「ああ、むごいことを。夕闇《ゆうやみ》のなかで、おまえの目は勇気に輝《かがや》いていたのに」フィクナは首をわきに置き、両手を空けると、復讐《ふくしゅう》に燃《も》えて敵《てき》の族長にむかいあった。「わたしをだれと思って、この戦士の首を投げてよこした？」

「島の砦《とりで》から来たのではないのか」怖《おそ》れと疑《うたが》いが族長の心にしのびよった。「シンサー王の戦士ではないのか？」

「ちがう」フィクナは答えた。「すぐにおまえも、そうしてやる」フィクナはすかさず槍《やり》をかまえて敵《てき》に躍《おど》りかかった。ヤマネコのようにすばやく獰猛《どうもう》な身のこなしだった。こうして族長は、殺《ころ》された乳兄弟《ちきょうだい》の復讐《ふくしゅう》に燃《も》えるフィクナの手でたおされた。フィクナは敵《てき》の首を打ち、髪《かみ》をつかんで左手にさげると、インサの首は右腕《みぎうで》にそっとかかえて道を進んだ。浅瀬《あさせ》まで来るとフィクナは浅い墓《はか》を掘《ほ》ってインサの体を横たえ、その上に首を置き、土の上にはもとどおり緑の芝草《しばくさ》をのせて墓《はか》をおおった。それから敵《てき》の族長の首をたずさえて、ナナカマドの宿へもどっていった。

フィンはフィクナの足音を聞きわけて、不安そうに呼《よ》びかけた。「フィクナ、浅瀬《あさせ》から聞こえた闘《たたか》いの物音はだれのものだ？　そして、どうなったのだ？」

「インサが浅瀬《あさせ》を守りました。川にはインサがたおした敵《てき》の死体が折り重なっています」

「そしてインサは？」

「持ち場を守って死にました」フィクナは答えた。

「おまえは、そばに立ってそれを見ていたのか？」

「ああ！　その場でインサと肩《かた》をならべて闘《たたか》っていれば！」フィクナは喉《のど》も裂《さ》けんばかりに嘆《なげ》いた。「べつの場所にいたのです。しかし、せめてものことに、インサの仇《かたき》はうちました。インサの命を奪《うば》った者にすぐあとで出会ったのです。ここにその男の首を持ってきています」

フィンは膝《ひざ》に顔をふせて涙《なみだ》を流した。「りっぱな息子《むすこ》たちだ。血のつながっている者も、いない者も」やがてフィンは気持ちをしずめた。「さあ、浅瀬《あさせ》の守りにつくがいい。おまえの剣《けん》に勝利を。まだ助けがやってくることを願おう」

そこでフィクナは浅瀬《あさせ》の守りにもどっていった。

いっぽう島の砦《とりで》では、フィクナに討《う》たれた族長の兄キロムが、弟が帰らないのをいぶかり、配下の戦士をあつめて捜索《そうさく》に出た。

浅瀬《あさせ》でかれらは積み重なった死体が流れをせきとめ、むこう岸に戦士の影《かげ》がぽつんとひとつ立っているのを目にした。キロムは川をへだてて「何者だ？　だれがこれだけの兵を無惨《むざん》に殺《ころ》したのか」とたずねた。

すると答えが返ってきた。「わたしはフィン・マックールの息子《むすこ》、フィクナだ。この者どもを手にかけたのはだれかだと？　そんなことをきくのはやめておけ、忠告《ちゅうこく》だ。思いだすと、この身のうちから怒《いか》りがふつふつとわいてくる。わたしを怒《おこ》らせると身のためにならんぞ。おまえたちが浅瀬《あさせ》を渡《わた》るつもりならな」

キロムと配下の戦士たちは浅瀬《あさせ》に殺到《さっとう》し、フィクナに襲《おそ》いかかった。しかしフィクナはインサと同じように敵《てき》を討《う》ち果たした。ただひとり生きのびた者が島の砦《とりで》へ逃《に》げ帰ってことの次第を告《つ》げた。そのころフィクナは血を流し疲《つか》れはてて堤《つつみ》にすわっていた。

逃《に》げもどった戦士の報《しら》せを聞くと、ロホランのミダクは冷たい怒《いか》りをあらわに、ふたりの族長を非難《ひなん》した。あの者どもはみずからの手で、配下の戦士に死をもたらした、フィアンナの戦士に立ちむかうだけの力も闘志《とうし》もないくせに、身のほどを知らぬにもほどがある。

「だがこんどは」ミダクは言葉をつづけた。「わたしが、選《え》りぬきの一隊を率《ひき》いていこう。勇敢《ゆうかん》なロホランの男たちをな。浅瀬《あさせ》を守るのがだれであろうと、岸にあがってフィン・マックールと側近《そっきん》の者どもをこの手で斬《き》り殺《ころ》してやる」

ミダクは手勢《てぜい》をあつめて出発した。浅瀬《あさせ》までやってくると、むこう岸にはフィクナが守りについていた。

はじめミダクはおだやかに話をつけようとこころみた。「フィクナ、ふたたび会えて、心からうれしく思う。わたしがフィンのもとで暮《く》らしていたころ、おまえはわたしに冷たく当たらなかったし、わたしの召使《めしつかい》や犬をなぐったりもしなかった」

「砦《とりで》の者も、騎士団《きしだん》の者も、ひとりたりともそんなことはしなかった」フィクナがいい返した。「人間としての温かい情《じょう》を、おまえはだれからも受けていた。ことに父のフィンからな。その父に報《むく》いるやり方がこれか！」

するとミダクは脅《おど》しにかかり、若《わか》いフィクナに浅瀬《あさせ》をあけわたすよう命じた。

フィクナは笑いとばした。「そちらは多勢《たぜい》、こちらはひとり。わたしひとりがおまえの通り道にいるくらい、なんということもあるまい！　さあ、こい、心からの熱い歓迎《かんげい》をさせてもらうぞ！」

それから起こったことはすべて、すでに浅瀬《あさせ》でくりひろげられた二度の戦いのくりかえしだった。キロムと同じように、ミダクは手勢《てぜい》があえなく討《う》ち果たされるのを見ると怒《いか》りに燃《も》えて盾《たて》を引きよせ、突進《とっしん》した。ただひとり浅瀬《あさせ》を守る戦士に一対一の闘《たたか》いを挑《いど》んだのだ。配下の兵はだれひとり、フィクナの敵《てき》となりえなかったからだ。

ノクフィアナの丘《おか》ではアシーンが不安をつのらせていた。夜がふけ、明け方も近いというのに、フィクナとインサはもどらない。アシーンはディアミッド・オダイナにその不安をうちあけた。

「わたしも同じだ。ナナカマドの宿までいって、ようすを見てこようと思う」ディアミッドが答えた。

「わたしも行こう」フォトラがいった。ふたりは連れだってほかの者たちが進んだ道を進んでいった。しかしナナカマドの木が見えてくるよりさきに、前方から剣《けん》をうちあう響《ひび》きが耳に聞こえてきた。

「フィクナだ」ディアミッドがいった。「あの闘《たたか》いの雄《お》たけびでわかる。しかもかなりの深傷《ふかで》を負っている」

ふたりはそろって駆《か》けだした。ゆるく起伏《きふく》する野のさいごの高みまでくると、夜明けの灰色《はいいろ》の光のなかに浅瀬《あさせ》が見おろせた。浅瀬《あさせ》には死体が積みあがっていた。フィクナとミダクが、腿《もも》まで水につかって闘《たたか》っている。ひと目で、フィクナが追いつめられ深傷《ふかで》を負っているのが見てとれた。いまは盾《たて》をかかげて敵《てき》から身をかばい、じりじりと後退《こうたい》している。

フォトラは走りながら、心臓《しんぞう》も破《やぶ》れそうな思いだった。かれは叫《さけ》んだ。「ディアミッド、槍《やり》を！　このままでは間にあわない。槍《やり》の腕《うで》はあなたのほうが上だ——」

「この暗さでは――どちらに当たるか……」

「あなたのねらいははずれたことがない。やるしかない！」

そこでディアミッドは矢のように駆《か》ける足もゆるめず、槍《やり》のなめらかな留《と》め紐《ひも》に指をかけて、投げた。槍《やり》はみごとに的をとらえ、ミダクのみぞおちに突《つ》き刺《さ》さった穂先《ほさき》が背中《せなか》まで抜《ぬ》けた。しかしミダクは叫《さけ》び声をあげながら、狩人《かりゅうど》の槍《やり》につらぬかれたイノシシのように猛然《もうぜん》とまえへ突《つ》き進んだ。ディアミッドとフォトラが浅瀬《あさせ》へかけつけるより一瞬《いっしゅん》はやく、ミダクは最後に渾身《こんしん》の力で剣《けん》をふりおろした。すさまじい一撃《いちげき》にフィクナがたおれ、力をつかいはたしたミダクも、前のめりに若《わか》い戦士の体におりかさなってたおれた。

ディアミッドは川の浅瀬《あさせ》に横たわるフィクナの遺体《いたい》を呆然《ぼうぜん》と見おろした。それから足さきでミダクをわきに転がした。ロホランの王子ミダクにはまだ最後の命の火が残っていた。ミダクはうめき声をあげた。

「死んでいたなら、見すごしてもやったろうが」ディアミッドがいった。「息があるとわかったからには、おまえの首を持ち帰る。息子《むすこ》を殺《ころ》されたフィン・マックールには、わずかでも慰《なぐさ》めとなるだろう」

すばやい剣《けん》のひと撃《う》ちでミダクの首が落ちた。

ディアミッドはフォトラを浅瀬《あさせ》の守りに残して、岩の斜面《しゃめん》を登り、ナナカマドの宿へむかった。手にはミダクの首を、髪《かみ》をつかんでさげていた。宿のおもてまで来ると、ディアミッドは声をはりあげ、扉《とびら》を力まかせに打ちたたいた。腹《はら》のうちにはまだ悲しみと憤《いきどお》りが熱く燃《も》えていた。声でディアミッドとわかったフィンが呼《よ》びかけた。「近づくな。ここには悪しき魔法《まほう》がかけられている。だが聞かせてくれ、さきほど浅瀬《あさせ》で戦ったのはだれだ。叫《さけ》ぶ声と剣《けん》の音が聞こえたが、あとはなにもわからないのだ」

「あなたの息子《むすこ》フィクナが、たったひとりで一部隊を相手に闘《たたか》ったのです」

「そしてフィクナはいまどうしている?」

「死にました」ディアミッドは答えた。「疲《つか》れきって深傷《ふかで》を負ったところを、ロホランのミダクの手にかかったのです。わたしの助けは間にあいませんでした。しかしフィクナの復讐《ふくしゅう》は果たしました。ここにミダクの首を持ってきております」

長いあいだフィンは言葉を発しなかった。ようやく口を開いたとき、その声は重い悲しみにしずんでいた。「ディアミッド、きみに勝利と力が与《あた》えられるように。これまで何度となくきみは、騎士団《きしだん》が危機《きき》にあるとき救《すく》い主となってくれた。しかし騎士団長《きしだんちょう》たるわたしも、いまともにここにいる者たちも、これほどの危機《きき》に立たされたことはなかった。われわれはここに座《ざ》したまま動けない。魔法《まほう》にとらわれているのだ。われわれを解放《かいほう》できるのは、トレント島の三王の血だけだ。その血がまだ温かいうちに、われわれのまわりの地面にまかなければならない。それまでは、自分で身を守ることすらできない。唯一《ゆいいつ》の頼《たの》みの綱《つな》は、日が昇《のぼ》るまできみがあの浅瀬《あさせ》を守ってくれることだ。朝になればほかの者たちも狩《かり》からもどって、加勢《かせい》にきてくれるだろう」

「いまはフォトラが浅瀬《あさせ》を守っています」ディアミッドが答えた。「かれとふたりで力をあわせ、いかなる者が来ようともちこたえてみせます。必要とあればあと三度日が昇《のぼ》るまででも」ディアミッドが背《せ》をむけて浅瀬《あさせ》にもどろうとしたそのとき、コナンがうめき声をあげた。ディアミッドは足をとめた。

「ああ、ここに閉《と》じこめられたときはぞっとしてしまったが、いまわたしを捕《とら》えているこの土の床《ゆか》の冷たいこと、海岸にはる氷のようだ。なににもましてつらいのは、こんなに長いあいだ食べるものも飲むものもないことだ。ついさきの島の砦《とりで》では、敵《てき》がたっぷりと飲み食いしているんだろうに。なあ、ディアミッド、われわれフィアンナ騎士《きし》はみんな、かたい兄弟の誓《ちか》いをしたんじゃないのか。砦《とりで》から食べるものをかすめてきてくれ。空腹《くうふく》で腹《はら》がしめつけられる。これ以上がまんできない」

ディアミッドは槍《やり》の石突《いしづき》で地面をたたいた。「敵《てき》の軍団《ぐんだん》があなたの命を奪《うば》おうとしているのだぞ。そしてフィンと、そこにいる仲間の命を。対して浅瀬《あさせ》を守るのはフォトラとわたしのふたりのみ。それを、ふたりでは多すぎるというのか？　フォトラひとりに浅瀬《あさせ》を守らせ、わたしにはいらざる危険《きけん》に首をつっこんで大喰《おおぐ》いの騎士《きし》のために食物をとってこいというのか？」

「わたしが青い瞳《ひとみ》と金色の髪《かみ》の乙女《おとめ》なら、もっとちがった答えが返ってきただろうにな。ところがあんたはわたしを嫌《きら》っていて、わたしはこれまでにもずいぶんひどい仕打ちをされた。わたしがここで飢《う》え死にすれば、あんたもさぞかし満足だろうよ！」

「もうそれ以上わめきちらすのはやめてくれ」ディアミッドがいった。「なんとか食べものを手にいれてやろう。その毒《どく》のある舌《した》でまくしたてられて耳がつぶれるくらいなら、どんなことでもましだ」

ディアミッドはもどってフォトラに事態《じたい》を説明し、しばらくひとりで守っていてくれるよう頼《たの》むと、島の砦《とりで》へむかった。

引き潮《しお》で入り江《え》には砂《すな》と小石が土手のように現《あら》われ、ディアミッドはほとんど足もぬらさず島へ渡《わた》ることができた。近づくにつれて酔《よ》った男たちの大声やおおいに盛《も》りあがった宴《うたげ》の騒《さわ》ぎが聞こえてきた。扉《とびら》にしのびよってのぞきこむと、広間は戦士で埋《う》まっていた。最上席には北方世界の王シンサーが息子《むすこ》を従《したが》えてすわり、大勢《おおぜい》の召使《めしつかい》が食物をのせた大皿や、いまにもブドウ酒があふれそうな角杯《つのさかずき》をささげて行ったり来たりしている。

ディアミッドはこっそりといくつかの扉《とびら》を抜《ぬ》けると控《ひか》えの間の暗がりに身をひそめた。すぐ横には広間への内扉《とびら》がある。剣《けん》に手をかけて待っていると、まもなく召使《めしつかい》のひとりがそばを通った。水面に跳《は》ねあがる鮭《さけ》のようにすばやく、ディアミッドは召使《めしつかい》の首をはね、たおれかかる男の手からブドウ酒の杯《さかずき》を奪《うば》った。酒は一滴《いってき》もこぼれなかった。ディアミッドは剣《けん》を鞘《さや》におさめ、広間に歩みいった。そしてまっすぐ王のテーブルへむかい、料理を盛《も》った大盆《ぼん》をひとつ持ちあげると、そのままおもての扉《とびら》をぬけて、食物と酒を手にしたまま明け方の闇《やみ》にまぎれた。飲んでうかれる人びとの騒《さわ》ぎのおかげで、ディアミッドに気づいた者もいなければ、なにをしているかといぶかる者もいなかった。

ディアミッドが浅瀬《あさせ》までもどると、フォトラは堤《つつみ》のうえで眠《ねむ》りこんでいた。蹴《け》って起こそうとしかけて、ディアミッドは思いとまった。若《わか》い騎士《きし》は心の痛《いた》みと警護《けいご》の任務《にんむ》で疲《つか》れはてているのだ。かれはフォトラを眠《ねむ》らせたまま、コナンのために調達した食物をもってナナカマドの宿へと進んでいった。

のこる問題はいかにして太った騎士《きし》に食べものを手渡《てわた》すかということだった。しかしその点も、腐《くさ》った壁板《かべいた》のすきまからコナンのところまで少しずつちぎって投げてやることで解決《かいけつ》がついた。コナンは最後のひとかけらまでオオカミのように飲みこんだ。騎士団長《きしだんちょう》や仲間たちにひと口どうかと勧《すす》めることすらしなかった。それからディアミッドは屋根にのぼって崩《くず》れかけた草葺《くさぶ》きに穴《あな》をあけ、囚《とら》われのコナンが床《ゆか》にすわりこんでいる真上から、ぽっかり開いている大口にむかって杯《さかずき》のブドウ酒を最後の一滴《いってき》まで注ぎこんだ。

こうしてディアミッドは浅瀬《あさせ》にもどった。あたりは静まりかえっていた。フォトラもまだ眠《ねむ》りこんでいる。ディアミッドは若《わか》い騎士《きし》のかたわらに腰《こし》をおろした。

ミダクと部下たちの死が島の砦《とりで》に伝わると、トレント島の三王は、ミダクが自分たちに黙《だま》ってフィンの首をとりにいったことに黒い怒《いか》りをわきたたせた。「われらの魔術《まじゅつ》で、あの者と側近《そっきん》たちをナナカマドの宿に閉《と》じこめてあるのだ。あの者の首は、とうぜん、われらのものだ。ほかの族長がまた自分の槍《やり》をためそうなどと考えぬうちに、ここはわれらが出むいて首をとってしまおう！」

そこで三王は選《え》りぬきの戦士をそろえて出発した。浅瀬《あさせ》に着くと、日の出の薄明《うすあ》かりをすかして、ひとりの戦士が対岸を守って立つ姿《すがた》が見えた。三王は声をそろえて川をへだてた人影《ひとかげ》に何者かと問いただした。

答えがもどってきた。「わたしはディアミッド・オダイナ。フィン・マックールの戦士のひとりだ。この浅瀬《あさせ》は、何者であろうと渡《わた》らせない」

はじめ三王は言葉もおだやかに、浅瀬《あさせ》をあけわたせば見のがしてやろうと説得《せっとく》にかかった。しかしディアミッドは耳をかそうとはしなかった。「フィンと側近《そっきん》の者たちは日が昇《のぼ》るまでこの盾《たて》で守る。命のあるかぎり、わたしはこの場を一歩も動かぬ」

とたんに敵《てき》の先鋒《せんぽう》がディアミッドに襲《おそ》いかかった。しかしディアミッドはわきたつ海をむかえる巌《いわお》のように立ちはだかり、やってくるそばから敵《てき》を斬《き》りふせた。それでも新たな兵士がつぎつぎに突進《とっしん》してきたが、結局は死体となっておりかさなり、そのすきまをさらにほかの兵の死体が埋《う》めた。戦いのさなかにフォトラははっと眠《ねむ》りから覚めた。目をいからせてあたりを見まわし、剣《けん》をつかむとディアミッドになぜ起こさなかったとどなった。しかしディアミッドは、その怒《いか》りは敵《てき》にむけろと答えた。フォトラは敵《てき》に打ちかかり、嵐《あらし》の雹《ひょう》が実った大麦を打ちたおすように敵《てき》をなぎたおした。

配下の兵が右に左に斬《き》りふせられるのを見た三王は、すさまじい叫《さけ》び声をあげて浅瀬《あさせ》に躍《おど》りこんだ。ディアミッドがこれを迎《むか》え撃《う》った。乱戦《らんせん》で盾《たて》は砕《くだ》け、剣《けん》は折れ、鮮血《せんけつ》がふきだした。ひとりまたひとりと、三王はディアミッドにたおされた。フォトラは残りの兵をひきうけて、ディアミッドに近寄《ちかよ》せなかった。

すべてが終わった。ふたりの戦士はおおきく息をあえがせ、二十もの傷口《きずぐち》から血を流していた。ディアミッドはフィンから聞かされた魔法《まほう》を破《やぶ》る方法を思いだした。そこで三王の首を斬《き》りおとし髪《かみ》をくくりあわせると、フォトラを従《したが》えナナカマドの宿へもどっていった。

ふたりが近づいていくと、フィンが待ちきれずに声をはりあげ、戦いの首尾《しゅび》をたずねた。ディアミッドも声をはりあげて答えた。「フォトラとわたしは、みごと浅瀬《あさせ》を守りぬき、トレント島の三王をたおしました。盾《たて》をさかさにし、その上にまだ温かい血を流している三つの首をのせて持ってきています。どうやって、そこまで運びましょうか？」

「勝利と力がふたりのものでありますよう！　エリンの全フィアンナ騎士団《きしだん》に、ふたりに優《まさ》る戦士はこれまでもいなかった。まず扉《とびら》に、その血をすこしかけてくれ」

ディアミッドは命じられたようにした。真紅《しんく》の滴《しずく》が板にふりかかると、扉《とびら》がきしりながら内側に開き、フィンと側近《そっきん》たちが床《ゆか》の上で動けなくなっている姿《すがた》が現《あら》われた。ディアミッドは急いでかれらのまわりの土に血をまいていった。赤い滴《しずく》は土に落ちるとしゅっと音をたてた。囚《とら》われの者たちはうめき声をあげ、もがきながら立ちあがろうとした。萎《な》えてすっかりかたくなっていた脚《あし》が、ようやく自由になった。かれらはフォトラとディアミッドを両腕《りょううで》で抱《だ》きしめて感謝《かんしゃ》した。しかし危機《きき》はすぎさったわけではない。魔法《まほう》から逃《のが》れはしたものの、フィンと側近《そっきん》たちの脚《あし》はまだ、生まれて一時間しかたたない子牛のように頼《たよ》りなかった。

「日が昇《のぼ》りきるまでには悪しき魔術《まじゅつ》のなごりも抜《ぬ》けおちて、剣《けん》をとる力ももどってくるだろう」フィンはうなるようにいった。「それまでは兄弟よ、浅瀬《あさせ》を守るのはまだきみたちの役目だ。日が昇《のぼ》るまで、たのむ。そうしたら今度こそ、役目から解放《かいほう》しよう」

そこでディアミッドとフォトラはふたたび浅瀬《あさせ》へもどっていった。

三王が殺《ころ》されたあと、わずかな生き残りの兵が島の砦《とりで》へ逃《に》げ帰ってその報《しら》せを伝えると『偉丈夫《いじょうふ》』ボーバは憤然《ふんぜん》と立ちあがった。「トレント島には軟弱《なんじゃく》な戦士しか生まれないとみえる。ならばわたしが、手勢《てぜい》を率《ひき》いて出むくとしよう。わが軍の兵が殺《ころ》された返礼だ。かならずフィン・マックールの首を持ち帰って、父上の足もとにすえてみせます」敗戦の報《ほう》を伝えた者たちは、フィンと側近《そっきん》たちがまだ力を回復《かいふく》していないとはいえ自由の身になったことを知らなかったのである。

ボーバはもっとも勇敢《ゆうかん》で技《わざ》に優《すぐ》れた戦士を選《え》りすぐって、浅瀬《あさせ》へやってきた。ディアミッドとフォトラはボーバの部隊が近づいてくるのに気づいた。黒くひしめく戦士の集団《しゅうだん》が、盾《たて》をかまえ槍《やり》の穂《ほ》をとげのように生やして進軍してくる。かれらが近づくほどに地面がゆれ、これまでをはるかに上まわる軍勢《ぐんぜい》だと知れた。浅瀬《あさせ》の戦いで初めてこれだけの大部隊を迎《むか》え撃《う》つのだ。ディアミッドはかたわらに立つ年若《わか》いフォトラに口早に告《つ》げた。

「今度は勇気よりも知恵《ちえ》と機転を使え。むこうが戦いをしかけてきても、相手をたおそうとむきになるな。剣《けん》をひいて盾《たて》の陰《かげ》にかくれるようにするのだ。この場で時間かせぎをしていれば、それだけ勝利のみこみが大きくなる。東の空はすでに明るんでいる。日が昇《のぼ》ればフィンが救援《きゅうえん》にかけつけよう！」

こうしてふたりの戦士は浅瀬《あさせ》での持久戦《じきゅうせん》を開始した。守りに徹《てっ》するふたりの盾《たて》に、敵兵《てきへい》が黒い波のように押《お》し寄《よ》せては押《お》し返された。死んでたおれる兵もあった。しかしほとんどは槍《やり》をそらされただけに終わった。それでいながらディアミッドとフォトラは一歩も退《しりぞ》かず浅瀬《あさせ》を守りぬいた。

空は次第に明るさを増《ま》し、ついに太陽が丘《おか》の上に姿《すがた》を現《あら》わした。すると古いマントをぬぎすてるように、ナナカマドの木の根方にすわりこんでいた騎士《きし》たちから魔力《まりょく》がぬけ落ちていった。「ゆくぞ!」フィンが叫《さけ》んだ。かれらは剣《けん》を抜《ぬ》き、太陽のように躍《おど》りあがった。もっとも足の速いものがノクフィアナのアシーンのもとへ救援《きゅうえん》をもとめに三月の風のように走り去るいっぽうで、残りの者たちは浅瀬《あさせ》へと駆《か》けだしていった。

ディアミッドとフォトラはなおも浅瀬《あさせ》で守りの戦いに徹《てっ》していた。背後《はいご》から突撃《とつげき》の声と駆《か》けてくる足音が聞こえた。フィンと仲間の騎士《きし》たちがやってきたのだ。おさえていた力が身のうちで一気にふくれあがり、ふたりは攻《せ》めに転じた。しかし敵《てき》もふるいたってこれを迎《むか》えた。大乱戦《らんせん》となり、血にぬれた刃《やいば》が嵐《あらし》のように渦《うず》をまいた。そのさなか、老練なゴル・マックモーナと『偉丈夫《いじょうふ》』ボーバが相対した。ゴルの心は戦いに猛《たけ》りたった。いかなる物も人も、もはやゴルの敵《てき》ではなかった。ついに猛烈《もうれつ》な一撃《いちげき》がボーバの首を肩《かた》から打ち落とした。首は空《くう》を飛んで、子どもが池の水面に投げた石のように、川面をはねていった。

指揮官《しきかん》がたおれるのを目にすると、ボーバの兵は気力もうせて、おされ気味になった。なかのひとりが一目散に島の砦《とりで》へ駆《か》けもどり、『軍神』シンサーに声をふりしぼって王子の死を報告《ほうこく》し、ボーバの部隊が自由になったフィンの猛攻《もうこう》を受けて退却《たいきゃく》をはじめたと訴《うった》えた。

北方世界の王は立ちあがって全軍に召集《しょうしゅう》をかけた。息子《むすこ》の死を悲しむのはあとだ。いまは戦士をひとりのこらず引き連れて、復讐《ふくしゅう》を胸《むね》に浅瀬《あさせ》へむかう。


フィンからの使者がノクフィアナの野営地《やえいち》にたどりついたとき、フィアンナの騎士《きし》たちはみな狩《かり》からもどってアシーンのもとにいた。使者は苦しい息の下からミダクの卑劣《ひれつ》な企《たくら》みを物語った。たちまち全員が武器《ぶき》を手にナナカマドの宿へ行軍を開始した。そして浅瀬《あさせ》を見おろす位置までやってきたときまさに、北方世界の王も川のむこう岸に進んできた。両軍は敵《てき》を認《みと》めると行軍を止めて戦列をととのえた。フィアンナ軍は五つの騎士団《きしだん》ごとに隊を組んだ。バスクナ一族の族長たるフィンはレンスター騎士団《きしだん》を指揮《しき》し、モーナ一族の長ゴル・マックモーナはコノート騎士団《きしだん》を指揮《しき》した。どの騎士《きし》も長槍《ながやり》を手にし、剣《けん》は鞘《さや》にゆるくおさめていた。フィアンナ軍が前進をはじめると、シンサー王の軍勢《ぐんぜい》も丘《おか》の斜面《しゃめん》を黒くおおって前進した。

両軍が射程《しゃてい》にはいると投げ槍《やり》の応酬《おうしゅう》がはじまった。切りあいになるよりさきに、両軍の戦列のそこここにおおきな裂《さ》け目ができた。剣《けん》を抜《ぬ》きはなち、突撃《とつげき》に移《うつ》った両軍は浅瀬《あさせ》のなかほどでぶつかりあった。浅瀬《あさせ》の水が、兵士の足もとでわきかえった。フィンは一時にあらゆる場所に身を置いているかに見えた。かれの声は戦場の騒乱《そうらん》のなかで戦《いくさ》の角笛のように高く響《ひび》きわたった。フィンの姿《すがた》が見えると、味方の戦士はあたらしい力と勇気が湧《わ》きあがるのを感じ、まえへ押《お》しだして敵《てき》を蹴《け》ちらした。

しかし北方世界の王も、おなじように配下の兵を力づけ、絹《きぬ》の王旗が翻《ひるがえ》るところでは敵《てき》の側が力を盛《も》りかえして、フィアンナ軍を攻《せ》めたてるのだった。

アシーンの息子《むすこ》、年若《わか》いオスカはほんのひと息、剣《けん》を休めた。すると王旗を先頭に敵《てき》の部隊が波のようにむかってくるのが目にはいった。オスカの胸《むね》にたちまち炎《ほのお》が燃《も》えあがった。雄《お》たけびをあげて、オスカは王のまわりを固めた戦士たちに襲《おそ》いかかっていった。

『軍神』シンサーはオスカに気づくと、護衛《ごえい》の者に退《さ》がれと命じた。暗い喜びが王の胸《むね》に湧《わ》きあがった。フィンの孫息子《まごむすこ》をわが手で血祭りにあげてやれば、またとない復讐《ふくしゅう》となるだろう。見ればオスカは体つきもきゃしゃで年も若《わか》く、復讐《ふくしゅう》をとげるのは容易《ようい》に思われた。

シンサーはオスカを充分《じゅうぶん》にひきつけると、相手が打ちかかろうとした瞬間《しゅんかん》をとらえてふところへ飛びこみ、一気に決着をつけようとした。不意をつかれたオスカは後ろへよろめいた。がすぐに体勢《たいせい》をたてなおして足を踏《ふ》みしめ、互角《ごかく》に剣《けん》をたたかわせた。ふたりの剣《けん》はぶつかりあい、その響《ひび》きは浅瀬《あさせ》の谷間に鳴りわたった。ふいごにあおられる炎《ほのお》のように、火花が飛び散った。周囲《しゅうい》で戦っていた戦士たちまでが手を止めてふたりの闘《たたか》いを見守った。しばらくはオスカはシンサー王を攻《せ》めあぐねているように見えたが、心のうちに先祖《せんぞ》から受けついだ武勇《ぶゆう》を呼《よ》びさまし、それを頼《たよ》りに力をふりしぼって剣《けん》をふりあげ横ざまにふりおろした。渾身《こんしん》の一撃《いちげき》は盾《たて》と鎖《くさり》かたびらをもろともに切り裂《さ》き、王の首を肩《かた》から打ち落とした。首は空を飛んで川に落ち、息子《むすこ》のあとを追うように流れていった。

　これを見てフィアンナ軍は勝ちどきをあげ、ふたたび大波のように敵《てき》に襲《おそ》いかかった。勢《いきお》いづいた騎士団《きしだん》の攻撃《こうげき》に敵軍《てきぐん》はじりじりと後退《こうたい》させられ、ついに潮《しお》が引くように潰走《かいそう》をはじめた。フィアンナ軍の追撃《ついげき》によって、敗走のさなかにも多くの者が命をおとし、海岸にたどり着いたのは、ほんのひと握《にぎ》りだった。かれらは船に逃《に》げこみ、王の死と侵略軍《しんりゃくぐん》の全滅《ぜんめつ》のしらせを故郷《こきょう》へ持ち帰ったのである。

第十一章　ディアミッドとグラーニア

これから話すこの物語のころ、フィンはすでに老年にさしかかっており、二度めの妻《つま》で黒膝《くろひざ》のガラドの娘《むすめ》マーニサーはしばらくまえに亡《な》くなっていた。フィンは三度めの妻《つま》を迎《むか》えたいと考えるようになった。そばに妻《つま》がいないと、アシーンの母サーバのことが強く思いだされてならないからだった。アシーンには父の気持ちがよくわかった。そこである日こんなふうに話をもちだした。「妻《つま》を迎《むか》える気持ちがおありなのに、なぜひとり身でいらっしゃるのですか？　父上の妻《つま》となるにふさわしい乙女《おとめ》で、父上から小指の先で指し示《しめ》されただけで幸運と思わない者は、緑なすエリンにひとりもおりますまい」

するとと深い考えをもつディアリン・マクドバがいった。「あらゆる点であなたの妻《つま》にふさわしい乙女《おとめ》をひとり、ぞんじています」

「どういう乙女《おとめ》だ？」

「グラーニア、上王コルマクの娘《むすめ》で、エリンの乙女《おとめ》たちのなかでもっとも美しいおかたです」

「ではそなたとアシーンがターラへ出むき、その乙女《おとめ》をわが館《やかた》の炉端《ろばた》に迎《むか》えたいと上王に申し出てみてくれ」フィンはそう命じたものの、あまり乗り気ではなさそうだった。

アシーンとディアリンはターラへむかい、上王コルマクの歓迎《かんげい》を受けた。しかしふたりが用向きを伝えると、コルマクはこう答えた。「エリンの小王国の王子や族長で、娘《むすめ》に結《けっ》婚《こん》をもとめてやってこなかった者は、数えるほどしかいない。しかし娘《むすめ》はみんな断《ことわ》ってしまった。しかも表むきは、父のわたしが不服であるように見せかけて。娘《むすめ》のおかげでわたしは、ずいぶん敵《てき》をつくることになった。もうたくさんだ。それゆえ直接《ちょくせつ》、娘《むすめ》と話してもらおう。そうすれば娘《むすめ》が断《ことわ》ってもわたしが責《せ》めを負わずにすむわけだ」

コルマクは王宮の日あたりのよい場所にある婦人《ふじん》部屋へふたりを案内した。ふたりが目にしたのは、背《せ》が高く、けぶるような黒髪《くろかみ》に白い喉《のど》の、ジギタリスの花のような乙女《おとめ》だった。王女は長いすにすわり、まわりに侍女《じじょ》たちをはべらせて、黄色の琥珀《こはく》の珠《たま》を糸に通してベルトをつくっていた。ふたりがフィン・マックールの用向きを伝えるあいだも、王女は琥珀《こはく》を糸に通す手を休めず、深く考えるようすもなく答えた。「そのかたが義理《ぎり》の息子《むすこ》にふさわしいとお父さまがお考えでしたら、わたくしもそのかたが夫として申し分ないかたと思います」

そこでアシーンとディアリンは白い城壁《じょうへき》に囲《かこ》まれたアルムの砦《とりで》に帰り、フィンにむかって報告《ほうこく》した。王女グラーニアが申し出をお受けなさいました、二週間後にターラへ花嫁《はなよめ》を迎《むか》えにいらっしゃってください。

二週間がすぎ、フィンはフィアンナ騎士団《きしだん》の族長や戦士を供《とも》に従《したが》えて、馬でターラへむかった。これほど堂々《どうどう》としてりっぱな供《とも》をそろえて花嫁《はなよめ》を迎《むか》えた男はいなかっただろう。

上王コルマクは丁重《ていちょう》に一行を迎《むか》えた。その夜王宮の広間で祝いの宴《うたげ》がもよおされた。宴《うたげ》の席で王は玉座《ぎょくざ》にすわり、王の左に王妃《おうひ》が、右にフィンがすわった。グラーニアは母である王妃《おうひ》のとなりにすわった。フィンはたびたびグラーニアに視線《しせん》を送ったが、グラーニアのほうは、最初に引きあわせられたあとはほとんどフィンの顔を見ようともしなかった。フィンのドルイド僧《そう》のひとりで叙事詩《じょじし》にくわしいデアラがグラーニアのとなりにすわっていた。やがてグラーニアがデアラに話しかけた。

「父の広間にりっぱなかたがたがお集まりですが、アシーンさまをべつにすれば、わたくしはどなたもぞんじあげておりません。婦人《ふじん》部屋を出て宴席《えんせき》に連なってもよいとの許《ゆる》しを得《え》てからまだ間がありませんので。ですからお教えいただきたいのですが、あの隻眼《せきがん》のいかめしい戦士はどなたですか？」

「あれはゴル・マックモーナ、『戦いの鬼《おに》』の異名《いみょう》をとるかたです」デアラは答えた。

「その右どなりのお若《わか》いかたは？」

「アシーンの息子《むすこ》オスカです」

「では、あのグレイハウンドのような体つきの、ごりっぱなかたは？」

「俊足《しゅんそく》のキールタ・マックローナンです」

グラーニアはふと口をつぐみ、そしてたずねた。「では、あの黒髪《くろかみ》で色の白い、眉間《みけん》にほくろのある戦士は？　優《やさ》しくも激《はげ》しくもなれるかたのようにお見受けします。あのかたは、なんとおっしゃるのですか？」

「あれはディアミッド・オダイナ、愛のほくろのディアミッドです。あまりお見つめなさいませぬように。ディアミッドをそば近く見た婦人《ふじん》はみな、かれを愛するようになるといわれていますから」

しかしグラーニアはディアミッドから目をはなさなかった。やがて侍女《じじょ》のひとりを呼《よ》んでこう命じた。「わたくしの部屋から宝石《ほうせき》をはめこんだ角杯《つのさかずき》をもっておいで」さらになにごとか侍女《じじょ》の耳にささやいたが、ほかの者の耳にははいらなかった。

侍女《じじょ》がもってきた杯《さかずき》の底には血のように紅《あか》い液体《えきたい》が数滴《すうてき》たらしてあったが、それを目にとめたのはグラーニアだけだった。グラーニアはテーブルの上にある桶《おけ》を手に取ると杯《さかずき》の縁《ふち》までブドウ酒を満たし、侍女《じじょ》に渡《わた》して命じた。「これをフィン・マックールさまにお持ちして、わたくしが自分の杯《さかずき》からお飲みいただきたいと申しているとお伝えしなさい」

フィンは杯《さかずき》をとって飲み、グラーニアに会釈《えしゃく》すると、上王に杯《さかずき》を渡《わた》した。上王もおなじように飲むと、王妃《おうひ》に杯《さかずき》を回した。それからグラーニアは侍女《じじょ》に命じて杯《さかずき》を兄である王子、リーフィのケアブリのもとへ運ばせた。このようにして王女がブドウ酒をすすめた者はみな、おなじ杯《さかずき》から飲んだ。しばらくするとおだやかで深い眠《ねむ》りがブドウ酒を飲んだ人びとを襲《おそ》った。

グラーニアは席をたち、広間をまっすぐおりていって、ディアミッドのとなりにすべりこみ、瞳《ひとみ》をのぞきこんだ。「ディアミッド・オダイナさま、わたくしの愛を捧《ささ》げましたなら、かわりにあなたの愛をくださって、わたくしの胸《むね》にある空洞《うつろ》をふさいでいただけるでしょうか？」

ディアミッドはすわったままはっとして目を見開いた。これはあぶないと身がまえるより一瞬《いっしゅん》はやく、ディアミッドの心臓《しんぞう》は喜びに躍《おど》り、胸《むね》のうちで小鳥のようにはばたいたのだ。しかしすぐに騎士団長《きしだんちょう》への忠誠《ちゅうせい》の誓《ちか》いを思いだした。「フィン・マックールのものである女性《じょせい》が、ディアミッド・オダイナのものにはなれません」

グラーニアは白いまぶたをふせ、床《ゆか》を見つめた。しかし思いがけなく自分のうちに見いだした感情《かんじょう》をあきらめようとはすこしも考えなかった。「そのお答えはあなたの忠誠心《ちゅうせいしん》から出たもの。あなたのお心から出た答えではありません。でなければわたくしも、言葉を重ねはいたしません。でもどうか、わたくしの気持ちもお考えください。フィンさまはごりっぱな戦士ですし、あのかたから求められて名誉《めいよ》に思わない乙女《おとめ》はひとりもないでしょう。けれど父とおなじくらいのお年ではありませんか。わたくしはあのかたを愛してはいません。あなたはお若《わか》い、わたくしとおなじようにお若《わか》いのですから、きっとわたくしを哀《あわ》れと思って、親身にお聞きくださるでしょう。どうかわたくしをお救《すく》いください、あのかたの妻《つま》にならずにすみますよう」

ディアミッドは苦しみ悩《なや》んだ。かれの愛は心を飛びだして、グラーニア王女のものとなっていたのだ。王女の訴《うった》えを耳にして、しかもそれを拒絶《きょぜつ》せざるをえないのは、傷口《きずぐち》をナイフでえぐるようなものだった。それでもなおディアミッドは忠誠《ちゅうせい》の誓《ちか》いをかたく守り、冷たく答えた。「あなたはなににも縛《しば》られることなく、ご自分のご意思でこの結婚《けっこん》を決められたのではありませんか。ある男がべつの男より長い年月を戦士として闘《たたか》いぬいてきたからといって、愛するに値《あたい》しないなどということはありません。それがあなたはおわかりにならないらしいが、だからといって、わたしにまでおなじようにしろといわれてもこまります」そこまでいうとディアミッドは、堰《せき》がきれたように叫《さけ》んだ。「そしてもしわたしが、フィンに対してあなたとおなじ裏切《うらぎ》りをはたらき、あなたが望むままにことを運んだとしたら、このエリンのどこにも、フィンの怒《いか》りからわたしたちをかくまってくれる砦《とりで》などなくなってしまう！」

「なるほど、わかりました」グラーニアはいった。「この方法がだめなら、べつの方法をためすとしましょう。わたくしはあなたを魔法《まほう》で縛《しば》ることにします。いかなる戦士もこの呪縛《じゅばく》を解《と》いてみずからの名誉《めいよ》と魂《たましい》を救《すく》うことはできません。よいですか、あなたはわたくしを連れてターラを出るのです、フィンさまとお供《とも》のかたがたが眠《ねむ》りから覚めるまえに」

グラーニアは立ちあがった。「月の出の刻《こく》に、婦人《ふじん》部屋の庭から外へぬける小さな門でお待ちします。おいでにならないときは、わたくしひとりでターラを出ます。ただしあなたへの呪《のろ》いはそのままに」

グラーニアはくるりと背《せ》をむけて広間から出ていった。

ディアミッドはわずかに残った数人の親友を見た。かれらは薬を盛《も》った杯《さかずき》を与《あた》えられず、黙《だま》ってすわって、ことの成り行きを目と耳にいれていたのである。「アシーン、わたしはどうすればいい？」

アシーンは答えた。「このようなことを口にするのは気が重い。しかし呪縛《じゅばく》を破《やぶ》ることはだれにもできない。父フィンとの忠誠《ちゅうせい》の誓《ちか》いを破《やぶ》るしかあるまい。だが父の復讐《ふくしゅう》は覚悟《かくご》しておくことだ」

ディアミッドはアシーンの息子《むすこ》オスカに目をむけた。年は若《わか》いが、武器《ぶき》の扱《あつか》いにおとらず優《すぐ》れたかれの助言は、耳をかたむけるに値《あたい》するからである。

「呪縛《じゅばく》からのがれようとした戦士はおちぶれ、影《かげ》のような生涯《しょうがい》を送ることになる」

「キールタ・マックローナン、あなたはどう思われる？」

「王女に従《したが》うのだな」キールタは答えた。「あれではフィンの妻《つま》になっても、まずいことになるだけだ。だがすばやく逃亡《とうぼう》するのだ。足をとめるな。ふりかえるな」

最後にディアミッドはいちばんの親友で、剣《けん》にかけて誓《ちか》った義兄弟《ぎきょうだい》であるディアリンに目を移《うつ》した。

「グラーニア王女とともに行けば、死ぬことになる」ディアリンはいった。その顔つきから、先を見通す力がかれに働いていることが、だれの目にもわかった。「しかしこのような呪縛《じゅばく》からのがれようとする者は、そもそも生まれるに値《あたい》しなかったことになる」

ディアミッドは立ちあがると、背後《はいご》の壁《かべ》にかけた剣《けん》を取り、剣吊《けんつ》り帯にかけた。成人して以来、親しい友としてすごしてきた男たちに別れを告《つ》げた。もうふたたびかれらと狩《かり》にでることも、食事をともにすることも、肩《かた》をならべて敵《てき》と戦うこともないとわかっていた。それらはすべて終わったのだ。グラーニアのせいで。ディアミッドは広間を出て小さな門へむかった。

門の外で、グラーニアは黒いマントを巻《ま》きつけて待っていた。

「もどったほうがいい」ディアミッドはいった。「だれもまだ、さきほどのことは知りません。知っているのはわたしの友人の数人のみです。かれらはけっして口外しないでしょう。いまもどれば、ほかのだれにも知られずにすみます」

しかしグラーニアはうなずかなかった。「もどりません。あなたとともに参ります。わたくしの心はあなたのお胸《むね》のうちにあるのですから」

ディアミッドはそれ以上、押《お》し問答をするのはあきらめた。「どうしてもそうするといわれるなら、わたしも心を決めましょう。こののち、いかなる男にもあなたは渡《わた》しませんし」

ふたりは西へ西へと進み、シャノン河《がわ》の浅瀬《あさせ》に出た。ディアミッドはグラーニアをかかえあげて河《かわ》を渡《わた》った。グラーニアは、足も、長く裾《すそ》をひいたマントのはしもぬらさずにむこう岸についた。一マイルほど河《かわ》に沿《そ》って上流へむかい、南西に方向を転じてふたつ家《や》の森にたどりついた。深い森の奥《おく》までいくとディアミッドは剣《けん》を使って緑の枝《えだ》を落とし、グラーニアのために枝《えだ》編《あ》みの小屋を建てた。グラーニアがそこで体を休めるあいだにディアミッドは近くの泉《いずみ》から冑《かぶと》に水を汲《く》んで運び、獣《けもの》をとらえて食事の用意をした。

つぎの朝早く、上王と王宮の者たちと客人たちは眠《ねむ》りから覚め、ディアミッドとグラーニアが姿《すがた》を消したことを知った。フィンは激《はげ》しい嫉妬《しっと》にかられた。追跡《ついせき》を得意《とくい》とするナヴァン一族の男たちに使いをやって呼《よ》びだし、ディアミッドの追跡《ついせき》を命じた。

ナヴァン一族の男たちはシャノン河《がわ》の浅瀬《あさせ》から上流へさかのぼり、ディアミッドとグラーニアが南西に転じた地点までやってきた。そこで地面をかぎまわり、草の葉が踏《ふ》まれたあとを調べ、黒い羊毛の糸が一本、野イバラの枝《えだ》にひっかかっているのを見つけると、フィンに報告《ほうこく》した。「わかりました。ここから先はまっすぐ、ふたつ家《や》の森へむかっています」

フィンは追跡《ついせき》を続けるよう命じ、フィアンナの騎士《きし》たちを率《ひき》いてあとをついていった。ナヴァン一族の男たちは猟犬《りょうけん》のように身を低くして先へと進んでいった。森にはいり、樹《じゅ》木《もく》がとくに生いしげっている場所まで来ると、柵《さく》で囲《かこ》まれた場所があった。ディアミッドが枝編《えだあ》み小屋のまわりを伐《き》りひらき、すきまなく柵《さく》をめぐらして何者も侵入《しんにゅう》できないようにしたのである。柵《さく》には、森の七方にむかって、若木《わかぎ》を編《あ》んだ幅《はば》のせまい扉《とびら》が七つ取りつけてあった。

追跡者《ついせきしゃ》のひとりが木に登ってそのなかをのぞき、森の入り口で待っていたフィンのもとへもどって報告《ほうこく》した。樹影《じゅえい》の濃《こ》い場所に柵《さく》をめぐらした囲《かこ》い地があり、なかにディアミッド・オダイナと黒髪《くろかみ》の婦人《ふじん》がいることを。

「グラーニアだな、まちがいない」フィンはきびしい声でつぶやくと、騎士《きし》たちに前進を命じた。森の奥《おく》の囲《かこ》い地までくると、散開してこれを包囲《ほうい》した。柵《さく》の内側では物音を聞きつけたグラーニアがひどくおびえて取り乱《みだ》し、声をたてずに泣きだしていた。ディアミッドはグラーニアに三度くちづけして、怖《おそ》れることはない、きっとなにもかもうまくゆくからといいきかせた。

ダナン族のひとり、最も博識《はくしき》で美しく魔法《まほう》のわざにすぐれたアンガス・オグは、まえにも話したようにディアミッドの育ての親で、じつの息子《むすこ》のようにかれを愛していた。魔法《まほう》でディアミッドの危機《きき》を知るや、アンガス・オグは妖精《ようせい》の国ボインから南風の翼《つばさ》にのって駆《か》けつけた。飛ぶ野生の白鳥をかたどった宝冠《ほうかん》を額《ひたい》にのせ、とつぜん、ふたつ家《や》の森の囲《かこ》い地に姿《すがた》を現《あら》わした。

育ての親の姿《すがた》を見てディアミッドの心は喜びに躍《おど》り、両腕《りょううで》をひろげて抱《だ》きつこうとした。しかしアンガスは突《つ》きはなすように短くひと言たずねた。「なにがあったのだ、わが子よ？」

そこでディアミッドもできるだけ手短かにことのいきさつを話した。柵《さく》の外ではフィアンナの騎士《きし》たちが動きまわっていた。

ディアミッドが語りおえると、アンガスがいった。「不幸な話だ。そしておそらく、不幸な終わりかたを迎《むか》えるだろう。だがいまはまだ、そのときではない。ふたりともわたしのマントにくるまって、それぞれ端《はし》をにぎるがいい。だれにも知られずここから連れだしてやろう」

しかしディアミッドは首をふった。「グラーニアは、どうかお連れくださいい。しかしわたしは自力できりぬけて、あとを追います。もしもわたしが殺《ころ》されるようなことがありましたら、王女を父王のもとへ送りかえしてくださいい。そして父王に、わたしを選んだからといって王女を責《せ》めることなく、以前とおなじようにあつかうようにと、おっしゃってください」

アンガスはマントをひろげてグラーニアをくるみこんだ。マントは夏の空色、あるいはニワゼキショウの花の瑠璃《るり》色を思わせた。アンガスはディアミッドに落ちあう場所を告《つ》げると、ふたたび風にとけて飛び去った。

ひとりになるとディアミッドは鋭《するど》い槍《やり》を手にとって、七つの扉《とびら》のうち手近なひとつに歩みよって、外にいるのはだれかときいた。

「アシーンとオスカだ」答えが返ってきた。「ほかにいるのも、バスクナ一族の者だけだ。われわれのもとへ来い。だれも手出しはしない」

「好意にあまえて面倒《めんどう》にまきこむことはしたくない」ディアミッドは二番めの扉《とびら》に近づいて同じようにきいた。

「キールタ・マックローナンとローナン一族の者たちだ。この扉《とびら》から出ろ。ここにいるのは友人だけだ」

「友人の頭上に災難《さいなん》をもたらすようなことはしたくない」ディアミッドは三番めの扉《とびら》に近づいた。

「グレイ・ラッシュのコナン、それにゴル・マックモーナの息子《むすこ》ファータイとモーナ一族の一党《いっとう》だ。フィンの旗印《はたじるし》に従《したが》ってはいても、われわれはフィンの腹心《ふくしん》ではないぞ」

ディアミッドは四番めの扉《とびら》にいった。

「親しい仲間がここにいるぞ、マンスター・フィアンナのグワンだ。何度もともに遠出の狩《かり》をしてきた仲ではないか。必要とあらばわたしも、わたしの配下の者たちも、きみのために死ぬまで闘《たたか》おう」

ディアミッドは五番めの扉《とびら》へ進んだ。

「高声のグロアの息子《むすこ》フィンだ。ほかにアルスターの騎士《きし》たちがいっしょだ。ここへ出てこい。捕《つか》まえれば殺《ころ》すことになっているが、見ぬふりをして通してやろう」

ディアミッドは六番めの扉《とびら》へおもむいた。

「ナヴァン一族だ。ここでしっかり番をしているぞ。おまえは巣穴《すあな》に追いつめられたネズミも同然。われらはフィンの手の者だからな。出てくるがいい。われらの槍先《やりさき》にかけてくれよう」

「わたしの槍《やり》は戦場で闘《たたか》うためのもの。その槍《やり》を、裸足《はだし》で犬のように地面をかぎまわる流れ者の血でけがしはしない！」ディアミッドは七番めの扉《とびら》のまえに立って問うた。「外にいるのはだれか？」

「トレンモー・オバスクナの息子《むすこ》クールの子フィン、ともにいるのはレンスター・フィアンナの騎士《きし》たちだ」ほかならぬフィンの声が返ってきた。「扉《とびら》をひらいて、いますぐ出てこい。肉を筋《すじ》からそぎ、筋《すじ》を骨《ほね》からこそげてやる！」

「これぞ望みの扉《とびら》！」ディアミッドは叫《さけ》ぶと槍《やり》をささえに低く身をかがめ、はずみをつけて跳《と》びあがった。みごとな跳躍《ちょうやく》で柵《さく》をひと跳《と》びに、待ちうけていた騎士《きし》たちの頭上を飛びこすと、つぎのひと跳《と》びで武器《ぶき》もとどかないほど遠くへ身をかわした。

ディアミッドは南へ走りだした。すこしも休まず走りつづけ、リメリックにほど近い二本ヤナギの森へやってきた。

森ではアンガスとグラーニアが、温めた小屋のなかで待っていた。ハシバミの枝《えだ》にさしたイノシシの肉がさかんに燃《も》える炎《ほのお》にあぶられていた。ディアミッドが姿《すがた》を見せると、グラーニアは喜びの叫《さけ》びをあげて立ちあがった。駆《か》けよって両腕《りょううで》ですがりつき、ディアミッドを抱《だ》きかかえるようにして火のそばへ連れていった。かれらはたっぷりと食べ、朝まで安らかに眠《ねむ》った。空がまだ薄緑色《うすみどりいろ》をした夜明けごろ、アンガスは小鳥の鳴きかわすなかで起きあがり、ふたりに別れを告《つ》げた。「フィンはけっして復讐《ふくしゅう》を忘《わす》れはしまい。かれは年をとった。若《わか》い者に花嫁《はなよめ》を奪《うば》われた老人のうらみは深い。だから、これからいうことを胆《きも》に銘《めい》じておくように。幹《みき》が一本しかない木に登ってはいけない。また出入り口がひとつしかない洞穴《どうけつ》にはいってはいけない。料理に火を使った場所で食べてはいけない。食事をした場所で眠《ねむ》るのもいけない。今夜眠《ねむ》った場所で明日も眠《ねむ》ってはいけない」

アンガスが去ると、ディアミッドとグラーニアは西へむかい、チャンピオンズ川のほとりに出た。ふたりはここで足を休め、ディアミッドは槍《やり》で鮭《さけ》を突《つ》いた。土手で火をたき、ハシバミの枝《えだ》を串《くし》にして鮭《さけ》をあぶった。火が通ると、ディアミッドは魚とグラーニアの両方をかかえてむこう岸へ渡《わた》り、そこで食事をした。食べおわってもすぐには眠《ねむ》らず、さらに西へ進んでから横になった。ふたりはアンガス・オグの忠告《ちゅうこく》をよく覚えていたのだ。

このようにしてふたりは国じゅうをさすらっていった。フィンに追いつかれないよう、ひとつの場所に半日ととどまらなかった。ついにふたりはスライゴーのハイ・フィクナ領《りょう》にあるドゥロスの森にやってきた。この森は『偏屈《へんくつ》』シャーヴァンという巨人《きょじん》が番をしていた。

『偏屈《へんくつ》』シャーヴァンがドゥロスの森番となったのには、つぎのようないきさつがあった。

あるとき妖精《ようせい》ダナン族とフィアンナ騎士団《きしだん》がキラーニーの湖水地方でハーリーの試合をしたことがあった。試合は三日三晩《みばん》つづいたが、どちらも、相手から一点もとれなかった。三日めの夜がすぎ、フィアンナ騎士《きし》を打ちまかすことができないとさとると、ダナン族は試合を投げ、一団《いちだん》となって北へ移《うつ》っていった。

ダナン族は試合のあいだと旅の途中《とちゅう》の食料として、明紅色《めいこうしょく》の堅《かた》い木の実と、暗紅色《あんこうしょく》のヤマモモの実と、鮮紅《せんこう》色のナナカマドの実をもってきていた。これらはダナン族が約束の地（常若《とこわか》の国ティル・ナ・ヌォグのこと）から運んできたもので、ふしぎな力をそなえていた。ダナン族はこれらの木の実がひと粒《つぶ》たりとも、命はかない人間の世界であるエリンの土に触《ふ》れないよう、たいへんな注意をはらっていた。ところがドゥロスの森を通ったとき、鮮紅色《せんこうしょく》のナナカマドの実がひと粒《つぶ》、知らぬまに地面にこぼれた。

このひと粒《つぶ》が育って一本の巨木《きょぼく》となり、妖精《ようせい》の国に育ったナナカマドの木をもしのぐ強い魔力《まりょく》を持つにいたった。というのもこの巨木《きょぼく》の実は蜜《みつ》のようにあまく、たとえ百六十年のときを生きた人間でも、ほんの三粒《つぶ》その実を口にすれば、たちどころに若者《わかもの》に返るのだ。

ダナン族はこのことを知ると、同族の巨人《きょじん》『偏屈《へんくつ》』シャーヴァンを森へ送りこみ、命はかない人間がこの魔法《まほう》の実を口にしないよう番をさせることにしたのである。

シャーヴァンはじつに頼《たの》もしい番人だった。大きくたくましく、見るも恐《おそ》ろしい姿《すがた》で、ひとつしかない火のように赤い目が額《ひたい》のまんなかについていた。魔法《まほう》の技《わざ》にもすぐれていたので、火であぶられても平気、水の中でも溺《おぼ》れることはなく、刃物《はもの》で傷《きず》つけることもできなかった。じっさいシャーヴァンが殺《ころ》されるようなことがあるとすれば、その方法はただひとつ、シャーヴァン自身の持ちものである鉄を巻《ま》いた棍棒《こんぼう》で三度なぐることだけだった。昼間シャーヴァンはナナカマドの木の根元にすわり、夜はナナカマドの高い枝《えだ》の上にこしらえた小屋で眠《ねむ》った。

この地ならば、フィンから逃《のが》れてグラーニアとふたり安全に暮《く》らせることがディアミッドにはわかっていた。シャーヴァンは人間がドゥロスの森で狩《かり》をするのを許《ゆる》さなかったし、ことにフィアンナ騎士《きし》が森にはいるのをきらったからだ。そこでディアミッドはグラーニアを離《はな》れた場所にかくまい、ナナカマドの根元にすわるシャーヴァンの目のまえへひとり恐《おそ》れることもなく出ていった。そしてドゥロスの森に住まい、自分と愛する婦人《ふじん》のために獣《けもの》を狩《か》るのを許《ゆる》してほしいと頼《たの》んだ。

巨人《きょじん》はひとつきりの赤い目でディアミッドをじっと見ると、粗野《そや》で無愛想な口調で、どこで住もうと狩《かり》をしようとかまわないが、ナナカマドの実のひと粒《つぶ》にでも指を触《ふ》れぬようにと答えた。

そこでディアミッドは狩《かり》の野営《やえい》に使うような小屋を建て、ぐるりに柵《さく》をめぐらせた。この森でディアミッドとグラーニアは、しばしの平和と安息の日を得《え》たのだった。

フィンはふたりの追跡《ついせき》をあきらめたわけではなかったが、しばらくはほうっておくことに決め、白い城壁《じょうへき》に囲《かこ》まれたアルムの砦《とりで》へもどった。

ある日フィンのもとに、見るもすばらしい若《わか》い戦士がふたり訪《おとず》れ、低く頭をたれた。なにを求めてアルムへ来たのかとたずねられると、年上のほうがこたえていった。「わたしはアート・マックモーナの息子《むすこ》アンガス、横におりますのはアンダラ・マックモーナの息子《むすこ》エイです。わたしたちの父はどちらもクヌーハの戦いであなたの父上の敵《かたき》となりました。のちにあなたはそれを理由にわたしたちの父の首を討《う》ち、その息子《むすこ》であるわたしたちは追放の身となりました。この措置《そち》は正当とは申せません。考えてもごらんください。戦《いくさ》の当時わたしたちの父はまだ若《わか》く、わたしたち自身はといえば、戦《いくさ》ののち何年もすぎるまで生まれてすらいなかったのです。そこでわたしたちは、和睦《わぼく》と、父たちが騎士団《きしだん》で得《え》ていた地位をふたたびたまわるようお願いしようと、やってまいりました」

「その願い、かなえてやろう」フィンは答えた。「しかしそのまえにまず、わたしの父の死に対する賠償金《ばいしょうきん》を支払《しはら》ってもらう」

「できるものなら、喜んで支払《しはら》いましょう」モーナの戦士たちはいった。「しかしわたしたちは金銀も牛も持ってはいません」

するとフィンがいった。「わたしが賠償《ばいしょう》として求めるのは、金でも銀でも牛でもない」

「では、なにをもって支払《しはら》えというのですか、騎士団長殿《きしだんちょうどの》？」

「わたしが求めるのは、ふたつのうちどちらかだ。ディアミッド・オダイナの首を取ってくるか、ドゥロスの森に育つ妖精《ようせい》のナナカマドの木の実を手のひら一杯分《いっぱいぶん》摘《つ》んでくるか！」

「あなたがたふたりに、忠告《ちゅうこく》申しあげる」父であるフィンのかたわらに立っていたアシーンが口をはさんだ。声は心からの思いやりにあふれていた。「もと来た所へもどって、フィン・マックールとの和解《わかい》と騎士団《きしだん》への復帰《ふっき》を求めてここへやってきたことは、きれいさっぱり忘《わす》れるがいい」

「騎士団長《きしだんちょう》が要求される賠償《ばいしょう》を支払《しはら》うために命を落とすほうがましです。試しもせずにあきらめて、もと来た所へ帰るよりは！」

こうしてふたりは出発した。まず二本ヤナギの森をさぐりだし、そこからディアミッドらの放浪《ほうろう》のあとをたどってドゥロスの森へたどりつき、ついに森の狩猟《しゅりょう》小屋をさぐりあてた。

ディアミッドはグラーニアとともに小屋のなかにいた。ふたりの戦士の声を聞きつけると、すばやく槍《やり》を手にとって扉《とびら》により、そこにいるのはだれかとたずねた。

「アート・マックモーナの息子《むすこ》アンガスと、アンダラ・マックモーナの息子《むすこ》エイだ。われらは白い城壁《じょうへき》のアルムからやってきた。フィン・マッククールのもとへ、ディアミッド・オダイナの首か、ドゥロスのナナカマドの実を手のひら一杯《いっぱい》持ち帰るために。それこそフィンがわれらに求めた賠償《ばいしょう》なのだ。われらの父は、フィンの父の死の一端《いったん》を担《にな》っているからだ」

ディアミッドは苦い笑い声をもらした。「なんと！　わたしこそ、そのディアミッド・オダイナだ。しかし首をやるわけにはいかぬ。まだこの首には用があるからな。ナナカマドの実のほうも、わたしの首におとらず、やすやすとは手にはいらぬぞ。巨人《きょじん》のシャーヴァンと闘《たたか》わねばならないからな。火も、水も、剣《けん》も平気な相手だ。とはいえ、どうしてもどちらかを手にいれなければならないというのなら、さきにどちらを試してみる？」

「ではまず、おまえの首だ」

そこで三人は戦いの準備《じゅんび》にとりかかった。素手《すで》で戦うことになり、武器《ぶき》はわきに置かれた。マックモーナ一族のふたりが勝てばディアミッドの首をフィンのもとへ持ち帰り、ディアミッドが勝てばふたりの首は小屋の屋根の梁《はり》から吊《つ》りさげられることになると申し合わせができた。

戦いがはじまったが、すぐに勝負がついた。ディアミッドはふたりを同時に相手にしたが、たちまち押《お》さえつけて動けなくしてしまった。

さて、だいぶ以前からグラーニアの心は、魔法《まほう》のナナカマドの実を味わってみたいという望みでいっぱいになっていた。しかしこの日まで、その熱い望みを口に出したことはなかった。言葉にすればどんな災《わざわ》いがやってくるか、わかっていたからだ。しかし戦いが終わり、ふたりの若者《わかもの》がなすすべもなく縛《しば》りあげられてしまうと、グラーニアはディアミッドにナナカマドの実を食べてみたくてたまらない気持ちをうちあけた。そして「ひとりではむりでも、三人がかりなら、うまく巨人《きょじん》にうち勝てるかもしれません」とつけくわえた。

「あなたはご自分がなにをいっているか、おわかりではないのだ」ディアミッドは捕虜《ほりょ》となった若者《わかもの》たちの上に立ちはだかったまま、グラーニアをさとした。「われらがここで安息の場所を得《え》られるのも、シャーヴァンの好意あればこそなのです。かれが命をかけて守っている木の実を、たとえあなたのためとはいえ盗《ぬす》むようなことがあれば、わたしたちはふたりともおしまいです！」

「わかっています。だからこそ、わたくしは自分の気持ちをおさえてきたのです」グラーニアは訴《うった》えた。「でも、その気持ちは日ごとに強くなっていきます。このままあの実を味わうことがなければ、わたくしはやはり死んでしまうでしょう」

ディアミッドは悲しみと不吉《ふきつ》な予感に胸《むね》がふさがった。しかしそれより恐《おそ》ろしかったのは、ナナカマドの実を手にいれてやらなければほんとうにグラーニアはどうにかなってしまうかもしれない、ということだった。ついにディアミッドは折れた。「ならば、しかたがない。あの実をとってきてさしあげよう。しかし行くのはわたしひとりです」

若者《わかもの》たちはこれを聞くと地面に転がされたまままわめいた。「縄をほどいてください、わたしたちもいっしょに行きます！」

「たいして助けにはなるまい」ディアミッドは答えた。「どのみち、これからしようとしているのは、わたし自身の闘《たたか》いなのだ」

「ならば、そばで見るだけでも！」若者《わかもの》たちは頼《たの》みこんだ。「このような闘《たたか》いは、われらが一度も目にしたことのないものとなるでしょうから」

ついにディアミッドも承知《しょうち》して、ふたりの縄を解《と》いた。ふたりはディアミッドの背《せ》に隠《かく》れるようにしてナナカマドの木のもとへついていった。巨人《きょじん》は眠《ねむ》っていた。ディアミッドは剣《けん》のひらでたたいて巨人《きょじん》の目を覚ました。

シャーヴァンはひとつきりの赤い目でディアミッドをにらみつけた。「なんの用だ？わざわざ眠《ねむ》りを覚まさせるとは？」

「わが妻《つま》グラーニア王女は、あなたが守るナナカマドの実を味わいたいと切に望んでいる。望みがかなわなければ、死んでしまうだろう。それゆえ頼《たの》む、王女の命を救《すく》うため、その実をわけていただきたい」

「ひと粒《つぶ》たりとも、やらぬ。たとえいま目のまえで死にかけていようともな」巨人《きょじん》は不機《ふき》嫌《げん》にうなった。

ディアミッドは一歩間合いを詰《つ》め、剣《けん》をうしろに引いた。「これまでよくしてもらったから、わざわざ起こして頼《たの》んだのだ。眠《ねむ》っているあいだに盗《ぬす》むこともできたのに。しかしこの場を去るまえに実はもらう。ゆるしがあろうとなかろうとな」

巨人《きょじん》は跳《と》びあがって棍棒《こんぼう》をつかみ、ディアミッドめがけて力いっぱい三度ふりおろした。盾《たて》をかざしてふせぐのがやっと間にあうほどの、すばやい動きだった。ディアミッドは巨《きょ》人《じん》が剣《けん》の攻撃《こうげき》を予測《よそく》しているはずだと思い、剣《けん》も盾《たて》ももろともに投げすてた。そして棍棒《こんぼう》の下をかいくぐり、巨人《きょじん》の体に腕《うで》をまわし、力をふりしぼって持ちあげ、肩越《かたご》しに投げをくらわせた。巨人《きょじん》は地響《じひび》きをたてて地面にぶつかった。ディアミッドはすかさず巨大《きょだい》な棍《こん》棒《ぼう》をとって力の限《かぎ》り三度ふりおろした。巨人《きょじん》の命はヤギ皮のふいごからもれる風のようにその体からとびさった。

ディアミッドは地面にすわりこんだ。力を使い果たし、心は傷《きず》ついて痛《いた》んだ。モーナの息子《むすこ》たちが喜びの声をあげて走りよってくると、かれらに命じて巨人《きょじん》の遺体《いたい》をしげみのかげに運ばせ、そこに埋《う》めさせた。

グラーニアがやってくると、ディアミッドは枝《えだ》に手を伸《の》ばして色づいたナナカマドの実の房《ふさ》を摘《つ》みとり、満足するまで食べさせてやった。それからさらにいく房《ふさ》か摘《つ》んで、モーナの息子《むすこ》たちに与《あた》えた。「これをフィンのもとへ持っていけ。かれには巨人《きょじん》シャーヴァンをたおしたのは自分たちだといえばいい」

「われらふたりの感謝《かんしゃ》を捧《ささ》げます、ディアミッド・オダイナ殿《どの》」アンガスがいった。「われらふたりでは、とうていこの実を手にいれて賠償《ばいしょう》を支払《しはら》うことはできませんでした。しかもわれらの首はあなたのものでしたのに、寛大《かんだい》なお心のおかげでまだこのとおり、ここにくっついております」

こうして若者《わかもの》たちは帰っていった。

シャーヴァンが死に、安息の場所を失ったディアミッドとグラーニアは、狩猟《しゅりょう》小屋を出て巨人《きょじん》がナナカマドの木の上に建てた小屋に移《うつ》り住んだ。そこなら地上から完全に身を隠《かく》していられたからである。

ふたりの若《わか》い戦士は白い城壁《じょうへき》に囲《かこ》まれたアルムの砦《とりで》にもどり、赤く輝《かがや》く実を両手にささげてフィンのまえに立った。「巨人《きょじん》シャーヴァンは死にました。ここにドゥロスの森のナナカマドの実を持ってまいりました。父上クール殿《どの》の死に対する賠償《ばいしょう》として命じられたものでございます」

フィンはナナカマドの実を手にとり、三度においをかいだ。「まさに魔法《まほう》のナナカマドの実だ。しかしこの実はディアミッド・オダイナの手のなかにあったな。やつの手のにおいが、わたしにはわかる。シャーヴァンをたおし、この実を摘《つ》んだのは、おまえたちではなくディアミッドであろう」フィンの声は冷たく、厳《きび》しさを増《ま》した。「父の死の賠償《ばいしょう》を支《し》払《はら》うにあたって、おまえたちは自らの力と知恵《ちえ》を使うどころかわたしの敵《てき》と親交をむすぶとは。わたしとの和解《わかい》も、フィアンナ騎士団《きしだん》での地位も得《え》られぬと思え！」

フィンはレンスター騎士団《きしだん》を召集《しょうしゅう》し、ハイ・フィクナ領《りょう》のドゥロスの森へ行軍した。一行はディアミッドのにおいをたどってナナカマドの木の根元まで来た。巨人《きょじん》がいないのをたしかめると、低い枝《えだ》に実った房《ふさ》を摘《つ》んで、たっぷりと腹《はら》に詰《つ》めこんだ。

「長い道のりをやってきたし、そのうえ暑い」フィンがいった。「しばらくこの木蔭《こかげ》で休むとしよう。わたしにはよくわかっている。ディアミッドは頭上の枝《えだ》のどこかに身を潜《ひそ》めているのだ。われらの囲《かこ》みをといて逃《に》げることはできるはずがない」

「父上は嫉妬《しっと》のあまり、道理もわからなくおなりです」アシーンが口をはさんだ。「ディアミッドがぐずぐず待っているとでもお思いですか？　父上がかならずここまで追ってくるとわかっているのに！」

フィンは気にもとめずにチェス盤《ばん》をもってこさせると、アシーンに相手を命じた。勝負は進み、アシーンが自分の負けをみとめるところまできたが、フィンはこういった。「わが息子《むすこ》アシーン、つぎの一手で、この勝負はおまえのものとなる。どの駒《こま》を動かせばよいか、じっくり考えてみるがいい」

アシーンは眉《まゆ》をよせて盤面《ばんめん》を見つめた。しかし窮地《きゅうち》をのがれる一手は見つからなかった。ディアミッドは樹上《じゅじょう》の隠《かく》れ処《が》から枝《えだ》をすかして勝負を見ていた。そしてこう考えた。

「わが剣《けん》の兄弟アシーン、これまでいく度もわたしを助けてくれたのだから、いまわたしが助けて悪いことがあろうか？」ナナカマドの実をひと粒摘《つぶつ》んでほうった。実はねらいどおりアシーンの駒《こま》のひとつに当たり、ころがって盤上《ばんじょう》の桝目《ますめ》のひとつに止まった。アシーンはその駒《こま》を取って、ナナカマドの実が赤いサンゴの珠《たま》のように輝《かがや》いている桝《ます》へ進めた。この一手で、勝負はアシーンのものとなった。

フィンとアシーンはつづけて二局めを戦った。そしてふたたびアシーンがほんの一手で形勢《けいせい》を逆転《ぎゃくてん》できるところにさしかかった。しかしアシーンにはいくら考えても、その一手がわからなかった。そこでディアミッドはふたたびナナカマドの実を落とした。実は駒《こま》のひとつに当たり、盤上《ばんじょう》のある桝目《ますめ》にころがった。アシーンはナナカマドの実が熱い火花のように赤く輝《かがや》く桝目《ますめ》に駒《こま》を動かし、ふたたび勝負をわがものとした。

三局めもまったく同じ展開《てんかい》になった。ディアミッドがナナカマドの実を投げるとその実は駒《こま》に当たってころがり、アシーンは血のように赤いナナカマドの実が指し示《しめ》す桝目《ますめ》に駒《こま》を進めて勝負に勝った。

「ずいぶん腕《うで》をあげたものだな」フィンがいった。「ディアミッド・オダイナに劣《おと》らぬ腕《うで》だ――それともディアミッドが上の枝《えだ》から指南してくれたのか？」フィンは怒《いか》りに燃《も》える顔をふりあげて叫《さけ》んだ。「そこにいるのだな、ディアミッド・オダイナ？」

ディアミッドは呼《よ》びかけにこたえた。長年仕えた騎士団長《きしだんちょう》みずから問いかけられて沈黙《ちんもく》を守るのは、名誉《めいよ》に反することだったからである。「ここにおります、フィン・マックール。わが妻《つま》、グラーニア王女もともに」

見あげれば、葉のしげった枝《えだ》のすきまから見おろしているディアミッドがはっきりと見てとれた。

グラーニアはいよいよ追いつめられたことを知って、ふるえながら涙《なみだ》を流した。それも当然だった。フィンは騎士《きし》たちに命じてナナカマドの木を取り巻《ま》かせ、その外側にも、さらにその外側にも包囲《ほうい》の輪を作り、ついに木のまわりを厚《あつ》い包囲《ほうい》の兵で埋《う》めつくしていたのだ。騎士《きし》たちは手をとりあい、野ウサギの逃《に》げるすきまもないほどくっついて立っていた。それからフィンは宣言《せんげん》した。ナナカマドの木に登ってディアミッド・オダイナの首をとってきた者に、みごとな鎧《よろい》と武器《ぶき》をひとそろい、さらに騎士団《きしだん》でいま得《え》ているより高い地位を与《あた》えようと。

躍《おど》りでたのはクワ山脈《さんみゃく》のガーヴァだった。「わたしは、あなたの部下だ！　わたしの父はディアミッドの父親に殺《ころ》された。いまこそ復讐《ふくしゅう》のときだ！」そしてナナカマドの木に登りはじめた。

まさにこのとき、養い子が命の危機《きき》にあることを知ったブル・ナ・ボイナのアンガス・オグは、マントを広げ、秋の風にのって駆《か》けつけた。ナナカマドの木をとりまいて厳《きび》しく目をひからせていたフィアンナ騎士《きし》たちには、野生の白鳥が頭上をよぎったとしか思われなかった。しかしディアミッドとグラーニアは、背《せ》の高いダナンの族長がふたりのあいだに現《あら》われたのを見て喜び、ほっとした。

ガーヴァが枝《えだ》から枝《えだ》へ近づくところをディアミッドは思いきり蹴《け》り落とした。その瞬間《しゅんかん》、アンガス・オグがガーヴァをディアミッドの姿《すがた》に変えた。フィアンナの騎士《きし》たちは落ちてきた体が地面に着くかつかないかのうちに、その首を切り落とした。

一瞬《いっしゅん》のち、悲嘆《ひたん》と怒《いか》りの声が口々《くちぐち》にあがった。真の姿《すがた》が現《あら》われて、ほんとうはだれを手にかけてしまったか騎士《きし》たちが知ったからだ。

二番手の戦士が木に登り、三番手、四番手がつづいた。どの戦士もディアミッドとアンガスのまえに同じ最期をたどり、ついに首と胴《どう》のはなれた九つの死体がナナカマドの木の根元にころがった。フィンは悲しみと怒《いか》りに気も狂《くる》わんばかりだった。

アンガス・オグは、もうこんなことはたくさんだ、この危険《きけん》な場所からふたりを連れだそうといった。しかしディアミッドは、ふたつ家《や》の森で答えたときと同じようにいった。「グラーニアはお連れください。しかしわたしは、闘《たたか》って道を切りひらきます」それからグラーニアに優《やさ》しくキスし、こういいきかせた。「夕方まで生きのびられれば、あなたのあとを追いましょう。だめなら、そのときは、わが養い親であるアンガスがあなたを無事にターラへ送りとどけてくれるでしょう」

アンガス・オグがマントをひるがえし、グラーニアをつつみこんで飛びあがった。フィアンナの騎士《きし》たちにはふたりが見えず、ただ一瞬《いっしゅん》野生の白鳥の羽ばたきが空に聞こえたと思っただけだった。こうしてアンガスはグラーニアを安全なブル・ナ・ボイナへ連れ去った。

ひとり残ったディアミッドは槍《やり》をとり、フィンにむかって叫《さけ》んだ。「騎士団《きしだん》が危機《きき》にあるとき、わたしはつねにともに戦ってきた。戦《いくさ》では先陣《せんじん》をきり、最後まで戦場を去らなかった。ところがいまあなたは、わたしを討《う》ちとるまでこの狩《かり》をやめようとされない。しかしいつかかならず死ぬ身なら、きょうここで死ぬのを怖《おそ》れる理由があろうか？　わたしはこの木から降りてゆく。だが警告しておくぞ、わたしは剣を合わせられるかぎりの騎士を討《う》ちとってみせる——そうとも、素手《すで》になろうと死んでたおれるまで戦いぬく。さあ、望みどおりわたしの命をとるがいい——しかし、何人の騎士《きし》が犠牲《ぎせい》となるか。代償《だいしょう》は高くつくぞ」

　すると若《わか》いオスカが声を張《は》りあげてフィンに訴《うった》えた。「ディアミッドのいうとおり、かれはこれまでフィアンナ騎《き》士団《しだん》でわれわれと危難《きなん》をともにし、戦場においてりっぱな働きをしてきました。どうかかれにお許《ゆる》しを。ディアミッドの犯《おか》した罪《つみ》は、望んだのではなく、強制《きょうせい》されたもの。そして、そのためすでに多くの苦しみを受けているのです」

「和睦《わぼく》と許《ゆる》しなら与《あた》えてやろう、ディアミッドの首を討《う》ったあとにな」フィンが答えた。

「ならば、このオスカがディアミッドの身を守ります。みなのもの、聞け、ディアミッド・オダイナには、このわたしが指一本触《ふ》れさせはしない。もし、この言葉をまもれなかったときには、緑の大地よ、裂《さ》けてわたしをのみこめ、灰色《はいいろ》の海よ、大波となってわたしを引きずりこめ、満天の星よ、落ちてきてまばゆい光の重さでわたしを押《お》しつぶし、命を奪《うば》え」オスカは木の上に叫《さけ》んだ。「降《お》りてこい、ディアミッド。ふたりでともに、この場を切りぬけよう！」

ところがディアミッドは騎士《きし》たちが幹《みき》にはりつくようにかたまっている側を選んで、重なりあった葉と実の蔭《かげ》を太い枝《えだ》づたいに先のほうへ進んでいった。やがて足の下で枝《えだ》がしない、揺《ゆ》れはじめると、ディアミッドははずみをつけて大きく跳《と》んだ。待ちうける戦士たちの頭上をこえて、遠く輪の外へ。地に足が着くや駆《か》けだして、心臓《しんぞう》が三つ拍《う》つあいだに槍《やり》もとどかないほど遠くへ駆《か》け去っていた。心臓《しんぞう》が七つ拍《う》つころにオスカが追いすがってきた。オスカは一度だけ騎士《きし》たちをふりかえった。その形相《ぎょうそう》のものすごさに、だれひとりあとを追おうとする者はなかった。

ふたりの勇士はそのまま休まずブル・ナ・ボイナをめざし、待っていたアンガスとグラーニアとおちあった。

フィンは怒《いか》りに青ざめてアルムの丘《おか》へもどると、もっとも脚《あし》の速い軍船の出航準備《じゅんび》をするよう、また長い航海にそなえて準備《じゅんび》を整えるよう命じた。

命じたとおりに用意が整うとフィンは船に乗りこんだ。それから約束の地（死者の住む常若《とこわか》の国）に着くまでのフィンの言動は伝わっていない。かの地にはフィンのふたりの育ての親が暮《く》らしていた。フィンはそのひとり、もとはドルイド教の尼《あま》で、いまでは魔法《まほう》と呼《よ》ばれている賢者《けんじゃ》の技《わざ》にも通じた婦人《ふじん》を訪《たず》ね、すべてを話して助力を乞《こ》うた。「なんといっても、人間の力と知恵《ちえ》をもってしては、ディアミッドをたおすのはとうてい不可能《ふかのう》なのです」フィンは訴《うった》えた。「魔法《まほう》をおいてほかに、あの者をどうにかできるものはありません」

「あなたが望むなら、どんなことでもいたしましょう。あなたが傷《きず》つけたいと望むなら、どんな相手でも傷《きず》つけてやりましょう、あなたのために」魔法《まほう》の技《わざ》を知る婦人《ふじん》はいった。「なぜなら、あなたはわたしの養い子。およそ女がじつの子を愛するよりもさらに、わたしがあなたをたいせつに思っていないわけがありません」

翌日《よくじつ》、婦人《ふじん》はフィンとともにエリンへゆき、ブル・ナ・ボイナにむかった。妖精《ようせい》の国のだれひとり、ふたりがやってくるのに気づかなかった。婦人《ふじん》が、ドルイドの賢者《けんじゃ》がよく使う魔法《まほう》の霧《きり》をつむぎだして姿《すがた》を隠《かく》したからである。

たまたまその日、ディアミッドはひとりで森に狩《かり》に出ていた。オスカはディアミッドの身が安全なのを確《たし》かめるまで行動をともにしたが、そのあとすぐにフィアンナの騎士《きし》たちのもとへもどっていったからである。フィンの養い親はこれを知ると、スイレンの葉を一枚摘《まいつ》んで、魔法《まほう》の歌を歌いかけた。すると葉は、中心に穴《あな》があいた薄《うす》くひらたい石うすになった。そしてこの石うすにすわってふわりと宙《ちゅう》にうきあがり、木々《きぎ》のこずえの上をディアミッドの真上までただよっていった。そして石うすの上に立ちあがると、中心の穴《あな》からねらいをつけて小さな毒矢《どくや》をつぎつぎに落とした。毒矢《どくや》は、ディアミッドが身につけた狩《しゅ》猟《りょう》用の革《かわ》の衣服も軽い盾《たて》も、朽《く》ちたカバの木の皮のように貫《つらぬ》いた。矢の先端《せんたん》には抜《ぬ》けないように返しがついており、一本一本が百匹《びき》の怒《いか》り狂《くる》ったスズメバチに刺《さ》されるほどの激痛《げきつう》をもたらした。ディアミッドはあまりの苦痛《くつう》に、敵《てき》をすぐにもたおさない限《かぎ》り、まちがいなく自分が殺《ころ》されるとさとった。そこで愛用の槍《やり》、偉大《いだい》なるガー・ダーグ（死者の歌）をつかみ、のけぞりざま、真上に投げた。必殺《ひっさつ》の槍《やり》はみごとに石うすの目をとおり、つぎの矢を投げようとかがみこんでいた女の体を貫《つらぬ》いた。叫《さけ》び声とともに、女は死んでディアミッドの足もとにころがった。

ディアミッドは女の長くもつれあった灰色《はいいろ》の髪《かみ》を手に巻《ま》いて首を打ち落とし、ブル・ナ・ボイナに持ち帰って、アンガスとグラーニアにことの次第を告《つ》げた。

アンガスは、フィン・マックールが和解《わかい》に応《おう》じるときが、ついにやってきたと考えた。そこでつぎの朝、いよいよ腰《こし》をあげ、アルムの丘《おか》のフィアンナ騎士団長《きしだんちょう》を訪《おとず》れて、このうらみを葬《ほうむ》り去るつもりはないかとたずねた。

フィンは魔法《まほう》の技《わざ》をもってしてもディアミッドをたおすのは難《むずか》しいことを思い、この不和のために多くの騎士《きし》が命を落とし、さらにいま養い親の首まで落とされたことを思った。

老いがとつぜん重くのしかかり、孤独《こどく》で疲《つか》れはてた気分だった。フィンは和解《わかい》の申し出を受けいれた。

つぎにアンガスはターラの王コルマク・マッカートのもとを訪《おとず》れてたずねた。ディアミッドに和睦《わぼく》を与《あた》え、グラーニア王女を連れ去ったことを許《ゆる》してもらえるか、と。コルマクはあごひげをひねりながら答えた。娘《むすめ》を正当な夫から奪《うば》って館《やかた》から連れだした男と和を結ぶなど、とんでもない話だが、自分はそうすることにしよう、ただし自分の跡《あと》を継《つ》いで上王となるはずの息子《むすこ》ケアブリが承知《しょうち》なら、と。

さてケアブリはまえまえから心のうちで、国内で力をふるうフィンを憎《にく》んでいた。このうえ妹を騎士団長《きしだんちょう》に嫁《とつ》がせればフィンの力はますます大きくなるだろうと、心の底で怒《いか》りを燃《も》やしていた。そこでかれはこう答えた。「このいさかいは、わたしとはまったく無関係だ。そして義理《ぎり》の兄弟となるのなら、二十人のフィン・マックールよりもひとりのディアミッドを選ぶ。和睦《わぼく》も許《ゆる》しも与《あた》える必要はない。わたしはディアミッドと不和になったおぼえはないのだから。許《ゆる》すも許《ゆる》さぬもないではないか。ディアミッドに伝えてもらいたい、わたしの友情《ゆうじょう》は昔どおり、深くも浅くもなっていない、と」

アンガス・オグは養い子ディアミッドのもとへもどって告《つ》げた。「和平は戦いにまさる。

フィン・マックールと上王コルマクからの和睦《わぼく》に応《おう》じ、コルマクのあとに上王となるケアブリの昔と同じ友情《ゆうじょう》をいだいているという言葉を信じるか？」

「喜んで！」ディアミッドは答えた。「ただ、フィアンナ騎士《きし》でありグラーニア王女の夫である者にふさわしい条件《じょうけん》をいくつか、受けいれてもらっていただきたいのです」

「その条件《じょうけん》とは？」

「父からゆずりうけたオダイナ領《りょう》から王と上王へ支払《しはら》う地代や貢《みつ》ぎ物を免除《めんじょ》していただきたい。レンスター国のダミース山領《りょう》も。これはフィンからさずかった領地《りょうち》です。そしてフィンも騎士団《きしだん》のだれも、わたしの領地《りょうち》で許《ゆる》しなく狩《かり》をしないこと。そして上王からさらに、ケシュ・カロン領《りょう》をグラーニア王女の持参金としていただきたい」

フィンとコルマクは条件《じょうけん》に同意し、こうして和平が結ばれた。

ディアミッドとグラーニアはケシュ・カロンに館《やかた》を建てた。王たちや勇者たちが集う土地からは、遠く離《はな》れた地である。この地でふたりは幸福に暮《く》らし、グラーニアはディアミッドとのあいだに四人の息子《むすこ》をもうけた。ディアミッドは所有する牛の数も増《ふ》え、おだやかな年月がすぎていった。

第十二章　黄金の髪《かみ》のニーヴ

　ある日フィンとアシーンは数人の騎士《きし》と馬に乗り、キラーニーの湖水地帯へ狩《かり》に出かけた。狩《かり》の供《とも》に新しい顔ぶれが見える一方、なじみの顔がいくつか欠けていた。ゴル・マックモーナはタ一ラの城壁《じょうへき》で新しい騎士団長《きしだんちょう》を受けいれたあの朝以来、フィンに変わらぬ忠誠《ちゅうせい》を尽《つ》くしてきたが、前の年の冬に亡《な》くなっていた。いかめしい老いた独眼《どくがん》の戦士がフィンにはなつかしく思われた。ゴルがそばにいないと、狩《かり》の楽しみもややうすれるような気がするのだった。

　しかしこの日、夏の早朝の景色は常若《とこわか》の国の朝におとらずすばらしかった。草の葉にうす青い露《つゆ》がおり、昇《のぼ》りかけた朝日をうけたところだけが虹《にじ》のように輝《かがや》いていた。野イバラは乳《ちち》のように白く甘《あま》い香りの花をいっぱいにつけ、小鳥のさえずりは胸《むね》をしめつけるほど美しい。雄《お》ジカがしげみから跳《と》びだすと、猟犬《りょうけん》たちがいっせいに吠《ほ》えながら追跡《ついせき》をはじめた。犬たちがかなでる狩《かり》の音楽に、ようやくフィンの心にも喜びが目覚めた。

しかし狩《かり》がはじまって間もなく、西のほうから馬でやってくる人影《ひとかげ》が見えた。やや距離《きょり》がせばまったところで、騎士《きし》たちは馬をとめて待ちうけた。やってきたのは丈《たけ》高い白馬に乗ったひとりの乙女《おとめ》だった。乙女《おとめ》は一行に近づくと、手綱《たづな》をひいて馬をとめた。狩猟隊《しゅりょうたい》の者たちはみな、驚《おどろ》きに目をみひらいた。これほどの美しい女を、だれも目にしたことはなかったからである。乙女《おとめ》の黄色の髪《かみ》はかきあげられ、みごとな細工の黄金の宝冠《ほうかん》でおさえられていた。額《ひたい》は白いアネモネの花のよう。瞳《ひとみ》は朝空のように青く、シダの葉に輝《かがや》く朝露《あさつゆ》のように澄《す》んでいた。満天の星さながらに金糸の縫《ぬ》いとりがほどこされた茶色の絹《きぬ》のマントは乙女《おとめ》の肩《かた》から地面をはくほど長くたっぷりと流れおちていた。白馬は濃《こ》い黄色の純金《じゅんきん》の蹄鉄《ていてつ》を打たれ、堂々《どうどう》たる首はいま崩《くず》れようとする波がしらのような弓形をえがいていた。そして乙女《おとめ》はキラーニーの湖水にうかぶ白鳥よりもたおやかに馬の背《せ》にすわっていた。

フィンはようやく気をとりなおし、丁重《ていちょう》に頭をさげて話しかけた。「うるわしい姫君《ひめぎみ》——かならずや高い身分のおかたとお見うけします。あなたのお名は？　そしてどちらからおいでですか？」

乙女《おとめ》が答える声は小さなクリスタルの鈴《すず》をふるように甘《あま》く響《ひび》いた。「エリンのフィアンナ騎士団長《きしだんちょう》フィン・マックールさま、わたくしの国は西の海のはるかかなたにございます。わたくしはティル・ナ・ヌォグの王の娘《むすめ》、黄金の髪《かみ》のニーヴと呼《よ》ばれております」

「いかなるご用で、お国からこれほど遠くはなれたエリンへおいでになったのですか？」

「あなたのお子アシーンさまへの愛のために」乙女《おとめ》は答えた。「おりにふれてくりかえし、アシーンさまのすばらしさ、ごりっぱさ、お心の広さ、勇敢《ゆうかん》さを耳にするうち、わたくしは次第にアシーンさまをおしたいするようになりました。そのため、わたくしを妻《つま》にもとめておいでになる族長や王子をすべてお断《ことわ》りいたしました。そしていまアシーンさまのためにティル・ナ・ヌォグからはるかな旅路をやってきたのです」

乙女《おとめ》はそばに立つアシーンに顔をむけ、両手をさしだした。「わたくしとティル・ナ・ヌォグへ、老いることのない若《わか》さの国へいらしてください。木々《きぎ》は一年じゅう花と若葉《わかば》と果実をいちどきに枝《えだ》につけ、悲しみも苦しみも老いも味わうことのない国です。絹《きぬ》のローブを百着、それぞれに工夫をこらした金糸の縫《ぬ》いとりをして用意してございます。足の軽い馬を百頭、足が速く鼻の鋭《するど》い猟犬《りょうけん》を百匹《ぴき》、さしあげます。数えきれないほどの牛と、金色の毛の羊の群れも、あなたのものです。どのような武器《ぶき》も貫《つらぬ》けない武具《ぶぐ》ひとそろいと、けっしてねらいをあやまたない剣《けん》もさしあげましょう。百人の戦士がご命令に従《したが》い、百人の竪琴《たてごと》弾《ひ》きが甘《あま》い調べでお耳を楽しませます。そしてわたくしは、変わらぬ愛と真心をささげる妻《つま》となるでしょう。ティル・ナ・ヌォグへおいでいただけたなら」

アシーンはそばにより、さしだされた手をとって馬上の乙女《おとめ》を見あげた。母ゆずりの不思議な表情《ひょうじょう》をたたえた黒い瞳《ひとみ》が、乙女《おとめ》にすえられていた。「いま約束された贈《おく》り物はなにひとついりません、ただ最後のひとつをのぞいては。あなたの変わらぬ愛と真心をいただけるなら、ともにまいりましょう、ティル・ナ・ヌォグのさらにかなたまでも」

騎士《きし》たちはたがいに顔を見あわせ、ふたたびアシーンに目をもどした。だれもが驚《おどろ》き悲しんで引きとめようとした。フィンが進みでて戦士らしい大きな手を息子《むすこ》の肩《かた》にかけ、黄金の髪《かみ》のニーヴをひたすら見つめるアシーンをふりむかせた。「わが息子《むすこ》アシーン、行ってはならぬ！　妻《つま》を選ぶなら、エリンにも美しい乙女《おとめ》はいるではないか？」

「選ぶならこのかたです、たとえ世界じゅうのすべての女性《じょせい》をまえにしても」アシーンは答えた。

フィンにはわかった。アシーンが母から享《う》けた妖精族《ようせいぞく》の血がいまや命はかない人間の血を凌駕《りょうが》して、そのためかれはニーヴのいざなう場所へともに行こうとしているのだ。

「ならば行くがよい。父の言葉も、息子《むすこ》の声も、手飼《てが》いの猟犬《りょうけん》の吠《ほ》え声も、おまえを引きとめることはできない。わたしには、それがわかる。だが、ああ、アシーン、わたしの心は重い。二度とおまえには会えまい」

「きっともどってまいります」アシーンはいった。「じきに、そしてたびたび、もどってまいります」父の両肩《りょうかた》に腕《うで》を投げかけてきつく抱《だ》きしめ、それから友人たちひとりひとりに別れを告《つ》げた。ただ、その場にいないディアミッド・オダイナには別れを告《つ》げることができなかった。最後にアシーンは息子《むすこ》オスカを抱《だ》きしめた。このいとまごいのあいだ、乙女《おとめ》は白馬に乗ったまま待っていた。

それからアシーンは乙女《おとめ》のうしろにまたがった。乙女《おとめ》が手綱《たづな》をゆるめると白馬は飛びたつように走りだし、たちまち西風のように速く絹《きぬ》のようになめらかな早駆《はやが》けにうつった。黄金の蹄鉄《ていてつ》を打った蹄《ひづめ》に踏《ふ》まれて折れる草の葉もないと思えるほど軽い足どりで、馬は海岸に着き、浜《はま》の白砂《しらすな》にも蹄《ひづめ》のあとを残さず、波打ち際《ぎわ》によると、三度いないないて首をゆすった。たてがみが波のしぶきのようになびいた。馬は海に身を躍《おど》らせ、巣に帰るツバメのようにすらすらと波がしらをかすめるようにこえていった。その影《かげ》は、ふたりの主を背《せ》に乗せてみるみる遠ざかり、やがて緑の丘《おか》で見送る人びとの目から消えさった。

さて、ここまでの話はアシーンの物語のほんの始まりで、結末はまたのちのこととなる。アシーンの物語の終わりは、フィン・マックールとエリンのフィアンナ騎士団《きしだん》の長く不思議でいりくんだ物語の終わりでもあるのだ。

第十三章　ディアミッドの死

長い長い年月がすぎた。ケシュ・カロンの館《やかた》で、ある日グラーニアがディアミッドにいった。「わたくしたち、ずいぶんゆったり暮《く》らしており、牛の数も召使《めしつかい》の数も多いというのに、よそのかたがたとまったくお付き合いがないというのは、いかがなものでしょう？　ことにエリンの上王である父についで大きな力を持つおかた、フィアンナ騎士団長《きしだんちょう》フィン・マックールさまがわたくしどもの館《やかた》で塩ひとつまみ、ブドウ酒一滴《いってき》召《め》しあがったことがないのは、どうかと思います」

「わたしの答えはわかっているはずだ」ディアミッドは答えた。「フィンとわたしのあいだにあるのは冷たい和解《わかい》だ。親愛とはとてもいえない。だからこそわたしたちは遠くひきこもって暮《く》らしているのだし、フィンもこの館《やかた》の敷居《しきい》をまたごうとはしなかったのだ」

しかしグラーニアはなおもいいはった。「あれからずいぶんになるではありませんか。

古いうらみは消えてなくなってしまったはずです。そろそろ盛大《せいだい》な宴《うたげ》を催《もよお》してあのかたをお招《まね》きし、くもりない親愛の情《じょう》をまたわたくしどもにかけてくださるよう努めてみてもよろしいのでは？」

うなずきがたいことではあったが、ディアミッドは同意した。いつでも、結局はグラーニアの望みのままにことを運んでしまうのだった。

ふたりは大がかりな宴《うたげ》の準備《じゅんび》にとりかかった。すっかり用意が整うと、使者を送ってフィン・マックールとフィアンナ騎士団《きしだん》の族長や戦士たちを招《まね》いた。

フィンは招《まね》きに応《おう》じ、戦士も側近《そっきん》も、馬も猟犬《りょうけん》も引き連れてやってきた。客たちはディアミッド・オダイナの館《やかた》に滞在《たいざい》し、狩《かり》と宴《うたげ》に日々《ひび》をすごした。

ところがこの狩猟宴《しゅりょうえん》でかれらがけっしてねらわない獲物《えもの》があった。それはイノシシだった。ディアミッドはイノシシを狩《か》ってはならないことになっていたからである。

このようなことになった裏《うら》には、数奇《すうき》な物語があった。それはこういう話である。

まえにものべたように、ディアミッドはブル・ナ・ボイナでアンガス・オグの養い子として育てられた。当時アンガス・オグは館《やかた》をとりしきる執事《しつじ》を置いていた。ディアミッドの母は、ディアミッドの父親である夫に対してつねに貞節《ていせつ》だったとはいえない女性《じょせい》で、この執事《しつじ》とのあいだにも息子《むすこ》をもうけていたのである。父がディアミッドをブル・ナ・ボイナへ里子に出したとき、執事《しつじ》の子もアンガスの手もとで育っていた。ディアミッドには遊び相手ができたわけで、おかげでさびしさも感じずにすんだ。ふたりはアンガス・オグを養い親とする兄弟というばかりでなく、半分血のつながった兄弟でもあったのだ。ふたりとも同じ母から生まれ、ひとりは族長ドン・オダイナの息子《むすこ》、もうひとりはアンガス・オグの執事《しつじ》の息子《むすこ》というだけの違《ちが》いだった。

ある日ドンが数人のフィアンナ騎士《きし》を引き連れてアンガス・オグを訪《たず》ねてきた。息子《むすこ》のようすを見るのも目的のひとつだった。その夜、人びとが夕食の席についていたとき、広間にいた犬たちのあいだではげしい噛《か》みあいが起こった。女子どもは悲鳴をあげて逃《に》げまどい、男たちは群がる犬をかきわけてけんかを止めにはいった。広間は騒《さわ》ぎにのみこまれた。執事《しつじ》の息子《むすこ》は逃《に》げ場をもとめて偶然《ぐうぜん》、ドンの膝《ひざ》のあいだに跳《と》びこんだ。ドンは子どもの母がだれであるか思いだしたとたん、憎《にく》しみが心に燃《も》えあがり、両膝《りょうひざ》を力いっぱい閉《と》じた。子どもはその場で死んだ。そのちいさな体を、ドンは犬たちの足もとに投げこんだ。だれも気づいた者はなかった。

争っていた犬たちが引きわけられると、子どもが死んでたおれているのが見つかった。

執事《しつじ》は亡骸《なきがら》を床《ゆか》からさらいあげ、犬に子どもを殺《ころ》された悲しみと怒《いか》りで声をあげて泣いた。ところがこのとき、フィン・マックールもその場にいた。フィンはまだ若《わか》く、フィアンナ騎士団長《きしだんちょう》となったばかりだった。かれは執事《しつじ》に、子どもの受けた傷《きず》をあらためるよう命じた。調べてみると、子どもの体には犬の爪痕《つめあと》も歯の痕《あと》もなく、両の脇腹《わきばら》がつぶれて青黒くあざになっているだけだった。執事《しつじ》にはなにがあったか見当がついた。ディアミッドを自分の膝《ひざ》のあいだに立たせてみろ、同じ目にあわせてやるとののしった。

アンガス・オグはこれをきいて激怒《げきど》し、ドンがいまにも執事《しつじ》の首を打ち落とそうとするのを、フィンが仲にはいってとめた。

執事《しつじ》は口をつぐんで広間を出ると、ハシバミの杖《つえ》を手にしてもどってきた。杖《つえ》で息子《むすこ》の亡骸《なきがら》をたたくと、たちまち死んだ子どもが消え、そこには巨大《きょだい》なイノシシが立っていた。耳も尾《お》もない、まっくろなイノシシだった！

執事《しつじ》はハシバミの杖《つえ》をつきだし、巨大《きょだい》な獣《けもの》に魔法《まほう》の歌を歌いかけた。

耳をすませて聞き、従《したが》え。
おまえのうえに、ディアミッドのうえに

杖《つえ》の魔力《まりょく》により定める。
母を同じくするふたり
同じ運命《さだめ》をうけるよう。
同じ長さのときを生き
ときを同じく死をむかえ
兄弟ふたり殺《ころ》しあい
たがいの命の償《つぐな》いをたがいの命で払《はら》うよう
定められたるそのときに。

最後の言葉が口にされると、イノシシは猛然《もうぜん》と走りだし、開け放たれた広間の扉《とびら》をぬけて夜の闇《やみ》に消えた。

恐怖《きょうふ》にうたれて静まりかえった広間で、アンガスは残された子ども、ディアミッドを膝《ひざ》に抱《だ》きあげ、厳《きび》しくいいきかせた。けっしてイノシシを狩《か》ってはならんぞ。なぜならおまえと黒いイノシシのあいだには兄弟の縁《えん》が結ばれているからだ。イノシシを手にかけなければ、執事《しつじ》が息子《むすこ》の復讐《ふくしゅう》をしようとおまえにかけた呪《のろ》わしい破滅《はめつ》の運命《さだめ》からのがれる望みが、わずかながらも生まれるだろう。

そんなわけでフィンと供《とも》の者たちがディアミッドの客としてすごすあいだ、オオカミとアナグマとアカシカの狩《かり》は催《もよお》されたが、イノシシ狩《がり》は一度もなかったのだ。

さてある夜、人びとがみな床《とこ》についてぐっすり眠《ねむ》りこんだころ、ディアミッドはふと目を覚ました。遠くで犬が一頭、かん高い声で吠《ほ》えている。すぐ近くに獲物《えもの》をかぎつけて追《つい》跡《せき》している声だ。ディアミッドはさっと片《かた》ひじをついて起きあがり耳をすませた。得体《えたい》のしれない恐怖《きょうふ》を感じたのだ。その気配にグラーニアも驚《おどろ》いてとびおき、すがりついてなにがあったのかとたずねた。

「犬が獲物《えもの》を追っているらしい」ディアミッドは答えた。「こんな夜ふけに、どうもおかしい」

「あらゆるよきものが、あなたを危険《きけん》からお守りくださいますよう!」グラーニアは急いでそう唱《とな》えると、悪運をそらすしるしに指を組んだ。「中庭の犬が狩《かり》の夢《ゆめ》でもみたのでしょう。横になってお眠《ねむ》りください」

ディアミッドは横になって眠《ねむ》りについた。しかしふたたび犬の鳴き声で目を覚ました。とびおきて手さぐりでマントをつかむとようすを見にいこうとした。ところがまたグラーニアがかれを引きとめた。「館《やかた》の犬でないのなら、こんな時間にうろつくのは妖精族《ようせいぞく》の犬しかありません。乳《ちち》のように白い猟犬《りょうけん》たちが狩《かり》をするのに出くわすのはよくないといわれています。さあ、どうか横におなりください」

ディアミッドは横になり、深くたっぷり眠《ねむ》った。ところが開け放った扉《とびら》から夜明けの先《さき》触《ぶ》れの灰色《はいいろ》の光がしのびこむころ、犬の吠《ほ》え声が三たびディアミッドの眠《ねむ》りを覚ました。

三度めもグラーニアはディアミッドを引きとめようとした。しかしディアミッドはすがりつくグラーニアの手をぬけて立ちあがり、マントをつかんで肩《かた》にはおると笑っていった。

「ごらん、日の光は明るさを増《ま》している。妖精《ようせい》の白い犬たちは太陽が丘《おか》の上に昇《のぼ》ればもう狩《かり》はしない。あれは迷《まよ》い犬が自分のために獲物《えもの》を追っているのだ。さがして、館《やかた》に連れもどしてこよう」

グラーニアは暗くのしかかる怖《おそ》れを感じ、思わずこう口にしていた。「どうしてもおいでになるのなら、ガー・ダーグをお持ちください。アンガスから贈《おく》られたあのりっぱな槍《やり》を。うなじがざわざわします。危険《きけん》のにおいがするのです」

しかしディアミッドは笑ってとりあわなかった。「犬がたった一匹《ぴき》で狩《かり》をしているだけなのに、なんの危険《きけん》があろうか？　ガー・ダーグは戦闘《せんとう》用の槍《やり》。ガー・ボイを持っていこう。軽い槍《やり》だが、あなたも気が休まるだろう。それから、気にいりの犬マッカンケルも連れていこう」

ディアミッドは口笛をふいてマッカンケルを呼《よ》び、ときならぬ犬の吠《ほ》え声が聞こえた方角へ歩きだした。とちゅうでまた吠《ほ》え声が聞こえた。こんどはほかの犬たちの声もくわわっていた。どうやら迷《まよ》い犬どころか、猟犬《りょうけん》の一団《いちだん》がそっくり狩《かり》にでているらしい。ディアミッドは足を速めた。犬たちの吠《ほ》え声は近づいたり遠ざかったりした。やがてかれはバルベン山のふもとに出た。草のはえた険《けわ》しい斜面《しゃめん》を登り、バルベン山の丸い頂上《ちょうじょう》までたどりつくと、そこにフィンがたったひとりで立っていた。

ディアミッドは他人が自分の領内《りょうない》で許《ゆる》しもなく狩《かり》をしているのにかっとなった。ろくにあいさつもせず、息をきらしながら、いったいだれが犬たちの紐《ひも》をほどいたのかと激《はげ》しい口調でたずねた。

「供《とも》の者が何人か、夜中に犬を連れだしたのだ。酒のせいで興奮《こうふん》して眠《ねむ》れなかったらしい」フィンはいいわけをした。「犬たちの一頭が、イノシシのにおいをかぎつけた。わたしが間に合うようにここに来ていれば、追跡《ついせき》はやめさせていたところだ。いまかれらが追っている獲物《えもの》がなにか、わたしにはわかっているからな。バルベン山の大イノシシだ。

あんな大物が相手では、狩《か》られる者より狩《か》る者のほうがはるかに危険《きけん》だ。腕《うで》のいい狩人《かりゅうど》や猟犬《りょうけん》がこれまでにずいぶん、あのイノシシの牙《きば》にかかって死んでいる」とつぜん、しゃべっていたフィンの目が大きくみひらかれた。かれはディアミッドのはるか後ろを指さした。「見ろ、まただ――やつが隠《かく》れ場所からとびだしてきた。みんな逃《に》げまどっている！ イノシシのほうが人間を狩《か》っている！」

老いた騎士団長《きしだんちょう》フィンが指さすほうをふりむくと、まさに言葉どおりのありさまだった。しばらくふたりはすくんだように、ただ見ているばかりだった。と、フィンが声をはりあげた。「のぼってくるぞ――こちらへむかっている！ ここにじっとしていては命とりになるぞ！」

「たかが追いつめられたイノシシ一匹《ぴき》のために身をよけるなど、ごめんだ！」ディアミッドは槍《やり》をかたく握《にぎ》りなおした。

「やつはふつうのイノシシとはちがう、追いつめられているのは人間のほうだ！ それに忘《わす》れたのか、イノシシを狩《か》ってはならないといういましめを！」

ディアミッドは狂気《きょうき》にとらわれたかのようだった。おそらくこのとき、幼《おさな》いころに用意された破滅《はめつ》の運命《さだめ》がディアミッドをかりたてはじめていたのだ。かれは挑戦《ちょうせん》するように叫《さけ》んだ。「イノシシなど怖《おそ》れるものか！　いかなる獣《けもの》もいかなるいましめも恐《おそ》れはしない。おびえた犬のように尾《お》を脚《あし》のあいだにはさんでこの場を逃《に》げるなどごめんだ！」

フィンはひとり身をよけた。ふたつの感情《かんじょう》が心のうちでせめぎあっていた。槍《やり》を空にむかって放りあげ心臓《しんぞう》がやぶれるまで声をあげて笑いたいような、地に倒《たお》れ伏《ふ》して、主人をなくした犬のように吠《ほ》え、この世がはじまって以来のありとあらゆる悲しみを泣きなげきたいような、そんな奇妙《きみょう》な気持ちだった。

ディアミッドは丘《おか》の頂《いただ》きに犬だけを供《とも》に立ち、フィン・マックールを見送りながら心のなかで呼《よ》びかけた。「フィン、わたしがかつて仕えた騎士団長殿《きしだんちょうどの》、あなたがこのイノシシを目覚めさせ、狩《か》りだささせたのか？　わたしが死ぬことを望んで。よろしい、ここで死ぬのがわたしの運命なら、この身を運命にまかせよう。だれも定められた死からのがれられはしないのだから」

ディアミッドは身がまえた。イノシシは地響《じひび》きをたてて斜面《しゃめん》をかけあがってきた。フィアンナの騎士《きし》たちは散り散りになりながらも、遠巻《とおま》きに追ってくる。ディアミッドはイノシシが近づくのを待ってマッカンケルの綱《つな》を解《と》いた。しかし恐《おそ》れしらずの犬たちのなかでもとびぬけて勇敢《ゆうかん》だったこの犬も、邪悪《じゃあく》な赤い目をした耳も尾《お》もない獣《けもの》をまえにすると、おびえた鳴き声をあげて逃《に》げ去った。

ディアミッドはガー・ボイの絹編《きぬあ》みの輪に指をかけ、ねらいを定めて投げた。槍《やり》はイノシシの眉間《みけん》に命中したが、たちまち地面にふりおとされた。まっくろな剛毛《ごうもう》におおわれた獣《けもの》は、毛ほどの傷《きず》も受けていない。ディアミッドは自分をののしった。グラーニアの忠告《ちゅうこく》を聞いて、ガー・ダーグを持ってくればよかった。短剣《たんけん》を鞘《さや》から引き抜《ぬ》くのとイノシシが襲《おそ》いかかってきたのが同時だった。まっくろな首の、本来なら耳があるところのまうしろにナイフをたたきこむ。しかし刃《は》は砕《くだ》けて飛びちり、柄《つか》だけが手のなかに残った。イノシシの首にはかすり傷《きず》ひとつついていなかった。

ディアミッドはもはや身を守るすべもなく、横に跳《と》びのいた。しかし巨大《きょだい》なイノシシは凶暴《きょうぼう》なうなり声をあげながらむきを変え、ディアミッドを地面に突《つ》き倒《たお》した。そしてブタが地中のドングリを鼻先でほりだすように、太く曲がった牙《きば》で倒《たお》れたディアミッドを地面からすくって放りあげた。ディアミッドの脇腹《わきばら》に見るもおそろしい傷《きず》が口をあけ、噴《ふ》きだす血が草をそめた。イノシシはなおもうなりながら後ずさり、ふたたび突進《とっしん》してきた。しかしディアミッドも死力をふりしぼって短剣《たんけん》の柄《つか》をたたきつけた。柄《つか》はイノシシのひらたい頭蓋《ずがい》を打ち砕《くだ》き、脳《のう》までとどいた。バルベン山の大イノシシは地面に頭をつっこみ、腹《はら》を見せて息絶《いきた》えた。

フィンと狩《かり》に出てきていた部下たちがよってきた。ディアミッドの血まみれの傷口《きずぐち》から命が流れだしていくのを、フィンは立ったまま見おろしていた。やがて冷たく耳ざわりな声でいいはなった。「愛のほくろのディアミッドも、これではかたなしだな」

ディアミッドはあえいだ。「フィン・マックール、あなたなら傷《きず》をいやせる。いまならまだ」

「どうかな？」フィンははぐらかした。

「だれでも知っている、あなたには死にかけた男すらいやす力があることを」

「たしかに」フィンは答えた。「だがな、エリンの数ある勇士のなかで、ディアミッド・オダイナの命を救《すく》ってやる義理《ぎり》などわたしにはない」

「わたしは何度もあなたの危機《きき》を救《すく》ってきた」ディアミッドはうめいた。傷《きず》の痛《いた》みと、長年の親愛が憎《にく》しみに変わってしまった悲しみにさいなまれていた。「忘《わす》れはしまい、ダーカ・ドナラの館《やかた》に泊《と》まった晩《ばん》、それも食事のさいちゅうに、リーフィのケアブリがターラやミードやブレジアから援軍《えんぐん》を集めて館《やかた》を囲《かこ》み、屋根に火をかけたことを。あなたがやつらの槍《やり》ぶすまのまえへとびだして、おそらくは命を落とすはずだったとき、このわたしは、あなたを席におしこんで最後まで食事をするようにいった。そして配下の騎士《きし》と外に出て、火を消しとめ、あなたの敵《てき》をうちはらった。ケアブリは、わたしと敵対《てきたい》していたわけではなかったのに！　あの晩《ばん》われらが手傷《てきず》を負って広間にもどったとき、もしわたしがあなたの手にすくった水を飲ませてくれと頼《たの》んだら、喜んでそうしてくれただろう」

「あの晩《ばん》ならな。だがいまはちがう」フィンは答えた。

「あなたがナナカマドの木の宿で囚《とら》われの身となったとき、わたしは浅瀬《あさせ》の守りに立った。身を守るすべのないあなたが敵《てき》の手におちぬよう。そして血のほとばしる三王の首をうらがえした盾《たて》の上にのせて運び、あなたを自由にしたではないか？　あの夜明けに水をもとめたら、わたしの願いを拒《こば》めただろうか？」

「いや。しかしいまは応《おう》じるつもりはない」

「ああ、どうか、いま！　あなたの手から水を！」その声は弱々《よわよわ》しかった。「体が凍《こご》えそうだ。死がしのびよってくる。聞いてくれ、わたしには見える――殺戮《さつりく》と絶望《ぜつぼう》の日がやってくる――その戦いを生きのびて、戦《いくさ》の結末を語ることのできるフィアンナ騎士《きし》はほとんどいまい。そのときこそ、これまでのいつにもまして、わたしの助けが必要になる。そしてあなたは苦い思いで考えるだろう、あの日、このバルベン山でわたしの命を救《すく》えたのに、そうしなかったと。あなたと肩《かた》をならべて戦うはずのわたしはいない。頼《たの》もしい味方がいたはずの場所はからっぽだ、と」

ディアミッドの頭を膝《ひざ》にのせて支《ささ》えていたオスカがフィンにむかって口をきった。その声は細く、しゃがれて喉《のど》にからんだ。「出すぎたこととは知りながら、あえていわせていただきます。そしてどうぞお聞きとどけください！　ディアミッドに、水をすくって飲ませてやってください！　いますぐ、まだ間にあううちに！」

「たとえその気になったとしても、ここに水はない」

「いや」ディアミッドの声はほとんど聞きとれないくらいだった。「わかっているはずです、騎士団長殿《きしだんちょうどの》、十歩と離《はな》れていない、あのイバラの藪《やぶ》の下に、清水がわいている」

フィンは泉《いずみ》へゆき、両手を合わせて水をすくった。しかしディアミッドのもとへ運ぶとちゅう、グラーニアの心変わりがまたも胸《むね》によみがえった。命の水はフィンの指のすきまからこぼれおちた。

「どうか、もう一度」オスカの声はますます細く、黒い眉《まゆ》はよりあってつながりそうに見えた。

フィンはふたたび泉《いずみ》にかがみ、両手にすくってディアミッドのもとへ歩いた。なかほどで、やはりグラーニアを思いだした。水は指からしたたりおちた。

「どうか」オスカの声がさらに細くなった。「わたしたちは祖父《そふ》と孫、濃《こ》い血でつながっています。ですが、もし三度めも水をこぼしておしまいなら、生きてバルベン山を降《お》りるのは、どちらかひとりになるでしょう！」

フィンはオスカが本気なのを見てとった。一騎打《いっきう》ちならオスカでも騎士団《きしだん》のだれが相手でも、まだ自分にかなう者などいないことはわかっていた。しかし、腹《はら》に冷たい恐怖《きょうふ》がわきおこった。フィンは三たび泉《いずみ》へゆき、こんどはすばやく、一滴《いってき》もこぼさずもどってきた。ところがフィンが脇《わき》に立ったちょうどそのとき、ディアミッドの頭ががっくりのけぞった。最後の息が長く吐《は》きだされるのとともに、かれの命は消え去ってしまった。

騎士《きし》たちは遺骸《いがい》をとりかこむと、ディアミッド・オダイナの死をいたみ、長くひきずる哀悼《あいとう》の叫《さけ》びを三度あげた。その声が消えると、オスカは血で汚《よご》れ踏《ふ》み荒《あ》らされた草の上にディアミッドの頭をそっと横たえた。それからまっすぐフィンを見あげていいはなった。

「あなたが、ディアミッドの代わりにここに横たわっていればよかったのだ！　騎士団《きしだん》のなかでもっとも勇ましく心広い戦士の心臓《しんぞう》は止まってしまった」オスカは首をたれて涙《なみだ》を流した。「なぜ思いださなかったのだろう。ディアミッドの命は一頭のイノシシとつながっていたのだと。思いだしていれば、きょうの狩《かり》をやめさせる方法を考えついたはずなのに。そしてこんな悲しみのときを、しばらくなりとも先へ送れたはずなのに！」

一行は丘《おか》をくだっていった。フィンが、ディアミッドの愛犬マッカンケルの引き綱《づな》を握《にぎ》った。オスカとディアリンとマクルーアは駆《か》けもどってそれぞれのマントでディアミッドの亡骸《なきがら》をおおい、ほかの者たちのあとを追った。

グラーニアは見晴らし台にすわり、ディアミッドの帰りを待ちわびていた。ようやく狩《かり》の一行が館《やかた》への道をたどってくるのが見えた。先頭にはフィン・マックールが、ディアミッドの猟犬《りょうけん》の引き綱《づな》を手に歩いている。しかしディアミッドの姿《すがた》は、草の葉に落ちる影《かげ》ひとつなかった。グラーニアははっとした。とたんに意識《いしき》をなくして下の地面にころがりおちた。侍女《じじょ》たちが女主人のまわりでおろおろ泣きさわいだ。

グラーニアがわれにかえったとき、狩《かり》の一行は門をはいっていた。ディアミッドがバルベン山の大イノシシのため死を迎《むか》えたとの報《しら》せが館《やかた》をかけめぐった。館《やかた》の者たちはみな声をそろえて哀悼《あいとう》の苦い叫《さけ》びを三度あげた。嘆《なげ》きの声は谷間にこだまし、ひと気のない荒野《こうや》をわたって、空をゆく雲さえつきとおした。しかしグラーニアの嘆《なげ》く声は、人びとの声よりさらに高く響《ひび》いた。

ようやく平静にかえると、グラーニアは館《やかた》の者をバルベン山へさしむけ、夫の遺骸《いがい》を運んでくるよう命じた。それから、まだマッカンケルの引き綱《づな》を握《にぎ》ってそばに立っていたフィンに顔をむけた。「ここからお立ち退《の》きください。いますぐに。あなたさまも、ここにおいでになりたいとは思われないでしょう。でも、夫の犬は置いていらしてください」

「あなたには猟犬《りょうけん》は用がなかろう」フィンはいった。「犬のほうも女よりも男のそばにいるほうが幸福なはずだ」

するとオスカが、死んで横たわるディアミッドにおとらず血の気のない顔で進みでて引き綱《づな》をフィンの手からとり、グラーニアに渡《わた》した。

館《やかた》の者たちがバルベン山の頂《いただ》きに来てみると、アンガス・オグが悲しみにくれてディアミッドの遺骸《いがい》の脇《わき》に立ちつくしていた。背後《はいご》にはかれの一族がみな、つきしたがっていた。背《せ》の高いダナン族の戦士たちは、害意のないことを示《しめ》すために盾《たて》の裏側《うらがわ》を表にしていた。

グラーニアの使いが近づくと、アンガスは頭を上げ、何用で来たかとたずねた。「グラーニアさまがご主人のご遺骸《いがい》を運ぶよう、わたしどもをつかわしました」

するとアンガスがいった。「生きているあいだは、ディアミッドはグラーニアのものだった。そしてグラーニアゆえにディアミッドは命をおとした。いま、かれが残したものはブル・ナ・ボイナに帰る。かの地こそディアミッドの故郷《こきょう》なのだから」

アンガスはディアミッドの亡骸《なきがら》を黄金の棺台《かんだい》にのせるよう命じた。その両脇《りょうわき》にはアンガスの投槍《なげやり》が穂先《ほさき》を上にして結びつけられた。棺台《かんだい》はダナンの男たちの肩《かた》に支《ささ》えられ、静かにブル・ナ・ボイナめざして運ばれていった。


それからしばらく、グラーニアはひとりで生きた。夫の死を嘆《なげ》き、子どもたちには父を死に追いやったフィン・マックールを敵《てき》と教えた。しかしグラーニアの心は希望のない悲《ひ》嘆《たん》だけを抱《だ》いて生きるようにはできていなかった。三度めの夏がめぐりくるまえに、悲しみはうすれはじめていた。そのころフィンがふたたびグラーニアを館《やかた》に訪《たず》ねてきた。はじめグラーニアは激《はげ》しい軽蔑《けいべつ》をあらわにフィンに対した。けれどフィンは待つことを知っていた。しかもしんぼうづよく待ち、ゆったりとかまえ愛情《あいじょう》深い態度《たいど》をくずさなかった。そのためやがて、グラーニアのフィンに対する気持ちも和《やわ》らいでいった。そしてついに、グラーニアがディアミッドの子どもたちとフィンを和解《わかい》させ、花嫁《はなよめ》となって白い城壁《じょうへき》のアルムへフィンにともなわれてゆく日がやってきた。

しかしフィンがグラーニアを門から導《みちび》きいれたとき、フィアンナの騎《き》士《し》たちは蔑《さげす》みをこめて笑いあざけった。「フィン・マックールも割《わり》の悪い取り引きをしたものだ。ディアミッドは、こんな女百人ぶんの価値《かち》があったものを!」

ファーガス・フィンヴェルがいった。「その女は館《やかた》の棟木《むなぎ》につないでおいたがよろしい。でないと、つぎに目を引く男が現《あら》われれば、また逃《に》げられてしまいますぞ。その女には貞節《ていせつ》というものが、かけらほどもないらしい」

このように気まずい出迎《でむか》えの場面はあったものの、フィアンナ騎士《きし》たちはその後グラーニアをフィンの正当な妻《つま》と認《みと》めることにした。とはいえグラーニアとのあいだにはいつも冷ややかな空気が流れていた。騎士《きし》たちはディアミッドを忘《わす》れなかったからである。

ともあれグラーニアはフィンの妻《つま》として砦《とりで》にとどまり、この世での最後の日までをここですごした。

第十四章　ガヴラの戦い

上王コルマク・マッカートが亡《な》くなった。

コルマクの息子《むすこ》、リーフィのケアブリはターラの王宮の中心に据《す》えられた「戴冠《たいかん》の石」を片足《かたあし》に踏《ふ》まえ、もう片足《かたあし》を赤く染《そ》めた牡牛《おうし》の革《かわ》に置いて、父のあとをついでエリンの上王の冠《かんむり》を受けた。フィンはフィアンナ騎士団《きしだん》に属《ぞく》する族長や戦士たちを従《したが》えて王の片側《かたがわ》に立ち、もう片側《かたがわ》には王の戦士たちがむかいあって立った。かれらは新上王を迎《むか》え、勝利の声を三度あげた。

しかしフィンの心は青銅《せいどう》の胸甲《よろい》の下で重くしずみ、心には暗い影《かげ》が落ちていた。ケアブリが、自分とバスクナ一族をずっと憎《にく》んでいたことを知っていたからである。

さてケアブリにはスケヴ・ソリッシュと名づけられた娘《むすめ》がいた。スケヴ・ソリッシュとは陽の光という意味で、姫《ひめ》はまさに名のとおり、ようやく子どもの年頃《としごろ》をすぎたばかりでありながら、すでにエリンでいちばんの美女に成長し、グラーニアが同じ年頃《としごろ》だったときよりもさらに美しかった。多くの強大な族長や身分の高い男たち、さらには海のかなたの王たちまでが、結婚《けっこん》をもとめてやってきて、多くの者が失敗した――というのは、スケヴ・ソリッシュもやはりたいへん気むずかしい姫《ひめ》だったからである。そしてついに、王女とディシーズの王子の縁組《えんぐみ》が決まり、盛大《せいだい》な結婚《けっこん》の宴《うたげ》が用意された。

ターラの王族の姫《ひめ》が結婚《けっこん》するときには、上王からフィアンナ騎士団《きしだん》へ金の延《の》べ棒《ぼう》二十本が贈《おく》られるしきたりがあった。その作法も決まっていた。九日つづく婚礼《こんれい》の宴《うたげ》がはじまるときにフィアンナの隊長たちは、騎士団《きしだん》にはいったばかりのいちばん年若《わか》い戦士を上王宮にさしむけて引き出物を受けとらせるのだ。一方隊長たちは王宮のまえに広がる草地の野《や》営《えい》で使者の帰りを待つことになっていた。

しかしリフィのケアブリは、ディアミッドのことでフィンとバスクナ一族を憎《にく》むばかりでなく、フィアンナ騎士団《きしだん》そのものも憎《にく》んでいた。フィンの指揮《しき》のもと、騎士団《きしだん》がエリンで強大な勢力《せいりょく》を発揮《はっき》するようになっていたからである。そのうち騎士団《きしだん》が上王をもしのぐ力を持つまでになるのではないかと、ケアブリはおそれており、長いこと騎士団《きしだん》をひねりつぶす機会を待っていた。そしていま、その機会がやってきたのだ……。

野営地《やえいち》の騎士《きし》たちは若《わか》いフェルディアが王宮の奴隷《どれい》に黄金を運ばせてもどるのをいまかいまかと待ちわびていた。ようやく姿《すがた》を現《あら》わしたとき、フェルディアは奴隷《どれい》を従《したが》えて門から出てきたのではなかった。かれはひとり城壁《じょうへき》の上に現《あら》われ、そのまま地面に落ちた。両手両足を投げだして、死人のように落下したのである。駆《か》けよって取り巻《ま》いた騎士《きし》たちは、フェルディアが心臓《しんぞう》に槍傷《やりきず》を受けているのを見た。そしてケアブリの使者の声が城壁《じょうへき》の上から降《ふ》ってきた。「エリンの上王のお言葉を聞け。『父王の代に騎士団《きしだん》は過大《かだい》な要求をつきつけてきた。いま、上王ケアブリは、それらすべてに対する回答を与《あた》える』」

騎士《きし》たちは年若《わか》いフェルディアの遺骸《いがい》をフィンのもとへ運び、ケアブリ・マッコルマクの言葉を伝えた。

フィンは立ちあがると、強く激《はげ》しい言葉で誓《ちか》いをたてた。「上王の言葉はしかとこの胸《むね》にきざんだ。フィアンナ騎士団長《きしだんちょう》フィン・マックールは、けっしてこれを忘《わす》れはしない。いまわたしは、父の首にかけて誓《ちか》う、わたしが騎士団長《きしだんちょう》であるかぎり、上王とエリンのフィアンナ騎士団《きしだん》のあいだにけっして和解《わかい》はない！」

バスクナ一族の騎士《きし》たちは声を合わせて復讐《ふくしゅう》を叫《さけ》び、槍《やり》で盾《たて》をたたいた。いますぐターラの王宮を強襲《きょうしゅう》しようという声が多くあがった。しかしターラとミースの騎士団長《きしだんちょう》をつとめるファータイが立ちあがった。かれはゴル・マックモーナの一族から妻《つま》をむかえていた。そこでファータイは、モーナ一族を後ろ盾《だて》としてフィンのまえに立ちはだかり、騎士《きし》たちにむかってフィン・マックールの側でなく上王の側に立つよう呼《よ》びかけた。たちまちバスクナ一族とモーナ一族のあいだで戦いがはじまった。長いあいだ眠《ねむ》っていた昔のうらみが目覚め、山火事のように燃《も》え広がった。

いっぽうケアブリはタークの城壁《じょうへき》から騎士団《きしだん》の野営地《やえいち》で戦いが起こるのを見ていた。ふたつの部族の力は五分五分と思われた。ケアブリはモーナ一族の族長たちを失うわけにはいかないと考え、いちばん足の速い使者をやって、戦いをやめ王宮の城壁《じょうへき》の内へ退却《たいきゃく》するよう伝えさせた。ファータイに率《ひき》いられたモーナ一族の族長たちが退却《たいきゃく》をはじめると、城《じょう》壁《へき》の上に陣《じん》どった王宮の戦士たちが雨あられと槍《やり》を投げてこれを援護《えんご》した。

追撃《ついげき》するのはみずから危険《きけん》にとびこむようなものだと思ったフィンは、角笛を鳴らして配下の騎士《きし》たちを呼《よ》びもどした。そしてその夕刻《ゆうこく》、野営《やえい》の片《かた》づけもそのままに、フィンは騎士団《きしだん》に南への行軍を命じた。マンスター王フェルコブと合流するためである。フェルコブはフィン・マックールともケアブリとも姻戚《えんせき》関係にあったが、フィンとは親密《しんみつ》な友人であり、肩《かた》をならべて戦うと誓《ちか》いあった仲だ。

フィンは先に使者をフェルコブのもとへ走らせ、また行軍のとちゅう騎士団《きしだん》本隊に、マンスター国の集結地へ参じるよう触《ふ》れていった。

おなじようにケアブリも騎士団《きしだん》と小王国の王たちに使者を走らせ、ターラの自分のもとへ集結するよう呼《よ》びかけた。モーナ一族とアルスター王、コノート王、さらにフィン自身が属《ぞく》するレンスター王までがターラに集まった。しかしマンスター王フェルコブはフィンのために兵を召集《しょうしゅう》し、バスクナ一族の者たちも合流した。

武具鍛冶《ぶぐかじ》の鎚《つち》が鉄床《かなとこ》を打つ音がエリンのいたるところで鳴りひびいた。族長や騎士《きし》隊長の館《やかた》の庭では武器《ぶき》を砥石《といし》でみがく音がとぎれることはなかった。ケアブリのもとへ、あるいはフィンのもとへむかう戦士たちの足音に大地も震《ふる》えた。

戦《いくさ》がはじまった。鎚《つち》と鉄床《かなとこ》の音は剣《けん》の刃《やいば》が打ち合う響《ひび》きにとってかわられた。両軍の小隊があちらこちらで会戦し、はげしい疾風《はやて》のような競《せ》り合いをくりひろげた。やがて細い流れが小川となりさらにいくつもの小川が合わさってシャノンの大河《たいが》や強くゆるやかなボイン川の流れとなるように、各地の小部隊は合流して兵を増《ま》し、ついにふたつの軍団《ぐんだん》はさえぎるものなく日のふりそそぐガヴラの荒野《こうや》で、最後の決戦にのぞむべくむかいあった。

決戦の前夜、両軍の野営《やえい》の火は天の星が地上に降《お》りて二本の幅《はば》ひろい光の帯となったかのように燃《も》えたった。両軍をへだてる荒野《こうや》は無人の闇《やみ》にとざされていた。朝がくると、両軍は隊列を整えた。あいだの荒野《こうや》はただ風と日にさらされ、蜂《はち》のうなりだけがつぶやくように聞こえていた。

上王ケアブリは絹《きぬ》の王旗のもとに立ち、その背後《はいご》と両翼《りょうよく》をかためるターラの軍団《ぐんだん》は、それぞれの族長が率《ひき》いる部隊ごとに整列した。ファータイとその息子《むすこ》ファーリは、モーナ一族とターラ側についたフィアンナ騎士《きし》すべてを率《ひき》いることになった。小王国の王はそれぞれの兵を指揮《しき》した。上王のすぐ近くにはターラの古くからの部族であるアーリューの五人の息子《むすこ》たちが控《ひか》え、それぞれ上王の近衛《このえ》である『ピラーズ』を一部隊ずつ率《ひき》いていた。

これに対する軍は、大きく三つの部隊にわかれていた。中央ではマンスター王が王国の全軍を指揮《しき》し、両翼《りょうよく》をバスクナ一族のフィアンナ騎士《きし》たちと応召《おうしょう》した騎士《きし》たちがかためた。左翼《さよく》を指揮《しき》しているのはオスカ、あらゆる戦闘《せんとう》でもっとも大きな危険《きけん》と名誉《めいよ》を担《にな》う右翼《うよく》を指揮《しき》しているのは、フィン・マックールその人だった。

フィアンナ騎士団長《きしだんちょう》はこのうえなく華麗《かれい》な武装《ぶそう》に身をかためていた。肌《はだ》には絹《きぬ》のシャツをつけ、そのうえに薄《うす》い麻布地《あさぬのじ》をいく層《そう》もかさねて蝋《ろう》でかためた戦闘《せんとう》用の衣をまとい、さらに膝《ひざ》までおおう目のつんだ鎖《くさり》かたびらと、黄金で縁取《ふちど》りした胴《どう》よろいをつけた。腰《こし》のべルトには二頭の竜《りゅう》の首をかたどった黄金の留《と》め金がついている。脇《わき》に剣《けん》を吊《つ》り、手には青い鋼《はがね》の穂《ほ》をつけたロホランの戦闘《せんとう》用の槍《やり》を握《にぎ》り、肩《かた》には緑の革《かわ》の覆《おお》いをかけた円形の盾《たて》を負っている。盾《たて》の飾《かざ》り鋲《びょう》は金銀銅《どう》の花で飾《かざ》られていた。冑《かぶと》の額《ひたい》は青銅《せいどう》の帯を巻《ま》いて補強《ほきょう》し、そこに金をかぶせて宝玉《ほうぎょく》をはめこんであった。早朝の日をあびた宝玉《ほうぎょく》が濃《こ》いきいろの光をはじき返す。フィンを囲《かこ》むように、バスクナ一族の騎士《きし》たちは輝《かがや》く槍《やり》の穂先《ほさき》の下で肩《かた》を接《せっ》し、盾《たて》をすきまなく並《なら》べていた。

角笛が鳴り響《ひび》き、両軍は敵《てき》めがけて襲《おそ》いかかった。射程距離《しゃていきょり》まで近づくと、投げ槍《やり》がうなりをあげて飛びかかった。ガヴラの荒野《こうや》はすさまじい戦いに震《ふる》え、両陣営《じんえい》からの戦闘《せんとう》の雄《お》たけびとドード・フィアンの声が大海の波のようにわきおこった。剣《けん》と槍《やり》の戦いがはじまると武器《ぶき》の相打つ響《ひび》きはエリンの五王国全土にとどろき、冷たく広がる天空のかなたからこだまを返した。

つぎつぎに槍《やり》が折れ、つぎつぎに剣《けん》が血に染《そ》まって砕《くだ》けちり、つぎつぎに盾《たて》や冑《かぶと》がまっぷたつに割《わ》れ、つぎつぎに戦士がおのれの流す血のなかにくずおれ、そしてその多くが天をあおいで死んでいった。ヒースの若葉《わかば》はひと月も早く花どきを迎《むか》えたかのように、赤むらさきに染《そ》まった。

オスカはこの日、先頭に立って斬《き》りこんだ。オスカの槍《やり》がむけられるところ、敵兵《てきへい》百人が倒《たお》れていくかのようだった。オスカのうしろには味方の兵がつづき、巨大《きょだい》な楔《くさび》を打ちこむようにわきかえるような戦闘《せんとう》の中心部へくいこんでいった。

自分の傷口《きずぐち》からふきだす血にぬれながら、ついにオスカは、手勢《てぜい》の先頭をきって闘《たたか》うケアブリと遭遇《そうぐう》した。ケアブリはとびでてきてオスカに対した。まわりで乱戦《らんせん》のくりひろげられるなか、ケアブリとオスカは日に照らされたガヴラの高原でただふたり槍《やり》を交えるかのように闘《たたか》った。たがいに何度か深傷《ふかで》を負ったが、力弱い相手なら三度は殺《ころ》せたはずの傷《きず》も、ふたりは虫にかまれたほども気にとめなかった。そしてついに、オスカの強烈《きょうれつ》な突《つ》きがケアブリの腹《はら》をとらえた。槍《やり》はケアブリの胴《どう》よろいの上下の継《つ》ぎ目からはいり、きっさきが腰《こし》へぬけた。しかし上王が地面にくずおれるひょうしに、槍《やり》の柄《え》がオスカの手からもぎとられた。上王は倒《たお》れざまにオスカめがけて槍《やり》を突《つ》きあげた。槍先《やりさき》はオスカの鎧《よろい》の下をくぐって腹《はら》から胸《むね》まで突《つ》きとおった。オスカの口に血があふれ、体がまえにかしぎ、上王とおりかさなるように倒《たお》れた。すでに末期《まつご》の苦痛《くつう》がかれを襲《おそ》っていた。

ケアブリの手勢《てぜい》が突進《とっしん》した。主人の亡骸《なきがら》を守り、主人を討《う》った戦士の首をとるためだった。しかしオスカが率《ひき》いていた兵もまえにとびだしていた。激烈《げきれつ》な戦闘《せんとう》のすえ、かれらは若《わか》い指揮官《しきかん》を奪回《だっかい》し、まだ息のある体を後方の小高い丘《おか》に立って指揮《しき》をしていたフィンのもとへ運び、騎士団長《きしだんちょう》フィンの足もとに横たえた。

オスカは末期の目をみひらいた。「ケアブリは、わたしがたおしました」

「あの者をこの手でたおし、おまえではなくわたしが、あの者から死の一撃《いちげき》をこうむればよかった」フィンは嘆《なげ》いた。かれが涙《なみだ》を流すのは、これが生涯《しょうがい》で二度めだった。

「そのように嘆《なげ》くのは、おやめください」オスカがいった。「ここに横たえられたのがあなたで、わたしがそばに立っていたとして、おなじように涙《なみだ》を流すとお思いですか？」

「おまえがそうはしないことは、よくわかっている。われらのあいだには、ディアミッド・オダイナがいまでも立ちはだかっているからな」フィンは答えた。「だが、泣くのはわたしの勝手だ。泣きたいと思う者のために、わたしは泣くのだ！」

オスカは冗談《じょうだん》をいいながら、悲しみにひたりながら、フィンの目のまえで息をひきとった。全身が、手幅《てはば》ひとつぶんのすきまもなく傷《きず》におおわれていた。

「これこそ勇士の死だ」フィンはいった。

戦いの狂気《きょうき》がフィンの内で目覚めた——周囲《しゅうい》の者はもちろん、フィン自身でさえ、老いて二度と味わうことはないと考えていた勇猛心《ゆうもうしん》が。フィンはわきかえるような戦場にとびこんでいった。側近《そっきん》の戦士たちが嵐《あらし》のようにあとにつづいた。フィンの剣《けん》は稲妻《いなずま》のように右に左にひらめき、むかうところ自在《じざい》に道をきりひらいた。額《ひたい》には勇者がいただく強烈《きょうれつ》な光が照りかがやいていた。いかなる敵《てき》もなすすべなくフィンの剣《けん》にかかり、おりかさなって死骸《しがい》の山を築《きず》いた。フィンは若《わか》い牡牛《おうし》が大麦の畑をなぎたおす勢《いきお》いで斬《き》りこみ、斬《き》りふせていった。しかしフィンにつづく者たちも、ひとりまたひとりとたおされた。ディアリンが、キールタが、コイル・クローダが、フィンヴェルが、リガン・ルミナがたおれ、ついにフィンはただひとり敵軍《てきぐん》のなかを進んでいった。ファータイの息子《むすこ》ファーリは、フィンが背後《はいご》を守る味方もなく闘《たたか》っているのを見てとると、抜《ぬ》き身の剣《けん》を手にせまっていった。フィンもファーリもとうに槍《やり》を失ってしまっていたのだ。ふたりは剣《けん》をまじえ、どちらも深い手傷《てきず》を負った。しかしついに、フィンの渾身《こんしん》の一撃《いちげき》がファーリの首を横ざまに打ち落とした。首は地にころがり、いりみだれる戦士たちの足もとに見えなくなった。こうしてフィン・マックールは、ファーリとの闘《たたか》いに勝利をおさめた。

しかし、ついでファータイが、息子《むすこ》の仇《あだ》を討《う》たんととびだしてきた。

「大手柄《おおてがら》だな、フィンよ！」ファータイはののしった。「年端《としは》もゆかぬ者を手にかけるとは、りっぱなことよ！」

「年端《としは》もゆかぬというほどではあるまい。それほど幼《おさな》く頼《たよ》りない息子《むすこ》と思うなら、なぜ父のおまえが後ろに隠《かく》れていたのだ？」フィンはあざけった。

「息子《むすこ》がおまえの息の根をとめることを望んだからだ。フィン・マックールを討《う》ちとる栄《えい》誉《よ》と誇《ほこ》りを手にすることをな！」

フィンとファータイは、ファーリの首のない死体をはさんで闘《たたか》った。膝《ひざ》と膝《ひざ》がこすれあい、盾《たて》と盾《たて》がぶつかりあった。盾《たて》ごしに血が飛びちり、鎧《よろい》の下から滴《したた》りおちた。最後にフィンは、息子《むすこ》とおなじく父親の首も打ち落とした。

フィンは父と子の遺骸《いがい》のかたわらに立っていた。息ははずみ、疲労《ひろう》は深く、流れる血で目はなかばふさがっていた。アーリューの五人の息子《むすこ》たちが輪のようにフィンにせまってきていた。フィンはぐるりを見まわした。完全に囲《かこ》まれ、かまえた槍《やり》がかれをねらっている。ついに終わりがきたことをフィンはさとった。フィンは盾《たて》を足もとに捨《す》てた。五人を一度に相手にしては盾《たて》など役にたたないと知っていたからだ。フィンは石柱のように微動《びどう》だにせず、胸《むね》をはって立った。

五本の槍《やり》が、フィンをとらえた。五つの傷《きず》がおおきく口をあけ、日の光をかき消した……。

第十五章　アシーンの帰還《きかん》

いまダブリンがある場所から遠くないツグミ谷で、男たちが寄《よ》り集まり、村の長《おさ》が指図して、巨大《きょだい》な丸石を畑地からとりのけようとしていた。石は男たちが覚えているかぎり昔から、それどころか男たちのはるか先祖《せんぞ》の時代からそこにあり、代々《だいだい》の男たちの文句《もんく》の種になっていた。畑に犂《すき》をひくたびに石がじゃまになったからである。軽い気持ちで動かそうと試みる者もあるにはあったが、結局、石は丘《おか》の斜面《しゃめん》になかば埋《う》もれたまま、あいかわらず畑のじゃまになっていたのだ。

ようやくいま、かれらは本気で石をかたづける気になり、村の男が総出《そうで》でこの仕事にかかっているというわけだ。

しかし男たちが力をあわせても、石を動かすにはとうてい足りそうもなかった。押《お》す者引く者が、歯をくいしばり腰《こし》をいれ、顔をまっ赤にして汗《あせ》をたらしても、巨大《きょだい》な丸石はもとの場所から指の幅《はば》一本ほども動かなかった。

男たちは力をふりしぼって仕事をつづけた。一瞬《いっしゅん》ごとにあきらめの気持ちがつのるころ、おそらくは目もあやな夢《ゆめ》のなかでしか見たことがないようなすばらしい騎士《きし》が馬でやってくるのに気づいた。この世のどんな男より丈《たけ》高く、力にあふれ、波頭のように白い牡馬《おうま》に乗ってくる。馬も乗り手も、この世のものとは思えないみごとな姿《すがた》だった。騎士《きし》は不思議な黒い瞳《ひとみ》に、太陽をとりまく炎《ほのお》のような金色の髪《かみ》をなびかせていた。サフラン色の絹《きぬ》のマントをひるがえし、マントは黄金のブローチで両肩《りょうかた》に留《と》められていた。脇《わき》には黄金の柄《つか》の長剣《ちょうけん》をさげていた。

「ありゃあ、妖精《ようせい》の一族だ！」村の古老が左手の指二本で角の形をつくっていった。

「天からつかわされた大天使さまだ！」若者《わかもの》のひとりが十字をきった。

人か妖精《ようせい》か天使か、美しい騎士《きし》は馬の歩調をゆるめ、鞍《くら》の上からとまどいと憐《あわ》れみの表情《ひょうじょう》で村人を見おろした。「これを動かそうとしていたのか？」

村の長《おさ》が度胸《どきょう》をみせてまえへ進みでた。「さようです。ところが、わしらの手には負えないようなんで。いかがでしょう、力をお貸《か》しねがえませんか？」

「よろしい」騎士《きし》は鞍《くら》から乗りだすと片手《かたて》を石の下にかけ、力をこめた。丸石は地面から浮《う》きあがり、シンティの球のように丘《おか》の斜面《しゃめん》をころがっていった。村人たちはいっせいに、驚《おどろ》きほめそやした。しかしつぎの瞬間《しゅんかん》には、かれらの声は恐《おそ》れとまどいのまじったものに変わっていた。

石に手をかけて力をいれたとたんに、鞍《くら》の腹帯《はらおび》が切れて騎士《きし》が頭から地面につっこんだからだ。白い牡馬《おうま》は自由になったと知ると、三度いないて飛びたつような速駆《はやが》けで海岸めざして走り去った。遠ざかるにつれて馬は小さく縮《ちぢ》むばかりか姿《すがた》もうすれて形を失い、たき火の煙《けむり》のように夏の大気にとけて消えてしまった。

そして美しい騎士《きし》が落馬したところには、たいへんな老人が横たわっていた。背丈《せたけ》は高いままだったが、白っぽいまばらなあごひげをはやし、目も白くにごってろくに見えず、絹《きぬ》のマントは継《つ》ぎだらけですりきれた粗《あら》い手織《てお》りの羊毛のマントに変わっていた。黄金の柄《つか》の長剣《ちょうけん》は粗削《あらけず》りのトネリコの杖《つえ》になっていた。年とって目の見えなくなった物ごいが身をささえ足もとをさぐって世の中をわたるのにつかうような代物《しろもの》だ。老人は手をついたまま、あたりをすかして見た。そして狂《くる》ったような叫《さけ》び声をあげると、地面に長々《ながなが》と倒《たお》れ伏《ふ》して両腕《りょううで》で頭をかかえこんだ。

やがて自分たちの身にはなにひとつ恐《おそ》ろしい変化がないのがわかると、村人のなかでも胆《きも》のすわった者たちが老人にすりよって助けおこし、いったい何者かとたずねた。

「フィン・マックールの息子《むすこ》アシーンだ」老人が答えた。

村人たちは顔を見あわせた。村の長《おさ》が口をきった。「本気かい。本気だとすれば、あんたはどうかしてるんだ。ついさっき、わしらがあんたをなんだかわからんが、とにかくなにかとまちがえそうになったときに、どうかしてたのと同じくらいに、な」

「日がまぶしくて、見まちがえたのさ」村人のひとりがいった。

そしてかれらはふたたび、老人に何者かとたずねた。

「なぜ同じことをきくのだ。すでに答えたではないか。わたしはエリンのフィアンナ騎士《きし》団長《だんちょう》フィン・マックールの息子《むすこ》、アシーンだ」

「帽子《ぼうし》をかぶってないからかんかん照りで頭がいかれちまったんだな」村の長《おさ》はしんぼうづよく相手をした。「フィン・マックールと勇敢《ゆうかん》な騎士《きし》たちのことなら、たしかに聞いたことがある。だがな、その連中は三百年もまえに死んじまったんだよ」

すると老人は黙《だま》りこんだ。ずいぶん長いこと両手に顔を埋《うず》めたまま口をきかなかった。

そしてようやく、つぶやいた。「最期《さいご》は、どんなふうだったのだ？」

「ガヴラの戦いで死んだのさ。ここからも、たいして遠くないよ。高原の古戦場のわきに緑の塚《つか》があってなあ、いつだったか、オスカって騎士《きし》の墓《はか》だと聞いたことがある。大きな合戦だったそうだ。戦いが終わったときには、エリンの男は子どもと年寄《としよ》りしか残ってなかったらしい」

「だがアシーンが死んだのは、そのときじゃないぜ」べつの男が割《わ》ってはいった。「だれもアシーンの死んだときのことは知らないのさ。竪琴弾《たてごとひ》きはいまでも、アシーンがつくった歌を歌っているがね」

「といっても、パトリック上人《しょうにん》さまがエリンにおいでになって、たったひとりの神さまと、そのお子のキリストさまの話をしてくださってから、古い時代はすっかり終わっちまった。いまじゃ、古い時代の話は、半分忘《わす》れられた昔話みたいなもんさ」

老人は眉間《みけん》に一発くらった者のように、なかば呆然《ぼうぜん》としていた。いちどだけ、息も詰《つ》まりそうな声で吐《は》きだすようにいった。「そなたらの新しい神とやらは、なんとも尊大《そんだい》で情《なさ》けしらずのおかただな！　フィンとオスカの思い出まで消しさったとあれば、その償《つぐな》いはずいぶんと高くつくはずだ！」

村人たちは怒《いか》りの声をあげた。「神さまをばかにするのか！」何人かは小石をひろって老人に投げつけようとした。しかし村の長《おさ》は、パトリック上人《しょうにん》さまが老人と会って処置《しょち》を決めるまで待てと命じた。

そこでかれらは老人を当時パトリック上人《しょうにん》が住居《じゅうきょ》としていたドラム・ダーグの砦《とりで》へ引きたてていった。

上人《しょうにん》は村人の話に耳をかたむけた。老人が現《あら》われたときのようす、日ざしがまぶしかったせいで村人の目にははじめ若者《わかもの》と見えたこと、丸石を畑から動かす手助けを頼《たの》んだこと、そして、そのあとに起こったことまで。

すると上人《しょうにん》は、むやみに背《せ》が高く目もよく見えない物ごいの老人をあわれに思い、寝《ね》る場所を与《あた》え、炉端《ろばた》にすわる場所を与《あた》え、キリスト教を信じる者のひとりとして扱《あつか》った。

新しい神に仕える上人《しょうにん》と、もとアシーンだった老人はしばしばふたりで話をした。アシーンはすばらしい物語をいくつも話してきかせた。ほとんどがこの本で語られた物語と、それに関連した多くの話だった。つまりフィンとフィアンナ騎士団《きしだん》の、輝《かがや》かしくはるかにすぎさった日々《ひび》の物語である。それらの物語を上人《しょうにん》は写字僧《しゃじそう》のひとりにいいつけてまっ白な羊皮紙に書きとめさせた。すばらしい物語が忘《わす》れ去られないように。

時がすぎるうち、パトリック上人《しょうにん》は老人がほんとうにフィン・マックールの息子《むすこ》アシーンだと信じるようになった。上人《しょうにん》はある日、こうたずねた。「フィンとオスカとフィアンナ騎士団《きしだん》の精鋭《せいえい》がガヴラで亡《な》くなったのは、三百年の時をさかのぼった昔のことです。あなたがご自分の時代をこえ、お仲間が生きた時代をこえて、こんなにも長い時を生きてきたのは、いったいどういうことなのですか？」

するとアシーンは、この最後の物語を語ってきかせた。ある夏の朝、騎士団《きしだん》の者たちとキラーニーの湖水地帯に狩《かり》に出たとき、西の国からやってきた黄金の髪《かみ》のニーヴ王女から、ともにティル・ナ・ヌォグへ来てほしいといわれ、フィンとオスカと仲間たちに別れを告《つ》げて王女とともに白馬にまたがり、西の海岸へ、さらに海をこえて西へとむかい、フィアンナの騎士《きし》たちをエリンの岸に残していったことを。

物語が別れの場面にさしかかると、アシーンは両手に顔を埋《うず》めて、思いにしずんでしまったようだった。

上人《しょうにん》はあらゆることに興味《きょうみ》を感じる性格《せいかく》だった。そこでアシーンを物思いからよびさまそうと、声をかけた。「幸運と神の祝福がありますよう！　それからどんなことがあったか、話してください」

するとアシーンは顔をあげて、なかば見えなくなった目で炎《ほのお》の中心を見つめた。そして火のなかで昔のできごとがそっくりくりかえされているかのように、炎《ほのお》を見つめながら先をつづけた。

「白馬はエリンの緑の丘《おか》を駆《か》けるのと変わりない軽い足どりで、波をこえていきました。風が波を追いこし、わたしたちは風を追いこし、やがて金色の靄《もや》のなかにはいりこみました。まるで靄《もや》に溶《と》けこむようにぼんやりと、いくつもの島影《しまかげ》が浮《う》かびあがりました。どの島にも高台におおきな都があり、緑の色濃《いろこ》い庭園のあいだに宮殿《きゅうでん》があちこちにあるのがわかりました。ついで、雌《め》ジカがわたしたちを追いぬいてにげてゆくのを目にしました。乳《ちち》のように白く、片耳《かたみみ》が血のように赤い猟犬《りょうけん》があとを追っていました。また、鹿毛《かげ》の馬に乗った乙女《おとめ》が黄金のリンゴを手に逃《に》げていくのも目にしました。乙女《おとめ》のすぐうしろには、白い馬にまたがった若《わか》い男が追いせまっていました。むらさきと真紅《しんく》のマントを肩《かた》になびかせ、抜《ぬ》き身の剣《けん》を手に握《にぎ》って。

　頭上の空が暗さを増《ま》し、風が起こって強く吹《ふ》きあれ、波をさかだてました。波しぶきは白い鳥が飛ぶようにわたしたちの頭をこえ、稲妻《いなずま》が暗い空とさらに暗い海のあいだで躍《おど》り、雷鳴《らいめい》はうなるようにぶつかるように、そこかしこでとどろきわたりました。それでもわたしたちが乗った白馬は怖《おそ》れるようすもなく、ついさきほどまで渡《わた》ってきたおだやかな夏の海をゆくのと変わらず、軽くなめらかに進んでいきました。やがて風がおち、黒雲は巻《ま》きあがって消え、太陽の光がうちよせる波を金色に染《そ》めました。前方の空は、天の湖かと思われるほど青く静まり、その下に、見たこともない美しい国がひろがっていたのです。緑の野からはるか遠くの丘《おか》にいたるまで蜂蜜《はちみつ》を溶《と》かしたような陽光にたっぷりとひたされて、目を転じればここにもあそこにも、湖や小川が日の光をはじいて輝《かがや》いていました。岸近くに築《きず》かれた美しい宮殿《きゅうでん》の白壁《しらかべ》も、日ざしをあびて金色に染《そ》まっていました。花々《はなばな》が咲《さ》きみだれ、蝶《ちょう》は空中を飛びかう炎《ほのお》かと思われました。その光景を目《ま》のあたりにしたとき、まさにティル・ナ・ヌォグ、常若《とこわか》の国にやってきたのだとわかりました。

白馬は波の上をぬうように岸へむかいました。白い砂《すな》のうえに降《お》りたつと、ニーヴはわたしを見あげ、やさしく両手をさしのべていったのです。『ここがわたくしの国です。お約束したものをすべて、ごらんにいれましょう。でも、なによりもまず、黄金の髪《かみ》のニーヴの愛を』

するとこちらへ、宮殿《きゅうでん》から戦士の一団《いちだん》が出てまいりました。勇者も戦士も、盾《たて》の裏《うら》をむけ、敬意《けいい》をしめしてやってきたのです。そのうしろには、かの国の王ご自身に率《ひき》いられた美しく着飾《きかざ》った人びとの一団《いちだん》がつづきました。王は黄色い絹《きぬ》のローブをまとい、黄金の王《おう》冠《かん》が真夏の太陽のように頭上に輝《かがや》いておりました。王のうしろには、見るもお美しい王妃《おうひ》が、百人の侍女《じじょ》にとりまかれておいでになりました。

王と王妃《おうひ》は喜びと慈《いつく》しみにあふれて、王女にキスをしました。王はわたしの手をとられ、こう申されました。『百の千倍の歓迎《かんげい》を申しあげる、勇敢《ゆうかん》なアシーン殿《どの》』そしてともに戦士たちにむかいあい、言葉をつづけられました。『はるかエリンの地から来られたアシーン殿《どの》だ。黄金の髪《かみ》のニーヴの婿《むこ》となるおかただ。みなも、余《よ》にならって歓迎《かんげい》のあいさつを申しあげるように』

すると全軍の身分ある勇者も戦士も、侍女《じじょ》たちも、声をそろえてわたしを歓迎《かんげい》してくれました。ニーヴとわたしは手をとりあい、みなと連れだって出迎《でむか》えの戦士や侍女《じじょ》の列のまんなかを通って宮殿《きゅうでん》へむかいました。すでに盛大《せいだい》な宴《うたげ》の用意が整っておりました。

十日のあいだ、昼も夜もとおして、宴《うたげ》がつづきました。竪琴弾《たてごとひ》きは、この世のいかなる人間も耳にしたことのない甘《あま》い調べを奏《かな》でました。若《わか》いころは人間世界の竪琴弾《たてごとひ》きのひとりとして名を知られたわたし、アシーンが、かく申すのです。宴《うたげ》の広間には花のように色あざやかな小鳥が飛びかい、はばたいていました。こうして十日めの夜、ニーヴとわたしは夫婦《ふうふ》となりました。

わたしは常若《とこわか》の国で三年すごしました――三年だと、自分では思っていたのです。これほどの幸福を知る人間はほかにいなかったでしょう。しかし三年めも終わりに近づくと、父と息子《むすこ》と、若《わか》いころからの仲間たちのことが気がかりになりはじめました。ときおり馬で狩《かり》に出ると、フィアンナ騎《き》士《し》団《だん》の狩《かり》の角笛が森にこだますのが聞こえたような気がしたものです。ブランとスコローンの腹《はら》に響《ひび》く吠《ほ》え声が、乳《ちち》のように白いダナンの猟犬《りょうけん》の声にまじってはっきり聞きとれたと思ったこともありました。わたしは目覚めたままで夢《ゆめ》のなかをさまようようになりました。ブルーム山脈《さんみゃく》の森で狩《かり》をし、白い城壁《じょうへき》のアルムの砦《とりで》で火を囲《かこ》み、勇者たちが昔語りをする夢《ゆめ》です。ついにはニーヴが、もう自分を愛していないのかとたずねるまでになりました。わたしは答えました。あなたはわたしの命の息そのものだ、しかしわたしは常若《とこわか》の国でずっと幸せにすごしてきたけれど、なにか落ちつかない気持ちがきざしてきた。わたしは父や友人たちに、いまいちど会いたくてたまらないのだ、と。

ニーヴはわたしにすがりついてキスをし、わたしの思いをそらそうと努めました。それでもなおわたしは、夜の夢《ゆめ》のなかでフィアンナ騎《き》士《し》団《だん》の狩《かり》の角笛が眠《ねむ》りに溶《と》けこみながらこだまするのを聞いていたのです。そしてついに、ニーヴと父君に、生まれた国をもういちど訪《たず》ねる許《ゆる》しを乞《こ》うたのです。

王は、喜んでとはいえませんが許《ゆる》してくれました。ニーヴは申しました。『あなたのお心がエリンをむいているというのに、お引き留《と》めすることはかないません。ですから、お心のままに。とはいえ、わたしの心には影《かげ》が落ちております。二度とお目にかかれないのではないかと、不安でならないのです』

わたしは答えました。『ばかなことを。長いあいだわたしをあなたから引き離《はな》しておけるものなど、どこにもありはしない。ただ、あの白馬を貸《か》していただきたい。あの馬なら道を知っているから、わたしを無事にあなたのもとへ連れ帰ってくれるだろう』

するとニーヴが申しました。『あの馬はあなたにさしあげます。たしかにあれなら、道を知っておりますから。でも、よくお聞きください。そしてわたくしの言葉をしっかりと心に留《と》めおいてください。人間の世界にいるあいだ、けっしてあの馬の背《せ》から降《お》りてはなりません。そんなことをなされば、二度とわたくしのもとへお帰りになれなくなります。あなたの足がひとたびエリンの緑の草に触《ふ》れれば、ティル・ナ・ヌォグへの帰り道は永久《えいきゅう》に閉《と》ざされてしまうでしょう』

わたしは白い牡馬《おうま》の背《せ》からけっして降《お》りないと約束しました。ニーヴの言葉をかならず心に留《と》めておく、と。しかしわたしの心からの誓《ちか》いも、ニーヴの嘆《なげ》きをすこしも軽くはしませんでした。ニーヴの嘆《なげ》く姿《すがた》を見てわたしの心は揺《ゆ》れうごきました。ほんの羽毛一枚《まい》ほどの重さがくわわれば、ニーヴの思いに負けてティル・ナ・ヌォグにずっととどまることにしていたでしょう。しかし白馬は出発の用意をしてすでに横に立っていました。そして父に会いたい、生まれた国をこの目で見たいという思いも、やはり強かったのです。

わたしが馬の背《せ》にまたがると、白馬は速駆《はやが》けで海岸へむかい、海に出ました。風が波を追いこし、その風を馬が追いこして、常若《とこわか》の国の岸は金色の靄《もや》にのみこまれ、わたしたちの背後《はいご》に消えてゆきました。

またしても、あの幻影《げんえい》がわたしたちのまわりを流れすぎました。金色の靄《もや》が流れ、靄《もや》のなかに海上の都と高い塔《とう》がいくつも現《あら》われ、鹿毛《かげ》馬に乗り黄金のリンゴを手にした乙女《おとめ》がむらさきのマントをなびかせて、抜《ぬ》き身の剣《けん》をさげた若《わか》い騎手《きしゅ》にいまにも追いつかれそうになりながら走りすぎていきました。それから雌《め》ジカが、片耳《かたみみ》が血のように赤く、体は乳《ちち》のように白い猟犬《りょうけん》に追われて逃《に》げてゆきました。

こうしてエリンの緑の岸にまでやってきました。

陸に上がると、わたしは喜びいさんで白い城壁《じょうへき》のアルムに馬首をむけました。馬を進めるあいだも、見なれた景色やなつかしい顔をさがして目をさまよわせ、フィアンナの狩《かり》の角笛が聞こえまいかと耳をすませておりました。しかしあらゆるものが、見なれない姿《すがた》に変わっているようでした。耳にも目にも、親しい仲間の気配すら感じとれません。大地を耕《たがや》す者たちは背《せ》も低く力も弱く、とうていわたしの国人《くにびと》とは見えませんでした。

ようやく森をぬけ、アルムの丘《おか》をとりまく草地に出ました。丘《おか》はいまもそこにありました。しかし丈《たけ》の低い木やイバラのしげみにすっかりおおわれておりました。平らに広がる丘《おか》の頂《いただ》きには、かつて父の砦《とりで》の白い城壁《じょうへき》に囲《かこ》まれて、小屋や納屋《なや》や武具鍛冶《ぶぐかじ》の仕事場が建ちならび、婦人《ふじん》たちの暮《く》らす建物があり、客人用の寝室《しんしつ》も用意されていました。そして中央には、フィンの宴《うたげ》の広間の屋根が高々《たかだか》とそびえていたのです。ところがいまは、草のはえた小山にニワトコとリンボクと重たく花をつけた野イバラの枝《えだ》が長くしなっているばかり。あとはいちめん、ヒースにおおわれているのです。

恐怖《きょうふ》がのしかかってきました――とはいえ、そのときはまだ、砦《とりで》はあるのにダナンの魔《ま》法《ほう》でわたしの目から隠《かく》されているのだと思いこんでおりました。わたしは両腕《りょううで》をおおきく広げて、父のフィンと息子《むすこ》オスカの名を呼《よ》びました。つづいて騎士団《きしだん》の仲間の名を、キールタ、コナン、ディアリン、全員の名を呼《よ》んでいきました。ディアミッドの名前まで、恐怖《きょうふ》にとらわれて叫《さけ》んでいたのです。しかし、だれの声も返ってきません。ニワトコのしげみではばたくツグミのほかは動くものひとつありませんでした。それから、人間には聞こえなくとも、犬ならわたしの声を聞きつけてくれるかと、ブランとスコローンの名を呼《よ》んで、吠《ほ》え声が返ってこないかと耳をすませました。しかし聞こえるものといえば、丘《おか》の頂《いただ》きの草をゆらせて通るかすかな風の音ばかりでした。

恐怖《きょうふ》が心をしめつけました。馬首をめぐらせてアルムをあとにし、エリンじゅうをめぐって友人を見つけるか、自分をとらえた魔法《まほう》からぬけだす術《すべ》をさがそうとしました。しかしどこへ行っても、出会うのは背《せ》の低い弱々《よわよわ》しい人びとばかり。顔立ちまでちがっています。その異国《いこく》の民《たみ》が、驚《おどろ》きの目でわたしを見あげるのです。フィアンナ騎士《きし》の館《やかた》はどこも、イバラが生いしげり、しげみには小鳥が巣をかけておりました。

最後にわたしはツグミ谷にやってきました。昔よく、フィンと狩《かり》をした場所です。ところが目のまえには耕《たがや》した畑がひろがっていました。むかしは森しかなかった土地でした。

畑のはしに、例の背《せ》が低く力も弱い異国《いこく》の民《たみ》が、もつれあうように集まって、犂《すき》を引くじゃまになる大石をどかそうとしていました。近くまで馬を進めると、手を貸《か》してくれと頼《たの》まれました。そのくらいは、たやすいことでしたから、わたしは鞍《くら》から身を乗りだして片手《かたて》を石の下にいれ、斜面《しゃめん》をころがしてやりました。ところが力をこめたとたんに鞍《くら》の腹《はら》帯《おび》が切れて、わたしは地面にころがり、エリンの緑の草を踏《ふ》んでいたのです。
パトリック上人《しょうにん》さま、そのあとのことは、村人からお聞きになっておいででしょう！」

訳者あとがき

アイルランドというのは不思議な島だと思う。イギリスの西に位置し、その面積およそ八万平方キロメートル。北海道よりも小さい。そのうえ寒く、土地はやせていて、たいした産業もない。それなのに、オスカー・ワイルドやジェイムズ・ジョイスなど世界的に有名な文学者をずいぶんたくさん産み出してきたし、いまでも続々《ぞくぞく》とアイルランド出身の作家が出てきている。また民話や伝説がとても豊富《ほうふ》で、クーフリンの英雄《えいゆう》物語やデアドラの悲恋《ひれん》物語のような長いものも多くあれば、妖精《ようせい》の登場する昔話も数えきれないくらいある。

さて、そんなアイルランドの英雄《えいゆう》のひとりにフィン・マックールがいる。当時、アイルランドは「エリン」と呼《よ》ばれ、五つの王国にわかれていた。そして各国に騎士団《きしだん》があり、フィンはそれを統括《とうかつ》する騎士団長《きしだんちょう》だった。未来や、遠くの出来事を知ることができたうえに、両手に水をすくって飲ませれば、瀕死《ひんし》の病人やけが人も元気になるという力を持っていたという。このフィンの冒険《ぼうけん》物語は、はるか昔から様々《さまざま》な人々《ひとびと》によって語りつがれてきた。

そしてそれを今度はサトクリフが新たに語ってみせた。

人間と妖精《ようせい》がいりまじってつむぎあげる、愛と死、知恵《ちえ》と力、戦いと策略《さくりゃく》、忠誠《ちゅうせい》と裏切《うらぎ》り、栄光と滅亡《めつぼう》、夢《ゆめ》と不思議の物語が、おどろくほどあざやかに、力強く迫力《はくりょく》たっぷりに、そしてときどきユーモラスに描《えが》かれていく。

とにかくおもしろくて、読み出すと最後まで本を置くことができない。

とくにサトクリフのすばらしいのは、すさまじい戦いの場面さえ詩のように美しく語ってみせるところだろう。とくに第十四章の最後の戦いは、心が痛《いた》くなるほど美しい。血で血を洗《あら》う凄絶《せいぜつ》な戦いが、これほど美しく語られたことがあっただろうか。この章は全体がまぶしいほどに輝《かがや》いている。が、それは朝日のまぶしさではなく、沈《しず》みゆく夕日のまぶしさだ。切なく、思わずなみだがにじんでくる。

フィン・マックールの伝説は『アーサー王物語』によく似《に》ている。この伝説が、サトクリフの手によって、新しい命を吹《ふ》きこまれ、堂々《どうどう》とよみがえった。みがきぬかれ、選びぬかれた言葉に耳をすませると、サトクリフの声や息づかいまでが伝わってくるような気がする。

思い切り読みごたえのある、とびきりおもしろい冒険《ぼうけん》物語を、心ゆくまで味わってほしい。

（ゲール語の綴《つづ》りと発音は英語とかなりちがう。この作品でも、作者が英語読者に読みやすいよう人名や地名を一部つづりかえているらしく、一般《いっぱん》的に知られた名前と多少異《こと》なっているものもある。ゲール語つづりのままの名前の読み方はアイルランド大使館でご教示《きょうじ》を受けたが、英語つづりに変えてあるものは、サトクリフに従《したが》った。）

最後になりましたが、編集《へんしゅう》の松井英夫さん、原文とのつきあわせをしてくださった桑原洋子さん、相談にのってくださったアイルランド大使館に心からの感謝《かんしゃ》を！

二〇〇二年十二月

金原瑞人

本書は二〇〇三年刊『ケルト神話　黄金の騎士フィン・マックール』の新版です。

ローズマリー・サトクリフ（1920-92）

Rosemary Sutcliff

イギリスの児童文学者、小説家。幼いときの病がもとで歩行が不自由になる。自らの運命と向きあいながら、数多くの作品を書いた。『第九軍団のワシ』『銀の枝』『ともしびをかかげて』（59年カーネギー賞受賞）（以上、岩波書店）のローマン・ブリテン三部作で、歴史小説家としての地位を確立。数多くの長編、ラジオの脚本、イギリスの伝説の再話、自伝などがある。

金原瑞人

法政大学教授、翻訳家。訳書は児童書、ヤングアダルト小説、一般書、ノンフィクションなど、550点以上。訳書に『豚の死なない日』（白水社）、『国のない男』（中公文庫）、『月と六ペンス』（新潮文庫）、『どこまでも亀』（岩波書店）など。エッセイ集に『サリンジャーに、マティーニを教わった』（潮出版）など。監修に『13歳からの絵本ガイド　YAのための100冊』（西村書店）などがある。

久慈美貴

翻訳家。訳書に『ヴァイキングの誓い』（共訳、ほるぷ出版）、「〈四つの人形のお話〉シリーズ」（徳間書店）、「アリーの物語」II-IV（PHP研究所）、『逃れの森の魔女』（共訳、青山出版社）などがある。

サトクリフ・コレクション

ケルト神話　黄金の騎士フィン・マックール［新版］

2003年 2月25日　初版第1刷発行
2020年 2月20日　新版第1刷発行
2023年 12月1日　新版第2刷発行

著者　ローズマリー・サトクリフ
訳者　金原瑞人・久慈美貴
発行者　中村宏平
発行所　株式会社ほるぷ出版
〒102-0073　東京都千代田区九段北1-15-15
TEL. 03-6261-6691　FAX. 03-6261-6692
https://www.holp-pub.co.jp/
印刷・製本　中央精版印刷株式会社

NDC933　276P　188×128mm
ISBN978-4-593-10158-0　